D1494306

10
18

12, AVENUE D'ITALIE. PARIS XIIIe

Sur l'auteur

Né à Kyoto en 1949, Haruki Murakami est le traducteur japonais de Scott Fitzgerald, Raymond Carver et John Irving. Il s'expatrie en Grèce, en Italie, puis aux États-Unis, et, en 1995, il décide de rentrer au Japon après le tremblement de terre de Kobe. Haruki Murakami a rencontré le succès dès la parution de son premier roman, *Écoute le chant du vent* (1979), qui lui a valu le prix Gunzo. Suivront notamment *Chroniques de l'oiseau à ressort*, *Au sud de la frontière, à l'ouest du soleil*, *Les Amants du Spoutnik*, *Kafka sur le rivage*, *Le Passage de la nuit*. Il signe aujourd'hui une trilogie, *1Q84* (Belfond, 2011, 2012). Plusieurs fois favori pour le prix Nobel de littérature, Haruki Murakami est aujourd'hui un auteur culte au Japon et son œuvre est traduite dans plus de trente pays.

HARUKI MURAKAMI

AU SUD
DE LA FRONTIÈRE,
À L'OUEST
DU SOLEIL

Traduit du japonais
par Corinne ATLAN

10/18

BELFOND

Cet ouvrage a été traduit avec le concours
du Centre national du Livre

Titre original :
Kokkyô no minami, taiyô no nishi
(publié par Kodansha Ltd, Tokyo)

1

Je suis né le 4 janvier 1951. La première semaine du premier mois de la première année de la seconde moitié du XXe siècle. Cette date de naissance significative me valut d'être prénommé Hajime, ce qui signifie « commencement ». Cela mis à part, aucun événement notable n'accompagna ma venue au monde. Mon père était employé dans une société de courtage, ma mère était une ordinaire femme au foyer. Mon père, mobilisé pendant la guerre dans un contingent d'étudiants, avait été envoyé se battre à Singapour. À la fin des hostilités, il était resté interné quelque temps dans un camp de prisonniers. La maison de famille de ma mère avait complètement brûlé à la suite d'une attaque aérienne par un B 29, la dernière année de la guerre. La génération de mes parents avait beaucoup souffert de cet interminable conflit.

À l'époque de ma naissance, cependant, il n'y avait plus une trace de cette douloureuse période : pas de ruines calcinées près de l'endroit où nous vivions, pas d'armée d'occupation non plus. Nous habitions, dans une petite ville de province paisible, un logement de fonction fourni par la société où travaillait mon père : une maison construite avant guerre, un peu vétuste mais plutôt spacieuse. Il y avait un grand pin dans le jardin, et même un petit étang bordé de lanternes en pierre.

Notre quartier était merveilleusement représentatif d'une banlieue résidentielle pour classes moyennes. Les camarades d'école avec qui j'entretenais alors des relations amicales – même s'ils étaient peu nombreux – vivaient tous dans des maisons individuelles, relativement coquettes. Elles avaient certes des différences de taille mais possédaient toutes un vestibule et un jardin arboré. Les pères de mes camarades étaient en général des employés de bureau ou travaillaient dans des commerces spécialisés. Les mères exerçant un emploi à l'extérieur représentaient un phénomène rare. La grande majorité des familles possédait un chien ou un chat. À cette époque, je ne connaissais pas une seule personne vivant en appartement. Plus tard, nous déménageâmes pour une autre ville, à peu de distance, où la situation fut presque identique. Voilà pourquoi je restai persuadé, jusqu'à ce que je parte vivre à Tokyo pour mon entrée à l'université, que les gens normaux portaient tous des cravates, travaillaient dans des bureaux et vivaient dans des maisons individuelles. Toute autre façon de vivre était dépourvue de réalité pour moi, et dépassait les limites de mon imagination.

La plupart des familles de notre quartier comptaient deux ou trois enfants : c'était la moyenne dans le monde où je vivais. Lorsque j'évoque les quelques amis qui ont accompagné mon enfance et mon adolescence, je me souviens que tous avaient un ou deux frères et sœurs. Les familles de six ou sept enfants étaient rares, les enfants uniques plus encore.

Moi, pourtant, j'étais un enfant unique. J'en ressentis un complexe d'infériorité tout au long de mon enfance. Mon existence avait une particularité : j'étais privé d'une chose que les autres possédaient et considéraient comme naturelle.

Petit, je ne supportais pas le terme de « fils unique ». Chaque fois que je l'entendais, je prenais conscience de ce qui me manquait. Cette expression était comme un doigt tendu vers moi pour me dire : « Tu es un être incomplet. »

Dans le monde où je vivais, il était communément admis que les enfants uniques étaient gâtés, faibles, et terriblement capricieux. C'était là une sorte de loi divine et naturelle, du même ordre que « Les vaches donnent du lait » ou « Plus on monte en altitude plus la pression de l'air diminue ». C'est pourquoi je détestais qu'on m'interroge sur la composition de ma famille. Je savais que, dès qu'il aurait entendu ma réponse, mon interlocuteur se dirait : « Ah, c'est un fils unique ; donc, ça ne fait aucun doute, il doit être gâté, faible, et terriblement capricieux. » Ces réactions stéréotypées me blessaient, je les connaissais sur le bout des doigts, jusqu'à l'écœurement. Mais ce qui m'affectait, c'était le fait que mes détracteurs avaient parfaitement raison : sans nul doute, j'étais un enfant gâté, faible, et terriblement capricieux.

Dans l'école que je fréquentais, les enfants uniques étaient si rares que je n'en rencontrai qu'un seul au cours de mes six années de primaire. J'ai donc gardé d'elle (c'était une fille) un souvenir particulièrement vivace. Nous devînmes vite les meilleurs amis du monde. Nous parlions beaucoup. Nous nous comprenions. Je crois même que j'étais amoureux d'elle.

Elle s'appelait Shimamoto-san. Elle traînait légèrement la jambe gauche à cause d'une poliomyélite contractée en bas âge. Elle arriva dans ma classe à la fin de la cinquième année de primaire après avoir souvent changé d'école. Elle avait donc eu à supporter un lot de souffrances incomparable avec le mien. Mais, en dépit de ce poids sur ses épaules, c'était une enfant unique bien plus forte et consciente de sa situation que moi. Elle ne se plaignait jamais, ses paroles pas plus que son visage n'exprimaient jamais ses tourments et, quelles que soient les circonstances, elle arborait toujours une mine réjouie. Plus les circonstances étaient difficiles, plus elle semblait rayonnante. Son beau sourire me consolait ou m'encourageait selon les cas. « Ça va aller, suggérait l'arc de ses lèvres ; un peu de patience, ce sera bientôt fini. » Par la suite, chaque fois que j'ai pensé à elle, ce sourire m'est toujours apparu en premier.

Shimamoto-san avait de bonnes notes à l'école et elle était gentille avec tout le monde, sans discrimination. Elle était donc généralement l'élève la plus en vue de la classe. À ce titre, c'était une enfant unique très différente de moi. Je doute cependant que ses condisciples aient eu à son égard une affection inconditionnelle. Certes, personne ne la tourmentait ni ne se moquait d'elle, mais, à part moi, elle n'avait pas un seul véritable ami.

Elle était sans doute trop posée et trop lucide pour eux. Certains prenaient peut-être ça pour de la froideur ou de la prétention. Pour ma part, je discernais toute la chaleur et la sensibilité dissimulées derrière son apparence extérieure. C'était un trésor vivant caché au fond d'elle, qui ne demandait qu'à être découvert un jour, comme un enfant qui joue à cache-cache. Il m'arrivait parfois, au détour d'une phrase ou d'une expression, d'en apercevoir l'ombre.

À cause du travail de son père, Shimamoto-san changeait souvent d'école. Je ne me rappelle pas exactement quelle profession il exerçait. Elle me l'avait expliqué un jour mais, comme la plupart des enfants qui nous entouraient, je n'éprouvais guère d'intérêt pour les activités des adultes. Je me souviens seulement qu'il s'agissait d'un travail spécialisé en rapport avec les banques ou les impôts ou la réhabilitation de sociétés. Le logement de fonction où sa famille avait emménagé était une maison occidentale assez grande, au jardin entouré d'un magnifique muret de pierre qui m'arrivait à la taille, surmonté d'une haie d'arbustes toujours verts, entre les interstices desquels on apercevait un jardin planté de gazon.

Shimamoto-san avait des traits réguliers, et elle était grande pour une fille, presque autant que moi. Dans quelques années, elle deviendrait une beauté qui attirerait tous les regards. Mais, à l'époque où je la rencontrai, son aspect extérieur ne reflétait pas encore ses qualités : un je-ne-sais-quoi de déséquilibré en elle faisait que la plupart des gens la trouvaient totalement dépourvue de charme. À mon avis, c'était dû au fait que la partie d'elle déjà adulte ne progressait pas au même rythme que la partie encore enfantine. Sans doute était-ce ce manque d'équilibre qui décontenançait son entourage.

Comme nous habitions tout près l'un de l'autre (sa maison se trouvait à un jet de pierre de la mienne), on la plaça à côté de moi en classe pendant le mois qui suivit son arrivée. Je lui communiquai tous les renseignements dont elle avait besoin concernant la vie scolaire : les fournitures, les contrôles hebdomadaires, l'endroit du programme où nous en étions arrivés, les tours de rôle pour faire le ménage et se rendre à la cantine. C'était une des règles fondamentales de l'école : l'élève qui habitait le plus près de chez un nouveau était chargé de s'occuper de lui. En outre, comme Shimamoto-san souffrait d'un handicap physique, le maître m'avait convoqué personnellement pour me demander de l'aider pendant ce temps d'adaptation.

Au début, nous nous sentîmes plutôt mal à l'aise l'un avec l'autre. C'est souvent le cas entre une fille et un garçon de cet âge-là. Mais, lorsque nous eûmes compris que nous étions tous deux des enfants uniques, nos échanges devinrent vite vivants et intimes. C'était la première fois que chacun d'entre nous rencontrait un autre enfant unique. Nous nous mîmes donc à parler avec passion de ce que cela représentait. Nous avions l'un et l'autre beaucoup à dire sur le sujet. Nous prîmes l'habitude de nous retrouver à l'occasion à la sortie de l'école pour rentrer ensemble. Tout en parcourant lentement le petit kilomètre qui nous séparait de chez nous (il fallait marcher lentement à cause de sa jambe), nous discutions de choses et d'autres, ce qui nous permit de nous rendre compte de nos nombreux points communs. Nous aimions tous deux les livres, la musique, les chats, éprouvions la même difficulté à exprimer nos émotions, avions une longue liste d'aliments bannis, n'avions aucun mal à travailler les matières que nous aimions mais détestions faire des efforts pour celles que nous n'aimions pas. La principale différence entre nous était qu'elle avait davantage conscience que moi de s'envelopper d'une carapace pour se protéger du monde extérieur. Elle s'efforçait malgré tout de travailler les sujets qui ne l'attiraient pas et obtenait de bonnes notes, ce qui n'était pas mon cas. Si on lui servait à la cantine un plat qui ne lui plaisait pas, elle prenait sur elle et finissait quand même son assiette, pas moi. En d'autres termes, le mur défensif qu'elle avait construit autour d'elle était bien plus haut et solide que le mien. Mais ce qui se trouvait derrière ce mur était étonnamment semblable à ce qui existait en moi.

Avec Shimamoto-san, je ne me sentais pas nerveux comme en présence des autres filles. C'était une expérience nouvelle pour moi. J'aimais rentrer à la maison en sa compagnie. Elle marchait en traînant un peu la jambe. De temps à autre, nous nous asseyions sur un banc du parc afin de nous reposer sans que cela me gênât le moins du monde. J'étais plutôt content que le trajet du retour soit ainsi rallongé.

Nous nous mîmes donc à passer de plus en plus de temps ensemble, et je n'ai pas le souvenir que nos camarades y aient trouvé matière à moquerie. À l'époque, cela ne m'avait pas frappé particulièrement, mais en y réfléchissant des années plus tard cela me parut étrange, car à cet âge les enfants raillent facilement un garçon et une fille qui s'entendent bien. Cela tenait sans doute au caractère de Shimamoto-san. Quelque chose en elle suscitait une légère tension chez ceux qui l'approchaient. L'atmosphère qui l'entourait semblait barrer la route aux réflexions stupides. Même les professeurs semblaient mal à l'aise. Était-ce à cause de son handicap ? Toujours est-il que personne ne trouvait opportun de se moquer d'elle, ni de moi par conséquent, et cela me convenait.

Elle était dispensée de gymnastique à cause de sa jambe. Les jours de randonnée ou d'escalade, elle ne venait pas à l'école. En été, elle ne participait pas non plus aux stages de natation ou de plein air. Le jour de la fête sportive de l'école, elle avait l'air assez mal à l'aise. Mais, à ces détails près, elle menait la vie d'une écolière normale. Jamais elle ne parlait de sa jambe. Dans mon souvenir en tout cas, cela ne se produisit pas une seule fois. Même en rentrant de l'école, elle ne disait jamais, par exemple : « Excuse-moi d'aller si lentement », et ne montrait rien de ses difficultés. Je comprenais bien qu'elle ne les évoquait jamais justement parce que cela lui posait problème. Elle n'aimait pas aller jouer chez d'autres enfants, parce qu'il fallait se déchausser dans l'entrée. Elle portait des chaussures faites sur mesure, aux semelles d'épaisseur différente à droite et à gauche, et détestait les exposer aux regards de nos camarades. En arrivant chez elle, elle commençait toujours par les ranger dans le meuble prévu à cet effet.

Une chaîne stéréo du dernier modèle trônait dans son salon, et j'y écoutais souvent de la musique. C'était un appareil assez luxueux, un peu trop même par rapport à la collection de disques de son père, qui ne dépassait pas une quinzaine de quarante-cinq tours, dans leur grande majorité des morceaux de musique classique pour néophytes. Je les écoutais sans me lasser, tant et tant de fois qu'aujourd'hui encore je me les rappelle parfaitement.

C'était Shimamoto-san qui s'occupait des disques : elle en sortait un de sa pochette, l'installait sur la platine en le tenant à deux mains, prenait soin de ne pas poser les doigts sur les microsillons, époussetait la tête de lecture avec un petit pinceau spécial, abaissait lentement l'aiguille sur le disque. Quand il s'arrêtait, elle l'aspergeait d'un spray dépoussiérant, l'essuyait avec une peau de chamois, le remettait

14

dans sa pochette, qu'elle rangeait ensuite à sa place sur l'étagère. Elle accomplissait avec une impressionnante gravité cette série de gestes appris de son père. Les paupières plissées, elle retenait son souffle. Moi, assis sur le canapé, je la regardais faire. Quand elle avait terminé, elle se tournait vers moi en souriant, et je me disais chaque fois : « On ne dirait pas qu'elle manipule un simple disque, mais plutôt une âme en danger enfermée dans un fragile récipient de verre. »

Chez moi, il n'y avait ni chaîne stéréo ni disques. Mes parents n'étaient pas du genre passionnés de musique. Je passais beaucoup de temps dans ma chambre, l'oreille collée à ma petite radio en plastique, à écouter du rock. Mais j'aimais aussi la musique classique que j'entendais chez Shimamoto-san. C'était une musique d'un autre monde, et pour moi Shimamoto-san venait elle aussi d'un autre monde, c'est cela qui m'attirait chez elle. Nous restions un ou deux après-midi par semaine assis côte à côte sur le canapé de son salon, à boire du thé que sa mère nous apportait tout en écoutant des ouvertures de Rossini, la *Symphonie pastorale* de Beethoven ou *Peer Gynt*. J'étais toujours très bien accueilli par sa mère : elle était heureuse que sa fille, à peine arrivée dans une nouvelle école, se fût déjà fait un ami, et elle m'appréciait parce que j'étais un garçon discret et bien élevé. Pour être tout à fait franc, ce n'était pas réciproque : je n'aimais pas beaucoup sa mère. Sans raison précise et concrète, car elle se montrait toujours aimable, mais je percevais dans sa voix une sorte de légère irritation permanente qui me rendait nerveux.

Ce que je préférais dans la collection de disques du père de Shimamoto-san, c'était ces *concertos pour piano* de Liszt. Il y avait le premier sur une face, le second sur l'autre. J'aimais ce disque pour deux raisons : l'illustration de la pochette était magnifique, et dans ma famille personne n'avait jamais écouté les concertos pour piano. Ils me donnaient ainsi accès à un monde inconnu de mes proches, un jardin secret dont je possédais seul la clé. Les écouter, c'était pour moi m'élever d'une marche sur l'escalier de la vie.

Et puis, j'adorais cette musique. La première fois que je l'avais entendue, je l'avais trouvée légèrement pompeuse et décousue. À force de l'écouter, j'y découvris une certaine cohésion, des impressions très vagues se rassemblèrent pour former un ensemble. En fermant les yeux et en me concentrant, je pouvais distinguer des résonances en forme de tourbillons ; un tourbillon s'élevait, donnait naissance à un autre, puis à un autre encore. Aujourd'hui, je pense que ces tourbillons avaient un caractère abstrait et conceptuel. J'aurais voulu parler à Shimamoto-san de leur existence, mais ce n'était pas le genre de choses qu'on peut expliquer avec le vocabulaire de tous les jours. Il m'aurait fallu des mots différents pour m'exprimer avec précision. Or, je ne les connaissais pas et, qui plus est, j'ignorais si ce que je ressentais avait une quelconque valeur et méritait d'être dévoilé.

J'ai oublié le nom du chef d'orchestre. Je me souviens seulement des couleurs vives et brillantes de la pochette, et de la densité de ce disque, épais et lourd de tout le poids du mystère qu'il inspirait.

Parmi cette collection, il y avait un disque de Nat King Cole et un autre de Bing Crosby. Nous les mettions souvent, Shimamoto-san et moi. Celui de Crosby contenait des chants de Noël, mais nous le passions sans nous lasser en toutes saisons. Cela me paraît étrange aujourd'hui.

Un jour de décembre, à l'approche de Noël, je me trouvais avec Shimamoto-san dans le salon de ses parents. Assis sur le canapé, nous écoutions des disques comme d'habitude ; sa mère était sortie faire une course, nous étions seuls dans la maison. C'était un après-midi d'hiver sombre et couvert. La lumière qui perçait à travers une couche de nuages bas semblait couverte d'une fine pellicule de poussière. Les contours des objets qui nous entouraient paraissaient émoussés, figés dans l'immobilité. La pièce était obscure comme en pleine nuit. Je crois me souvenir qu'aucune lampe n'était allumée, seule la lueur du poêle rougeoyait sur le mur. Nat King Cole chantait *Pretend*. Bien sûr, le sens des paroles en anglais m'échappait totalement ; pour moi, ce n'était qu'une sorte d'incantation, mais j'aimais cette chanson, et je l'avais déjà écoutée tant de fois que je pouvais répéter de mémoire les paroles du début :

Pretend you're happy when you're blue
it isn't very hard to do...

Aujourd'hui, naturellement, je sais que cela veut dire : « Faire semblant d'être heureux quand on a le cafard, ce n'est pas très compliqué. » Évidemment, c'est une façon comme une autre de voir la vie, mais c'est parfois très difficile.

Cette chanson me faisait toujours penser au sourire plein de charme de Shimamoto-san. Ce jour-là, elle portait un pull bleu à encolure ronde. Elle devait aimer les pulls bleus : elle en possédait toute une panoplie. Ou peut-être était-ce afin d'avoir toujours des vêtements assortis au manteau qu'elle mettait pour l'école. Un col de chemisier blanc dépassait de son pull. Elle portait une jupe à carreaux et des chaussettes blanches en coton. La matière douce de son pull lui moulait la poitrine, et laissait deviner ses formes naissantes. Elle avait posé les pieds sur le canapé, les avait ramenés sous elle. Un coude sur le dossier, elle écoutait la musique comme si elle contemplait un paysage lointain.

— À ton avis, si des parents n'ont qu'un seul enfant, est-ce forcément parce qu'ils ne s'entendent pas bien ? demanda-t-elle soudain.

— Où as-tu entendu raconter ça ?

— Quelqu'un me l'a dit, il y a longtemps. Ça m'a rendue très triste.

— Mmh, fis-je.

— Tes parents à toi, ils s'entendent bien ?

Je ne pus répondre tout de suite : je n'avais jamais réfléchi à la question.

— Ma mère a une santé fragile. Je crois qu'avoir un autre enfant serait trop fatigant pour elle, c'est pour ça que je suis le seul.

— Tu n'aurais pas aimé avoir un petit frère ou une petite sœur ?

— Je n'y pense jamais.

— Pourquoi ? Pourquoi tu n'y penses jamais ?

Je pris la pochette de disque sur la table et tentai de déchiffrer ce qui était inscrit dessus, mais il faisait trop sombre dans la pièce. Je la remis sur la table, me frottai les yeux plusieurs fois du poignet. Ma mère m'avait déjà posé cette question. La réponse que je lui avais faite alors ne l'avait ni réjouie ni attristée. Elle avait seulement eu l'air surprise. Mais au moins j'avais été honnête et franc.

J'avais parlé très longuement, incapable d'exprimer avec précision les points cruciaux. Mais ce que je voulais dire en fin de compte, c'était : « J'ai toujours été élevé sans frères et sœurs, donc si j'en avais eu je ne serais pas celui que je suis maintenant, voilà pourquoi je ne me demande jamais si j'aurais aimé en avoir ou pas. » La question de ma mère n'avait aucun sens à mes yeux.

Je fis donc une réponse identique à Shimamoto-san. Elle me regarda fixement. Son visage me captivait. Il y avait dans son expression – je ne le découvris bien sûr que beaucoup plus tard, en y réfléchissant – quelque chose de sensuel et d'attirant, comme si elle enlevait doucement une à une de fines couches de peau autour d'un cœur. Aujourd'hui encore, je me rappelle parfaitement la légère lumière perceptible au fond de ses prunelles et sur ses lèvres fines, accompagnant ses moindres changements de physionomie, comme la flamme d'une petite bougie vacillant à l'extrémité d'une salle obscure.

— Je crois comprendre ce que tu veux dire, déclara-t-elle d'un ton réfléchi d'adulte.

— Ah oui ?

— Mmh. Il y a des choses dans la vie qu'on peut changer et d'autres non. Le temps, par exemple, est irrattrapable. Il est impossible de revenir sur le passé. Tu es de mon avis, n'est-ce pas ?

Je hochai la tête.

— Avec le temps, de nombreuses choses se figent, comme du plâtre dans un seau, et on ne peut plus retourner en arrière. Le « toi » que tu es maintenant est solidifié comme du ciment, et tu ne peux pas être autre que ce que tu es aujourd'hui, voilà ce que tu veux dire.

— Oui, ça doit être ça, répondis-je d'une voix incertaine.

Shimamoto-san regarda ses mains un long moment.

— Moi, tu sais, je pense parfois à quand je serai grande, quand je me marierai. Je me demande dans quel genre de maison je vivrai, ce que je ferai, tout ça… Combien d'enfants j'aurai…

— Hein ? fis-je, surpris.

— Tu n'y penses jamais ?

Je secouai la tête. Un garçon de douze ans n'a pas de telles préoccupations.

— Et tu as décidé combien d'enfants tu voulais ? la questionnai-je.

Elle enleva sa main du dossier du canapé et la posa sur ses genoux. Je regardai distraitement ses doigts suivre le tracé des carreaux de sa jupe. Ce mouvement semblait empreint d'un mystère, comme si un fil ténu et transparent sorti du bout de ses doigts tissait un temps encore à venir. En fermant les yeux, je pouvais voir des tourbillons s'élever dans l'obscurité, puis disparaître sans bruit. J'entendais au loin Nat King Cole chanter *South of the Border*. Il s'agissait du Mexique bien sûr, mais je ne le savais pas. Je ne sentais que l'écho étrange de ces mots : « sud de la frontière ». Chaque fois que j'écoutais cette chanson, je me demandais ce qu'il pouvait bien y avoir au « sud de la frontière ». Je rouvris les yeux : les mains de Shimamoto-san s'agitaient toujours sur sa jupe. Une sorte de doux picotement s'insinua tout au fond de mon corps.

— C'est étrange, dit-elle, je ne peux m'imaginer qu'avec un seul enfant. J'arrive à me voir en mère de famille avec un enfant, ça oui, mais sans frères et sœurs. C'est toujours un enfant unique.

Shimamoto-san était une fille précoce, sans aucun doute, et je suis sûr qu'elle était amoureuse de moi. Moi aussi, j'éprouvais une vive attirance pour elle, mais je ne savais que faire de ce sentiment. Comme elle, certainement. Une fois, une seule, elle me prit la main. Elle voulait m'indiquer une direction et me saisit par la main en disant : « Vite, par ici ! » Nos doigts restèrent entrelacés à peine dix secondes, mais cela me sembla durer une demi-heure. Et, quand elle relâcha son étreinte, je regrettai qu'elle ne l'ait pas prolongée davantage. Et puis j'avais bien compris que son geste était spontané, mais qu'elle avait aussi envie de voir ce que cela faisait de tenir ma main dans la sienne.

Aujourd'hui encore, je me rappelle nettement cette sensation si différente de tout ce que j'avais connu jusqu'alors, et de tout ce que je ressentis par la suite. C'était simplement la menotte tiède d'une fillette de douze ans. Mais il y avait, rangés à l'intérieur de ces cinq doigts et de cette paume comme dans une mallette d'échantillons, tout ce que je voulais et tout ce que je devais savoir de la vie. C'est elle qui m'apprit, en me prenant la main, qu'il existait bel et bien un lieu de plénitude au cœur même de la réalité. Au cours de ces dix secondes, je m'étais senti comme un parfait petit oiseau. Je volais dans le ciel, sensible au vent dans mes plumes. Depuis le ciel, je contemplais des paysages lointains. Même s'ils étaient trop loin pour que je puisse distinguer avec exactitude ce qui s'y trouvait, je savais désormais qu'ils existaient. Un jour ou l'autre, je pourrais y aller. Cette vérité me coupait le souffle, faisait vibrer ma poitrine.

Une fois rentré chez moi, je m'assis devant mon bureau et regardai longuement cette main que Shimamoto-san avait serrée dans la sienne. J'étais heureux qu'elle l'ait fait. La douceur de cette sensation me réchauffa le cœur plusieurs jours de suite. Mais, en même temps, j'étais troublé, déconcerté, mélancolique. Je ne savais que faire de cette sensation, comment la traiter.

À la fin de l'école primaire, Shimamoto-san et moi entrâmes dans des collèges différents. Mes parents devaient quitter la maison dans laquelle nous avions vécu jusque-là, et déménager pour une autre ville. Notre nouveau lieu de résidence n'était qu'à deux arrêts de train du précédent, ce qui me permit de rendre visite plusieurs fois à Shimamoto-san. J'allai la voir à trois ou quatre reprises en trois mois, après le déménagement, puis mes visites cessèrent. Nous traversions une période délicate. Il me semblait que nos mondes étaient à présent radicalement différents, simplement parce que nous ne fréquentions pas le même collège et que deux gares nous séparaient. Désormais, nos amis n'étaient plus les mêmes, nos uniformes, nos manuels scolaires non plus. Mon corps, ma voix, ma sensibilité, tout mon être était en train de se transformer brutalement, et l'espace d'intimité qui existait autrefois entre elle et moi était soudain devenu inconfortable. Peut-être aussi que Shimamoto-san avait grandi plus vite que moi, physiquement et moralement. Je m'étais d'ailleurs aperçu que sa mère me regardait d'une drôle de façon. Comme si elle se disait : « Pourquoi ce garçon continue-t-il de rendre visite à ma fille si souvent, alors qu'il n'habite plus le quartier et fréquente un autre établissement ? » J'étais peut-être trop susceptible. En tout cas, à l'époque, les regards de sa mère me dérangeaient.

Mes visites se firent donc plus rares, puis s'interrompirent. C'était sans doute une erreur (je suis obligé d'ajouter ce *sans doute*, car il ne me revient pas de décider ce qui était juste ou non, en examinant cette étendue de souvenirs qu'on nomme le passé). J'aurais dû rester en relation étroite avec Shimamoto-san. J'avais besoin d'elle, et elle aussi, je crois, avait besoin de moi. Mais j'avais trop conscience de moi-même, j'avais trop peur d'être blessé. Je ne devais plus la revoir avant très, très longtemps.

Cependant, même après avoir cessé de lui rendre visite, je continuai de penser à elle avec nostalgie. Au cours de cette période triste et confuse appelée adolescence, le souvenir chaleureux de Shimamoto-san m'encouragea souvent, me consola aussi parfois. Longtemps, elle tint une place à part dans mon cœur. Une place laissée libre uniquement pour elle, comme une table tranquille au fond d'un restaurant avec un carton « Réservé » posé dessus. Pourtant, je croyais alors ne jamais la revoir.

À l'époque où nous nous fréquentions, j'avais douze ans et j'ignorais ce qu'était le désir sexuel. Certes, j'éprouvais un vague intérêt pour le gonflement de sa poitrine et pour ce qui se trouvait sous sa jupe. Mais je ne savais pas ce que cela signifiait véritablement, pas plus que je ne connaissais l'aboutissement concret de ces pulsions. Simplement, je tendais l'oreille, je fermais les yeux et, immobile, j'essayais de le deviner. C'était un paysage à peine esquissé, aux contours vagues, comme brouillés par la brume. Au cœur de ce paysage se dissimulait quelque chose de très important pour moi, je le sentais. Et Shimamoto-san contemplait le même paysage que moi, je le savais.

Peut-être avions-nous tous deux conscience d'être encore fragmentaires ; nous commencions à peine à sentir les prémices d'une réalité nouvelle qui nous comblerait et ferait de nous des êtres achevés. Nous nous tenions debout devant une porte donnant sur cette aventure nouvelle. Seuls tous les deux, dans une vague clarté, main dans la main pendant dix secondes à peine.

2

En entrant au lycée, je devins un adolescent comme tant d'autres. J'entamais la deuxième phase de ma vie, franchissais un nouveau cap dans mon évolution. Abandonnant l'espoir d'être un jour quelqu'un de spécial, je devins un être ordinaire. Bien sûr, j'avais quantité de problèmes, et ça se voyait. Mais enfin, qui est bien dans sa peau à seize ans ? Peu à peu, je me rapprochais du monde, et le monde se rapprochait de moi.

Je finis donc par atteindre l'âge de seize ans et cessai d'être l'enfant fragile d'autrefois. Depuis le début du collège, je m'étais mis à fréquenter une piscine située à proximité de chez moi ; j'y avais appris à nager correctement le crawl et faisais aussi des séries de longueurs deux fois par semaine, en vertu de quoi mes épaules et mes pectoraux s'élargirent en un rien de temps, ma musculature se raffermit. Je n'étais plus l'enfant maladif et somnolent que j'avais été. Je passais de longues heures nu devant le miroir de la salle de bains, à inspecter sous toutes les coutures mon corps qui se transformait quasiment à vue d'œil. Cette métamorphose me ravissait. Non pas que j'étais heureux de m'avancer petit à petit vers l'âge adulte. Plutôt que ma croissance, c'étaient les changements s'opérant dans ma personnalité qui me remplissaient d'aise : je me réjouissais de la disparition de mon ancien moi.

Je lisais énormément, écoutais beaucoup de musique. J'avais toujours aimé ces activités, mais grâce à Shimamoto-san j'avais pu développer et affiner mon amour des livres et de la musique. Je fréquentais assidûment la bibliothèque et y empruntais tout ce que je pouvais. Une fois que j'avais commencé un livre, rien n'aurait pu m'empêcher d'arriver au bout. C'était pour moi une véritable drogue : je lisais en mangeant, je lisais dans le train, je lisais jusqu'à l'aube dans mon lit, je lisais en cachette pendant les cours. Je m'étais aussi procuré une petite chaîne stéréo et, dès que j'avais un instant, je m'enfermais dans ma chambre pour écouter des disques. Je n'avais toutefois aucun désir de partager avec qui que ce soit mon expérience des livres et de la musique. J'éprouvais une certaine paix à être moi-même, satisfait de ne pas être un autre. En ce sens, j'étais un adolescent terriblement solitaire et arrogant. Je n'aimais pas les sports d'équipe, je détestais les sports de compétition. Ce que j'aimais, c'était nager des heures seul, en silence.

Cependant, je n'étais pas totalement seul. À l'école, j'avais réussi à me faire quelques amis, même si leur nombre était réduit. À dire vrai, je n'avais jamais aimé l'école. J'avais l'impression qu'on cherchait à m'écraser et je vivais en permanence sur la défensive. Sans ces amis, j'aurais sans doute gardé des marques plus douloureuses de cette période instable qu'est l'adolescence.

En outre, conséquence de ma pratique du sport, je me nourrissais beaucoup mieux qu'avant : la liste des plats que je détestais avait nettement diminué. Il m'arrivait de moins en moins souvent de rougir sans raison en parlant avec une fille. Même quand les circonstances m'obligeaient à dire que j'étais fils unique, personne n'avait l'air de s'en soucier. Il semblait, du moins extérieurement, que j'avais enfin échappé à la malédiction qui s'acharnait sur les enfants uniques.

Et puis, j'avais une petite amie.

Elle n'était pas particulièrement jolie. Pas le type de fille que ma mère aurait remarqué sur la photo de classe et dont elle aurait dit en soupirant : « Comment s'appelle cette fille ? Elle est ravissante ! » Moi, pourtant, dès le premier regard, je la trouvai très mignonne. Ce genre de choses n'apparaît pas sur une photo mais, en chair et en os, elle dégageait une chaleur spontanée qui attirait les gens vers elle. Ce n'était pas une beauté à couper le souffle ; mais, à la réflexion, je n'avais moi-même aucun mérite dont je puisse spécialement me vanter.

En deuxième année de lycée, nous étions dans la même classe, et sortîmes ensemble plusieurs fois, d'abord avec un autre couple d'amis de notre âge, puis seuls tous les deux. Je me sentais étrangement à l'aise en sa compagnie. Je pouvais m'exprimer sans aucune gêne, elle m'écoutait toujours avec un air plein d'intérêt et de plaisir. Ce que je disais n'était guère passionnant, et pourtant à la voir on aurait dit qu'il s'agissait de grandes découvertes qui allaient changer le monde. C'était la première fois, depuis que j'avais quitté Shimamoto-san, qu'une fille m'écoutait avec autant de passion. De mon côté, j'avais envie de tout savoir d'elle, même les détails les plus insignifiants. Ce qu'elle mangeait, à quoi ressemblait sa chambre, ce qu'elle voyait de sa fenêtre...

Elle s'appelait Izumi, ce qui signifie « source ». « Quel joli nom, lui dis-je dès notre première rencontre. Ça me rappelle ce conte de fées, tu sais : un bûcheron jette sa hache dans une source, et il en sort une fée. » Cela l'avait fait rire. Elle avait une sœur de trois ans plus jeune qu'elle et un frère qui était son cadet de cinq ans. Son père était dentiste, sa famille habitait une maison individuelle et ils possédaient un berger allemand du nom de Karl. Cela peut sembler incroyable, mais le nom du chien était inspiré de Karl Marx : le père d'Izumi était membre du parti communiste japonais. Bien sûr, il n'était sans doute pas le seul dentiste communiste du Japon. En les réunissant tous, on aurait peut-être pu remplir quatre ou cinq bus. L'idée que le père de ma petite amie était l'un d'eux me paraissait néanmoins étrange. Les parents d'Izumi étaient fous de tennis et chaque dimanche, raquette en main, ils se rendaient sur un court voisin. Les dentistes communistes fous de tennis me paraissaient une espèce des plus rares. Izumi, elle, ne semblait guère se préoccuper de tout cela. Elle ne s'intéressait absolument pas au communisme japonais ; en revanche, elle aimait ses parents et allait souvent jouer au tennis avec eux. Elle m'engagea vivement à apprendre moi aussi, mais je ne parvins jamais à apprécier ce sport.

Izumi enviait mon statut d'enfant unique. Elle n'aimait guère ses frère et sœur, qu'elle disait insensibles et stupides. « S'ils disparaissaient, ajoutait-elle, je me sentirais revivre. Quelle chance tu as d'être fils unique. Moi, c'était mon rêve ! Tu peux vivre tranquille sans personne pour te déranger et faire tout ce que tu veux. »

Je l'embrassai pour la première fois à notre troisième rendez-vous. Ce jour-là, elle était venue me rendre visite chez moi. Ma mère s'étant absentée le temps de faire une course, je profitai d'être seul avec Izumi pour rapprocher mon visage du sien, et poser mes lèvres sur les siennes. Elle ferma les yeux sans protester. J'avais préparé une bonne douzaine d'excuses pour le cas où elle se serait fâchée ou aurait détourné la tête, mais finalement aucune ne fut nécessaire. Ma bouche toujours sur la sienne, je passai mon bras derrière son dos et l'attirai encore plus près. C'était la fin de l'été, elle portait une robe de coton gaufré nouée à la taille par un lien qui pendait dans le dos comme une queue. Ma main effleura l'agrafe de métal de son soutien-gorge. Je sentais son souffle dans mon cou. Mon cœur battait à tout rompre comme s'il allait bondir hors de ma poitrine. Quand elle sentit contre sa cuisse mon pénis raidi et turgescent, Izumi s'écarta légèrement, sans plus : elle semblait trouver cela naturel, et pas particulièrement désagréable.

Nous restâmes enlacés, immobiles, sur le canapé du salon. Le chat, installé sur un fauteuil en face de nous, nous regarda un moment, les yeux grands ouverts, puis s'étira en silence et s'endormit. Je caressai les cheveux d'Izumi, posai mes lèvres contre sa minuscule oreille. « Il faut que je dise quelque chose », pensai-je, mais aucun mot ne me venait à l'esprit. Je ne parvenais même pas à reprendre mon souffle pour exprimer quoi que ce soit. Alors, je saisis sa main et l'embrassai à nouveau sur les lèvres. Nous restâmes longtemps silencieux, l'un et l'autre.

Après l'avoir raccompagnée jusqu'à la gare et être rentré chez moi, je me sentis terriblement agité. Je m'allongeai à nouveau sur le canapé et contemplai le plafond, incapable de penser à quoi que ce soit. Au bout d'un moment, ma mère revint, annonça qu'elle allait préparer le dîner. Mais je n'avais pas faim. J'enfilai mes chaussures en silence, sortis de la maison et marchai deux heures au hasard dans les rues. J'éprouvais un sentiment étrange : je n'étais plus seul, et en même temps j'étais la proie de la solitude la plus intense que j'aie jamais connue. J'avais du mal à gérer la distance avec les objets, comme si j'avais chaussé des lunettes pour la première fois. Mes projets les plus lointains me semblaient à portée de main, tout ce qui était brouillé jusque-là m'apparaissait maintenant avec une vive netteté.

Izumi m'avait déclaré en partant : « C'était très agréable, merci. » La réciproque était vraie, cela va sans dire. Une fille m'avait laissé l'embrasser ! Cela me paraissait incroyable. J'étais content, c'était normal. Pourtant, je n'arrivais pas à me sentir ouvertement heureux. Je ressemblais à une tour qui aurait perdu ses fondations. Plus je scrutais l'horizon, plus le vertige me faisait vaciller. Pourquoi elle ? me demandais-je. Que savais-je d'elle ? Nous ne nous étions vus que quelques fois, n'avions échangé que des propos anodins. Cette idée me déstabilisait complètement.

Je songeais que si j'avais embrassé Shimamoto-san et non Izumi, je ne me serais pas senti aussi gêné. Nous nous comprenions totalement sans rien dire, Shimamoto-san et moi. Aucune angoisse, aucune confusion ne s'était jamais dressée entre nous.

Seulement, Shimamoto-san n'était pas là. Comme moi, elle vivait maintenant dans un monde différent, bien à elle. Je ne pouvais donc pas comparer Izumi avec elle. Cela n'aurait servi à rien. Ici, j'étais dans un autre univers, et les portes s'étaient refermées sur le passé. Il fallait que je m'affirme d'une façon ou d'une autre dans ce nouvel environnement.

Je restai éveillé jusqu'à ce que l'aube commence à blanchir le ciel à l'est. Alors, j'allai enfin me coucher, mais je dormis deux heures à peine puis me levai, pris une douche et me rendis au collège. « Il faut que je parle avec Izumi », me dis-je en chemin. Je voulais être sûr de la réalité de ce qui s'était passé la veille entre nous. Je voulais entendre de sa bouche que ses sentiments pour moi n'avaient pas changé. Elle m'avait affirmé : « C'était très agréable, merci », mais, depuis que la nuit s'était écoulée, il me semblait que ce n'était là qu'une illusion forgée de toutes pièces par mon esprit.

Je ne pus trouver l'occasion de parler seul à seul avec elle ce jour-là. Elle passa toutes les récréations en compagnie de ses amies les plus proches et rentra rapidement chez elle à la fin des cours. Nos regards se croisèrent une seule fois, dans le couloir, lors d'un changement de salle. Elle m'adressa un sourire rapide et je le lui rendis. Ce fut tout. Mais ce fut suffisant : j'avais lu dans son sourire l'assurance que les événements de la veille étaient bien réels. « Ne t'inquiète pas, tout était vrai », m'avaient assuré ses lèvres souriantes. Quand je repris le train pour retourner chez moi, ma confusion s'était presque dissipée. Je voulais Izumi : cette puissante et saine certitude balayait tous les doutes de la nuit.

Je savais clairement ce que je désirais : pour commencer, la déshabiller, lui ôter ses vêtements. Ensuite, faire l'amour avec elle. C'était un long chemin à parcourir, et je ne pouvais avancer qu'en me figurant concrètement les étapes à suivre, une par une. Pour faire l'amour à une femme, il fallait d'abord dégrafer sa robe. Entre ce geste et l'aboutissement final, il devait exister une vingtaine ou une trentaine d'étapes aussi délicates que décisives.

Je m'attaquai en premier à l'achat des préservatifs. Il s'écoulerait certainement un certain laps de temps avant l'étape où leur usage se révélerait nécessaire, mais mieux valait s'y préparer à l'avance. Nul ne pouvait prévoir quand le besoin s'en ferait sentir. Cependant, il était hors de question que j'aille en acheter moi-même à la pharmacie. Je n'étais qu'un lycéen, et je n'avais pas le courage de le faire. Il y avait bien quelques distributeurs automatiques en ville, mais j'aurais été tellement embarrassé que quelqu'un de ma connaissance me surprenne que je n'osais pas affronter ce risque. Ce problème me tourmenta deux ou trois jours d'affilée.

Finalement, les choses se révélèrent plus simples que je n'aurais cru. Je me confiai à un camarade assez au fait de ces questions, et il me répondit aussitôt : « Si ce n'est que ça, je peux t'en passer une boîte. Mon frère aîné en a acheté des tas dans des distributeurs ou je ne sais où. J'ignore ce qu'il compte faire de pareilles quantités de capotes, en tout cas il en a un tiroir plein. Il ne se rendra même pas compte qu'il en manque une boîte. » Je le remerciai avec gratitude. Dès le lendemain, il m'apportait à l'école une boîte de préservatifs discrètement enveloppée dans un sac en papier. Je l'invitai à déjeuner pour le remercier et lui fis promettre de n'en souffler mot à personne. Il me répondit que je pouvais me fier à lui, mais naturellement il fut incapable de tenir sa langue. Il en parla à quelques-uns de ses camarades qui ébruitèrent la chose à leur tour. Cela arriva finalement aux oreilles d'une amie d'Izumi qui s'empressa de le lui répéter. Un jour, après les cours, elle m'invita à la rejoindre sur le toit en terrasse du lycée.

— Dis donc, Hajime, il paraît que Nishida t'a passé une boîte de préservatifs ? me lança-t-elle, butant sur le mot « préservatifs ». Dans sa bouche, ce mot évoquait une maladie immorale et contagieuse.

— Ah, euh, oui, fis-je, puis je cherchai des mots appropriés – en vain. Euh… ça ne veut rien dire, tu sais, ça fait longtemps que je voulais en avoir, juste au cas où.

— C'est pour moi que tu les as demandés ?

— Pas du tout, affirmai-je. J'étais juste curieux de voir à quoi ça ressemblait. Mais si jamais l'idée que je m'en suis procuré t'est désagréable, je m'en excuse. Je peux les rendre, ou les jeter si tu veux.

Nous étions assis côte à côte sur un petit banc de pierre. Comme le temps était à la pluie, il n'y avait personne d'autre que nous sur la terrasse. Les alentours étaient très silencieux, jamais je n'avais vu cet endroit aussi calme.

Le lycée était situé en haut d'une colline, et de la terrasse on pouvait embrasser d'un coup d'œil toute la ville et la mer. Un jour, avec des camarades de classe, nous avions chipé une dizaine de vieux disques dans la salle d'audiovisuel pour jouer au frisbee sur le toit. Les disques volaient en décrivant de jolies trajectoires dans les airs. Prenant leur envol sur les ailes du vent, ils se dirigeaient gaiement vers le port, comme doués de vie pour un instant. Mais l'un d'eux rata son départ et, traçant une courbe maladroite, atterrit sur le court de tennis en contrebas, à la grande surprise des lycéennes de première année qui s'entraînaient. Ce petit jeu avait été source de pas mal de problèmes pour mes camarades et moi. L'incident remontait à l'année précédente, et voilà que je me retrouvais au même endroit pour parler de préservatifs avec ma petite amie ! Je levai la tête et vis un milan décrire un joli cercle au-dessus de nous. « Ce doit être bien agréable d'être un milan, me dis-je. Ils n'ont rien d'autre à faire que planer dans le ciel. » En tout cas, la contraception devait être le dernier de leurs soucis.

— Tu m'aimes vraiment ? demanda Izumi d'une voix sereine.

— Évidemment, répondis-je. Évidemment que je t'aime.

Ses lèvres serrées formant un seul trait, elle me regarda bien en face, si longtemps que cela me mit mal à l'aise.

— Moi aussi je t'aime…, dit-elle au bout d'un moment.

« Mais… », pensai-je.

— … mais, ajouta-t-elle ainsi que je m'y attendais, ne sois pas trop pressé.

Je hochai la tête.

— Ne sois pas impatient. J'ai mon propre rythme. Je ne suis pas très adroite, il me faut du temps pour me préparer aux choses. Tu crois que tu pourras attendre ?

Je hochai la tête à nouveau.

— Tu me le promets ? insista-t-elle.

— Je te le promets.

— Tu ne me feras jamais de mal ?

— Jamais.

Tête baissée, Izumi regarda longtemps le bout de ses pieds chaussés de mocassins noirs tout ce qu'il y a d'ordinaire. Comparées aux miennes, ses chaussures avaient l'air aussi minuscules que des accessoires de poupée.

— J'ai peur, dit-elle. Je ne sais pas pourquoi, ces temps-ci, il m'arrive de me sentir comme un escargot privé de sa coquille.

— Moi aussi j'ai peur, répliquai-je. Je ne sais pas pourquoi, il m'arrive de me sentir comme une grenouille privée de ses palmes.

Elle leva la tête et me regarda, puis pouffa de rire.

Ensuite, sans qu'un de nous deux prît particulièrement l'initiative, nous allâmes nous embrasser dans un coin du bâtiment. Moi, la grenouille sans palmes, j'attirai tout contre moi l'escargot sans coquille, collai sa poitrine contre la mienne. Nos langues se touchèrent. Je palpai ses seins par-dessus son chemisier. Elle ne protesta pas. Elle se contenta de soupirer, les yeux fermés. Ses seins n'étaient pas très gros, ils tenaient dans mes paumes comme si elles leur étaient familières, on aurait dit qu'ils étaient faits pour ça. Elle posa ses doigts sur ma poitrine. Sa main semblait parfaitement adaptée aux battements de mon cœur. « Bien sûr, elle est différente de Shimamoto-san, pensai-je. Elle ne me donnera pas tout ce que Shimamoto-san m'a donné. Mais elle est à moi, et elle essaie de m'apporter ce qu'elle peut. Quelle raison aurais-je de lui faire du mal ? »

À cette époque-là, je ne savais pas encore qu'un jour je la blesserais irrémédiablement. Je ne savais pas que parfois un être humain peut en blesser un autre, par le seul fait d'exister et d'être lui-même.

3

Ma relation avec Izumi dura plus d'un an. Nous nous voyions une fois par semaine. Nous allions au cinéma, révisions ensemble à la bibliothèque, ou flânions dans les rues. Mais nous ne poussâmes jamais nos jeux sexuels jusqu'au bout. Je l'invitais parfois chez moi en l'absence de mes parents, et nous nous allongions sur mon lit, étroitement enlacés. Cela arrivait deux fois par mois environ. Cependant, Izumi refusait toujours de se déshabiller. « Si jamais tes parents revenaient à l'improviste, me déclara-t-elle, ce serait tellement gênant qu'ils me trouvent toute nue. » Elle se montrait d'une pudeur excessive, mais je ne crois pas que c'était de la lâcheté de sa part : simplement, c'était dans son caractère, elle ne pouvait supporter l'idée d'être surprise dans une situation embarrassante.

Je la caressais donc tout habillée, glissant maladroitement mes doigts sous ses sous-vêtements.

— Ne sois pas pressé, déclarait-elle chaque fois devant mon air déçu. Attends que je sois vraiment prête. Je t'en prie…

Pour être franc, je n'étais pas pressé du tout. J'étais seulement confus, et désespéré. Bien sûr, j'étais amoureux d'Izumi et je lui étais reconnaissant de consentir à être ma petite amie. Si elle n'avait pas été là, mon adolescence, pleine d'ennui, aurait manqué de couleurs. C'était une brave fille, fondamentalement franche et honnête. Tout le monde l'aimait bien. On ne pouvait pas dire que nous avions les mêmes goûts. Je crois bien qu'elle ne comprenait pas grand-chose aux livres que je lisais ou à la musique que j'écoutais. Nous ne pouvions donc guère aborder ce genre de sujets sur un plan d'égalité, et sur ce point ma relation avec elle était très différente de celle que j'avais entretenue avec Shimamoto-san.

Mais quand elle était assise à côté de moi, et que ses doigts touchaient les miens, un sentiment de chaleur m'envahissait naturellement. Avec elle, je pouvais parler de tout ce qui me tenait à cœur. J'aimais embrasser ses paupières, sa bouche. J'aimais relever ses cheveux et poser mes lèvres sur ses minuscules oreilles. Ça la faisait pouffer de rire. Aujourd'hui encore, penser à elle m'évoque de paisibles dimanches matin. Des dimanches sereins, ensoleillés, qui commençaient à peine. Des dimanches sans devoirs, où nous étions libres de faire ce que nous voulions. Sa simple présence me plongeait dans une douce humeur dominicale.

Bien sûr, elle avait aussi des défauts. Elle se montrait têtue pour des détails sans importance, et manquait un peu d'imagination. Elle ne cherchait pas à connaître autre chose que le monde auquel elle appartenait, rien ne la passionnait jamais au point d'en oublier de manger et de dormir. Elle aimait et respectait ses parents. Aujourd'hui, cela me paraît on ne peut plus normal pour une fille de seize ou dix-sept ans, mais à l'époque j'avais quelquefois du mal à supporter la banalité de ses opinions. En contrepartie, jamais elle ne disait de mal de quiconque, jamais elle ne se vantait non plus. Elle se montrait aimable et attentive avec tout le monde. Elle écoutait avec gravité ce que je lui racontais, m'encourageait sans cesse. Je lui faisais beaucoup de confidences sur moi-même : ce que j'attendais de mon avenir, ce que je voulais faire plus tard, quel genre d'homme je souhaitais devenir. Pour la plupart, ce n'étaient que des rêves irréalistes communs à tous les jeunes gens de cette époque. Mais Izumi me prêtait toujours une oreille attentive et m'affirmait : « Je suis sûre que tu deviendras quelqu'un de magnifique. Il y a quelque chose de si beau en toi. » Elle était sincère. Et c'était la première fille à me faire un compliment de ce genre.

Et puis, la tenir dans mes bras – même habillée – était une sensation merveilleuse. Mais ce qui me troublait et me désespérait, c'était qu'à l'intérieur d'Izumi je ne parvenais pas à découvrir quoi que ce soit *qui me fût vraiment destiné*. Je pouvais dresser la liste de toutes ses qualités. Elle était bien plus longue que celle de ses défauts. Et certainement plus longue aussi que celle de mes qualités à moi. Il lui manquait pourtant quelque chose de fondamental. Si j'avais su découvrir ce *quelque chose* en elle, j'aurais sans doute couché avec elle. Je ne me contentais pas de prendre mon mal en patience sans rien faire : je consacrais du temps à essayer de la convaincre, de lui expliquer pourquoi il fallait qu'elle couche avec moi. Mais finalement, je n'étais pas convaincu moi-même de l'absolue nécessité de cet acte. Je n'étais qu'un jeune homme irréfléchi de dix-sept ou dix-huit ans. Malgré tout, quelque part, je savais. Si elle ne désirait pas profondément faire l'amour avec moi, je savais que ce n'était pas la peine d'insister, et qu'il fallait attendre avec patience le moment où elle serait prête.

Une fois, cependant, il m'arriva de la tenir nue dans mes bras. Ce jour-là, je la prévins :

— J'en ai assez de te caresser à travers tes vêtements. Si tu ne veux pas faire l'amour avec moi, on ne le fera pas, mais je veux au moins te voir nue et te tenir nue dans mes bras.

J'ajoutai que j'avais vraiment besoin de cela, qu'il m'était impossible d'endurer davantage cette attente. Izumi réfléchit un petit moment, puis me répondit que, si tel était réellement mon désir, elle était d'accord.

— Mais promets-moi, poursuivit-elle d'un ton grave, promets-moi de ne rien faire dont je n'ai pas envie.

Le dimanche suivant, elle vint chez moi. C'était une belle journée ensoleillée du début de novembre, un peu fraîche. Mes parents étaient partis assez loin assister à un service funèbre commémoratif pour un membre de la famille de mon père. Normalement, j'aurais dû les accompagner, mais j'avais prétexté des examens à réviser afin de rester seul à la maison. Ils devaient rentrer tard dans la soirée.

Izumi arriva en début d'après-midi. Nous nous allongeâmes aussitôt sur mon lit. Je la déshabillai. Elle me laissa faire sans rien dire, les yeux fermés. La tâche me parut difficile. Étant peu adroit de nature, je trouvais les vêtements féminins bien compliqués. Finalement, Izumi rouvrit les yeux et se déshabilla toute seule. Elle portait une petite culotte

40

bleu clair et un soutien-gorge assorti qu'elle avait sans doute achetés en prévision de cette journée. Jusque-là, je ne lui connaissais que des sous-vêtements tout simples en coton, choisis par sa mère.

Je me déshabillai à mon tour, puis je la pris dans mes bras, embrassai son cou, ses seins. Enfin je pouvais caresser sa peau lisse, respirer son parfum. C'était merveilleux d'être nus tous les deux, étroitement enlacés. J'étais presque fou de désir et sur le point de la pénétrer, mais elle m'arrêta avec fermeté, en s'excusant. En revanche, elle prit mon sexe dans sa bouche et activa sa langue autour. C'était la première fois qu'elle me faisait ça. À peine m'eut-elle caressé le gland avec sa langue que, incapable de me contenir davantage, j'éjaculai dans sa bouche.

Ensuite, je la gardai serrée dans mes bras. Je la caressai partout, lentement, et posai mes lèvres en différents endroits de son corps illuminé par les rayons du soleil automnal. Ce fut un après-midi merveilleux. Nous nous serrâmes très fort l'un contre l'autre à plusieurs reprises. J'éjaculai à nouveau plusieurs fois dans sa bouche. Elle courait aussitôt à la salle de bains se gargariser.

— Ça fait bizarre, disait-elle en riant.

Cet après-midi-là fut le plus heureux que nous passâmes ensemble, Izumi et moi, de toute l'année pendant laquelle nous nous fréquentâmes. Ainsi nus l'un contre l'autre, nous ne pouvions plus rien nous cacher, pensais-je. J'avais l'impression de la comprendre bien mieux que jusqu'alors, et sans doute était-ce réciproque. Il nous fallait seulement une certaine accumulation de faits. Pas que des mots et des promesses, mais un joli tas bien net de réalités concrètes, pour nous permettre d'aller de l'avant. C'était ce qu'elle voulait finalement, me disais-je.

Izumi resta longtemps immobile, la tête posée sur ma poitrine, à écouter les battements de mon cœur, tandis que je lui caressais les cheveux. J'avais dix-sept ans, j'étais en bonne santé et sur le point de devenir adulte. Mais le temps avait beau s'écouler de façon agréable, vers quatre heures, elle voulut se rhabiller et partir. C'est à ce moment que la sonnette de l'entrée retentit. Je fis d'abord la sourde oreille. Je n'avais aucune idée de qui cela pouvait être, mais si je ne répondais pas, me disais-je, l'intrus finirait par se lasser et repartirait. Cependant, la sonnette continua ses appels insistants et désagréables. Izumi avait blêmi :

— Tes parents sont peut-être revenus plus tôt que prévu ?

Elle se leva et commença à rassembler ses vêtements épars autour du lit.

— Mais non, ne t'inquiète pas. Ils n'ont aucune raison de rentrer si tôt, et puis ils ne se fatigueraient pas à sonner : ils ont la clé.

— Mes chaussures ! s'exclama-t-elle.

— Tes chaussures ?

— Je les ai laissées dans l'entrée !

Je m'habillai, descendis au rez-de-chaussée, rangeai les chaussures d'Izumi dans le meuble prévu à cet effet et ouvris la porte : je tombai nez à nez avec une de mes tantes, la sœur cadette de ma mère, qui vivait seule à une heure de train de chez nous environ et nous rendait parfois visite.

— Qu'est-ce que tu faisais ? Voilà un moment que je sonne, dit-elle.

— J'avais des écouteurs sur les oreilles, je n'ai rien entendu, m'excusai-je. Papa et maman sont absents, ils sont à une cérémonie de deuil commémorative, je croyais que tu le savais…

— Mais oui, je suis au courant. Seulement, j'avais à faire pas très loin d'ici, alors j'ai pensé passer te préparer à dîner, puisque tu restais seul à la maison pour travailler. J'ai même fait les courses, regarde !

— Écoute, tantine, je ne suis plus un bébé, je suis assez grand pour m'en occuper tout seul, tu sais.

— Mais puisque j'ai fait les courses ! Comme ça, tu peux continuer à travailler tranquillement pendant que je me charge du repas.

Allons bon ! me dis-je. C'était comme si le ciel me tombait sur la tête. Dans ces conditions, Izumi ne pouvait plus repartir : pour avoir accès au vestibule, il fallait traverser le salon, et pour atteindre le portail au bout du jardin on était obligé de passer devant la fenêtre de la cuisine. Évidemment, je pouvais toujours dire à ma tante qu'une amie m'avait rendu visite et lui présenter Izumi. Mais j'étais censé être resté à la maison afin de réviser mes examens ; si mes parents apprenaient que j'en avais profité pour faire venir une fille, les représailles risquaient d'être très dures. Impossible de demander à ma tante de garder le secret : elle n'était pas méchante, mais c'était le genre de femme incapable de garder quelque chose pour elle.

Pendant que ma tante prenait possession de la cuisine avec ses provisions, je récupérai discrètement les chaussures d'Izumi et remontai à l'étage. Mon amie m'attendait dans ma chambre, habillée, prête à partir. Lorsque je lui expliquai la situation, elle devint toute pâle.

— Qu'est-ce que je vais faire si je ne peux pas sortir d'ici ? Je dois être de retour chez moi pour le dîner. Si je ne suis pas à l'heure, ça va être terrible !

— Attends, on va trouver une solution, ne t'inquiète pas.

J'essayai de la calmer, mais je n'avais aucune idée de ce qu'il convenait de faire. Pas la moindre.

— En plus, j'ai perdu une jarretelle. Je l'ai cherchée partout, je ne sais pas où elle est passée.

— Une jarretelle ?

— Oui, un petit bout de métal grand comme ça.

Je cherchai à mon tour par terre, sous le lit, en vain.

— Je suis désolé, tu n'as qu'à ne pas remettre tes bas.

Je redescendis à la cuisine, où je trouvai ma tante occupée à couper des légumes sur le plan de travail.

— Il n'y a plus d'huile pour la vinaigrette, tu n'irais pas m'en acheter ? me dit-elle.

Ne trouvant aucun prétexte pour refuser, je me rendis à vélo chez l'épicier le plus proche. Le soir commençait à tomber, et l'inquiétude m'envahissait peu à peu. Si cela continuait ainsi, Izumi n'allait effectivement pas pouvoir rentrer chez elle. Il fallait trouver une solution avant le retour de mes parents.

— Je ne vois qu'une chose à faire, lui annonçai-je en revenant : attendons que ma tante aille aux toilettes, et tu en profiteras pour sortir en catimini.

— Tu crois que ça peut marcher ?

— Il faut essayer. De toute façon, on ne peut pas rester sans rien faire.

Nous mîmes au point un stratagème : j'allais descendre tenir compagnie à ma tante dans la cuisine ; dès qu'elle irait aux toilettes, je taperais deux fois dans mes mains, et à ce signal Izumi se précipiterait en bas, enfilerait ses chaussures et s'en irait. Si tout s'était déroulé comme convenu, elle m'appellerait d'une cabine un peu plus loin dans la rue.

Ma tante chantonnait joyeusement en coupant ses légumes. Elle prépara de la soupe au miso, une omelette. Le temps passait, mais elle ne faisait toujours pas mine de vouloir aller aux toilettes ; je commençais à m'impatienter. Elle avait peut-être une vessie anormalement grande ? Enfin, au moment où je désespérais vraiment, elle ôta son tablier et quitta la cuisine. Après m'être assuré qu'elle se trouvait bien aux toilettes, je fonçai dans le salon et tapai deux fois dans mes mains de toutes mes forces. Izumi dévala aussitôt l'escalier, ses chaussures à la main ; elle les enfila prestement dans le vestibule et s'en fut sans faire de bruit. Je retournai dans la cuisine et regardai par la fenêtre pour m'assurer qu'elle quittait les lieux sans problème. Juste au moment où Izumi franchissait le portail, ma tante ressortait des toilettes. Je poussai un soupir de soulagement.

Cinq minutes plus tard, le téléphone sonnait : c'était Izumi. Je quittai la maison en annonçant à ma tante que je revenais un quart d'heure plus tard. Izumi m'attendait devant la cabine téléphonique.

— Je déteste ce genre de situation, lança-t-elle avant que j'aie pu ouvrir la bouche. Je ne ferai pas ça deux fois.

Elle était troublée et en colère. Je marchai avec elle jusqu'au parc près de la gare, la fis asseoir sur un banc, lui pris tendrement la main. Je pensai avec nostalgie aux trésors cachés sous son pull rouge et son manteau beige.

— Pourtant, c'était vraiment une journée agréable, non ? Jusqu'à l'arrivée de ma tante, je veux dire. Tu ne trouves pas ?

— Si, bien sûr. Je me sens toujours bien avec toi, tu sais. Mais après, quand je me retrouve seule, je me pose tout un tas de questions.

— Sur quoi ?

— Eh bien, sur l'avenir par exemple. Sur ce qui se passera quand nous aurons terminé le lycée. Tu t'inscriras dans une université à Tokyo, et moi je resterai ici. Que deviendra notre relation ? As-tu pensé à moi ?

J'avais déjà décidé que j'irais à l'université à Tokyo. Je ressentais le besoin de quitter cette ville de province, de m'éloigner de mes parents et de vivre seul, indépendant. Ma place au classement général était loin d'être une des meilleures, mais je travaillais bien dans les matières que j'aimais et j'obtenais d'assez bonnes notes ; je pourrais donc entrer sans réelles difficultés dans une université privée pas trop sélective.

Il n'était pas prévu dans mes plans qu'Izumi vienne à Tokyo avec moi. Tout d'abord, ses parents tenaient à la garder près d'eux, et il était impensable qu'elle aille à l'encontre de leurs désirs. Jamais encore elle ne s'était opposée à eux. Elle souhaitait donc naturellement que je reste moi aussi dans cette ville.

— Il y a une bonne université ici, pourquoi veux-tu absolument aller à Tokyo ?

Si je lui avais annoncé que je renonçais à partir, elle aurait probablement couché avec moi séance tenante.

— Écoute, je ne pars pas pour un pays lointain : Tokyo, c'est seulement à trois heures de train d'ici. Et à l'université, on a beaucoup de vacances, je passerai donc sans doute trois ou quatre mois par an ici.

Nous avions déjà eu des dizaines de fois ce genre de discussions.

— Mais je suis sûre que si tu pars d'ici, tu m'oublieras. Tu trouveras une autre fille.

Cela aussi, elle me l'avait déjà dit cent fois. Chaque fois, je la rassurais, lui affirmais que rien de tel ne se produirait, que je l'aimais et que je ne l'oublierais pas si facilement. Pour être honnête, je n'en avais aucune certitude. Il arrive qu'un simple changement de lieu altère le cours du temps et les émotions ressenties. Je me souvenais du moment où je m'étais éloigné de Shimamoto-san. Malgré notre sentiment réciproque de profonde intimité, il avait suffi que je déménage et change d'école pour que nos chemins se séparent. Je l'aimais beaucoup, elle m'avait invité à venir lui rendre visite, et pourtant j'avais fini par cesser de la voir.

— Il y a quelque chose qui m'échappe, ajouta Izumi. Tu dis que tu m'aimes, que je suis importante pour toi. Là, ça va, je comprends. Mais, de temps en temps, je n'arrive pas à saisir ce que tu penses vraiment au fond de toi.

Sur ce, elle tira un mouchoir de la poche de son manteau et essuya ses larmes. Jusque-là, je ne m'étais pas rendu compte qu'elle pleurait. Ne sachant que répondre, j'attendis qu'elle poursuive.

— Je sais que tu aimes réfléchir à un tas de choses tout seul. Et tu n'apprécies pas que quelqu'un d'autre vienne fourrer son nez là-dedans. C'est peut-être parce que tu es fils unique. Tu es habitué à réfléchir et à régler les problèmes de ton côté. Si toi, tu comprends, ça te suffit.

Tout en parlant, Izumi avait secoué la tête. Elle ajouta :

— Des fois, ça m'angoisse terriblement. Il me semble que tu me laisses toute seule, à la traîne.

Ça faisait longtemps qu'on ne m'avait pas traité de « fils unique ». Je me rappelais à quel point ce terme me faisait souffrir à l'école primaire. Cependant,

Izumi venait de l'employer avec un sens très différent. Elle ne voulait pas dire que j'étais un enfant gâté et capricieux, mais plutôt que, solitaire par nature, je tenais à mon indépendance, que je n'étais pas pressé de sortir de mon monde à moi. Elle ne me le reprochait pas, elle le regrettait seulement.

— Je me suis sentie heureuse dans tes bras aujourd'hui, je me disais que désormais tout allait être vraiment bien entre nous. Mais les choses ne sont pas si simples, conclut-elle au moment de me quitter devant la gare.

Sur le chemin du retour à la maison, je réfléchis à ce que je venais d'entendre. Je comprenais en gros ce qu'elle voulait dire : je n'avais pas l'habitude d'ouvrir mon cœur. Elle pensait qu'elle, elle m'avait ouvert le sien et que j'étais incapable d'en faire autant. Je l'aimais, mais je n'acceptais pas réellement sa présence à mes côtés.

J'avais fait des milliers de fois ce trajet entre la gare et chez moi. Mais cette fois-là, il me sembla n'avoir jamais vu ce paysage auparavant. En marchant, je ne pensais qu'à une seule chose : au corps nu d'Izumi que j'avais tenu dans mes bras. Ses seins durcis, la légère toison de son pubis, la douceur de ses cuisses. Un sentiment d'impuissance m'envahit. Je m'arrêtai devant le distributeur automatique du tabac, achetai un paquet de cigarettes et allai en allumer une sur le banc où je m'étais assis un moment plus tôt en sa compagnie.

Tout se serait sans doute beaucoup mieux déroulé sans l'intrusion imprévue de ma tante, me disais-je. Nous nous serions séparés dans le calme, heureux. Mais si ma tante ne s'était pas imposée de la sorte, peut-être qu'un autre incident serait de toute façon venu gâter notre belle humeur. Et si rien n'était arrivé ce jour-là, il se serait peut-être produit quelque chose le lendemain. Le cœur du problème demeurait mon incapacité à expliquer à Izumi ce que je ressentais exactement. Et si je n'y parvenais pas, c'était principalement parce que je ne le comprenais pas moi-même.

Avec le coucher de soleil, le vent avait fraîchi. Cela me rappela que l'hiver approchait. Une nouvelle année allait commencer, puis en un rien de temps viendrait la saison des examens d'entrée à l'université. Ensuite une vie inconnue m'attendait, dans un lieu complètement différent de tout ce que je connaissais. Cet environnement nouveau transformerait peut-être radicalement l'être que j'étais. L'idée de ce changement suscitait en moi une certaine angoisse, mais en même temps je l'appelais de tous mes vœux. Mon cœur et mon esprit réclamaient ces terres inconnues, cette atmosphère renouvelée. Cette année-là, de nombreuses universités avaient été occupées par des étudiants, un vent de révolte avait pris possession de Tokyo où les manifestations s'étaient succédé. Le monde se préparait sous nos yeux à d'importantes métamorphoses, dont je voulais sentir la fièvre sur ma peau. Quelle que soit la force du désir d'Izumi de me voir demeurer auprès d'elle, et même si elle avait accepté de coucher avec moi en échange, je ne pouvais vivre plus longtemps dans cette paisible ville résidentielle de province – mon départ dût-il sonner le glas de notre relation. Si je restais, j'allais perdre quelque chose de vital pour moi, et il ne fallait pas que j'y renonce, je le savais. Mes attentes s'agitaient en moi comme un rêve vague, qui me donnait une sensation de chaleur, de picotement. Cette sorte de rêve ne peut exister que pendant la période limitée de l'adolescence.

Et puis, ce rêve, Izumi ne pouvait pas le comprendre. Son rêve à elle se présentait sous une autre forme, menait à un monde différent du mien. Mais, finalement, avant même le début de cette nouvelle vie, nous dûmes faire face à une rupture aussi soudaine qu'imprévue.

4

La première fille avec qui je couchai était enfant unique elle aussi.

Elle – elle non plus, devrais-je dire – n'était pas d'une beauté à faire se retourner les hommes dans la rue. C'était plutôt le genre de fille qui passe inaperçue. Pourtant, dès notre première rencontre, je me sentis entraîné vers elle, avec une violence presque absurde. Comme si un coup de tonnerre silencieux, un éclair invisible m'avaient frappé soudain dans la rue, en plein jour. Sans réserve et sans condition. Sans raison, sans explication. Sans aucune espèce de « mais » ou de « si ».

En faisant le bilan de ma vie amoureuse, je me rends compte que les femmes qui m'ont profondément attiré n'étaient pas – à quelques exceptions près – des beautés au sens où on l'entend d'ordinaire. Quand je me promène avec des amis, il arrive que l'un d'eux fasse remarquer : « Dis donc, tu as vu le canon qu'on vient de croiser ? » Mais, chose étrange, même si quelqu'un a attiré mon attention sur elle, je suis incapable de me rappeler à quoi ressemblait la jolie fille en question. Je n'ai jamais été sensible à la beauté des actrices ou des mannequins. Je ne sais pas pourquoi, mais c'est ainsi. Au début de l'adolescence, pendant cette période où la frontière entre les domaines du rêve et de la réalité est très floue, et où des aspirations diverses exercent un pouvoir extraordinaire sur les êtres, pas une fois je n'ai été séduit par une fille simplement parce qu'elle était jolie.

Mon attirance allait à quelque chose de plus absolu et de plus intérieur qu'une beauté physique quantifiable et mesurable. Tout comme certaines personnes aiment en cachette les orages, les tremblements de terre ou les pannes d'électricité, moi j'aimais les signaux puissants et secrets que le sexe opposé émettait vers moi. Ces signaux, appelons-les « force d'attraction ». Que cela nous plaise ou non, cette force a un pouvoir sur les gens, et aspire irrésistiblement deux personnes l'une vers l'autre.

Ou peut-être cette force est-elle comparable à un parfum. Quelle alchimie confère à un parfum un pouvoir de séduction particulier ? Même son créateur serait sans doute incapable de l'expliquer. Cela doit être difficile à analyser scientifiquement. Mais, c'est un fait, certaines combinaisons de senteurs attirent l'autre sexe comme l'odeur des bêtes sauvages à la saison du rut. Une senteur donnée aura peut-être un fort attrait pour cinquante personnes sur cent. Une autre plaira aux cinquante personnes restantes. Il existe aussi dans le monde des effluves qui attirent violemment une ou deux personnes sur cent seulement. Cette odeur particulière, je savais la reconnaître d'instinct. Je savais qu'elle m'était fatale. Je pouvais la sentir de très loin. J'avais envie de m'approcher des femmes enveloppées de ce parfum et de leur dire : « Eh, vous savez, moi je comprends.

Les autres ne comprennent peut-être pas, mais moi, si. »

Dès la première fois que je la vis, j'eus envie de coucher avec elle. Pour être plus exact, je *sus* que je devais coucher avec elle. Et je sentis d'instinct qu'elle aussi en avait envie. Debout devant elle, je tremblais littéralement de tous mes membres. Pendant tout le temps que je passai en sa compagnie, j'eus plusieurs érections violentes, au point que cela entravait ma marche. Pour la première fois, j'expérimentais la « force d'attraction ». (J'en avais peut-être ressenti une forme primitive avec Shimamoto-san, mais à l'époque je n'étais pas assez mûr pour que cela mérite le nom de force d'attraction sexuelle.) Lorsque je rencontrai cette fille, j'avais dix-sept ans et j'étais en première, elle en avait vingt et était en deuxième année d'université. En outre, c'était la cousine d'Izumi, et pour couronner le tout elle avait déjà un petit ami. Mais aucun de ces éléments ne constituait un obstacle pour moi. Même si elle avait eu quarante-deux ans, trois enfants et une queue au bas du dos par-dessus le marché, cela ne m'aurait pas dérangé tant était fort le désir que j'éprouvais. « Je ne peux pas me contenter de croiser cette fille, me dis-je clairement. Sinon, je le regretterai toute ma vie. »

La première fille avec qui je couchai, donc, se trouvait être la cousine de ma petite amie. Qui plus est, elles étaient intimes. Elles se fréquentaient depuis leur plus tendre enfance et s'entendaient très bien. Cette fille suivait des cours à l'université de Kyoto et louait un appartement à l'ouest du Palais impérial. J'étais allé à Kyoto avec Izumi et nous avions déjeuné en sa compagnie, deux semaines environ après ce fameux dimanche où ma tante était venue nous déranger.

Je profitai d'un moment où Izumi s'était absentée pour obtenir le numéro de téléphone de sa cousine, sous prétexte de lui demander des renseignements sur l'université qu'elle fréquentait. Deux jours après, je l'appelai et lui proposai de nous revoir le dimanche suivant. « Entendu, je suis libre ce jour-là », répondit-elle après un petit temps de silence. À l'intonation de sa voix, j'acquis la certitude qu'elle aussi avait envie de coucher avec moi. Je le sentais. Le dimanche suivant, je me rendis seul à Kyoto, la revis, et l'après-midi même me retrouvai au lit avec elle.

Pendant deux mois, la cousine d'Izumi et moi fîmes l'amour à nous en faire exploser les méninges. Nous n'allions pas au cinéma, ne nous promenions pas ensemble. Nous n'échangions pas un mot sur la littérature, la musique, la vie, la guerre ou la révolution. Le sexe était notre seule et unique préoccupation. Bien sûr, nous avons dû avoir quelques discussions, mais je n'en ai gardé aucun souvenir. Je ne me rappelle que d'images concrètes : le réveil posé près de l'oreiller, les rideaux à la fenêtre, le téléphone noir sur la table, les photos du calendrier, nos vêtements en désordre par terre. Et puis sa voix, l'odeur de sa peau. Elle ne me posait pas de questions, je ne lui en posais pas non plus. Une fois, cependant, il m'arriva, sur une idée soudaine, de lui demander, alors que nous étions au lit :

— Tu ne serais pas fille unique, par hasard ?

— Si, répondit-elle avec un air surpris. Comment as-tu deviné ?

— Je ne sais pas, une impression, comme ça.

Elle me regarda fixement un moment.

— Et, par hasard, tu ne serais pas fils unique toi aussi ?

— Si, répondis-je.

C'est la seule de nos conversations après l'amour dont je me souvienne.

Sauf en cas de réelle nécessité, nous ne mangions ni ne buvions ensemble. Dès que nous nous retrouvions, nous nous déshabillions pratiquement sans échanger un mot, nous mettions au lit et nous enlacions. Il n'y avait pas d'étapes à respecter, pas de programme. J'étais simplement avide de ce qui se trouvait sous mes yeux, et c'était sans doute le cas pour elle aussi. Nous faisions l'amour quatre ou cinq fois à chaque rencontre. Littéralement jusqu'à épuisement de mon sperme. Mon gland en devenait enflammé et douloureux. Cependant, malgré la violence de cette passion et de la force d'attraction qui nous avait jetés l'un contre l'autre, nous n'avons jamais envisagé de connaître ensemble un bonheur de longue durée. C'était comme une trombe, destinée à passer tôt ou tard. Nous pressentions qu'une passion de ce genre ne pouvait durer éternellement. Voilà pourquoi nous nous enlacions chaque fois comme si ce devait être la dernière, et cette pensée sous-jacente ne faisait qu'attiser notre désir.

Pour être franc, je ne l'aimais pas. Elle non plus, naturellement, n'était pas amoureuse de moi. À l'époque, l'amour n'était pas un problème très important à mes yeux. L'important, c'était de saisir quelque chose de vital pour moi au cœur de la tornade qui m'enveloppait. Je voulais savoir de quoi il s'agissait exactement. J'aurais voulu enfoncer ma main à l'intérieur du corps de mon amante pour toucher directement ce « quelque chose ».

J'aimais Izumi. Mais jamais je n'avais ressenti avec elle une telle force transcendantale. Je ne savais rien de sa cousine, n'éprouvais aucun amour pour elle. Pourtant, la violence de mon attirance envers elle me faisait trembler. Si nous n'avions jamais de conversation sérieuse, c'était finalement parce que nous n'en ressentions pas le besoin. Lorsqu'il nous restait suffisamment d'énergie pour parler, nous l'employions aussitôt à faire de nouveau l'amour.

Après avoir poursuivi cette relation plusieurs mois sans avoir eu le temps de reprendre notre souffle, nous nous serions sûrement séparés, sur l'initiative de l'un ou de l'autre d'entre nous. Dès le début, il n'y eut aucune place pour le doute, tant ce que nous faisions nous paraissait naturel, normal, indispensable. Toute possibilité d'introduire des notions telles que les sentiments, la culpabilité ou le futur fut d'entrée bannie de notre histoire.

Par conséquent, si notre relation n'était pas apparue au grand jour (ce qui semble réellement difficile, car j'étais bien trop obnubilé par le sexe à ce moment-là pour montrer la moindre prudence), Izumi et moi aurions sans doute poursuivi notre histoire d'amour comme par le passé. Nous aurions sûrement continué à nous voir pendant les vacances universitaires. Je ne sais pas combien de temps cela aurait duré, mais je crois que nous nous serions séparés au bout de quelques années. Les divergences qui existaient entre nous ne pouvaient que s'amplifier, je le comprends bien maintenant en regardant derrière moi. Il n'en reste pas moins que, si je n'avais pas couché avec sa cousine, ma séparation avec Izumi se serait passée de façon nettement moins douloureuse, et j'aurais certainement abordé avec un état d'esprit plus positif l'étape qui devait me mener vers ma nouvelle vie d'adulte.

Seulement, les choses ne devaient pas se dérouler ainsi.

En réalité, je fis terriblement souffrir Izumi. Je parvenais à imaginer à quel point je la blessais. Elle rata son examen d'entrée à l'université, où normalement elle aurait dû obtenir de bonnes notes sans la moindre difficulté, et fut admise dans une petite université privée de seconde zone. Je ne la revis qu'une seule fois après qu'elle eut appris que je couchais avec sa cousine. Nous eûmes une longue conversation dans le café où nous nous donnions généralement rendez-vous. J'essayai de lui expliquer ce qui s'était passé. Choisissant avec soin mes mots, je tentai de lui décrire mon état d'esprit. Ce qui avait eu lieu entre sa cousine et moi n'était pas essentiel, ce n'était qu'un incident de parcours, une sorte d'attirance purement physique, pour laquelle je ne ressentais presque pas de culpabilité puisque ce n'était même pas une trahison. Cela n'avait pas la moindre influence sur notre relation, à elle et moi.

Bien sûr, elle ne comprit pas. Elle me traita de sale menteur. Elle avait raison. Après tout, j'avais couché avec sa cousine, en me cachant et sans rien lui dire. Et pas une fois ou deux, mais des dizaines et des dizaines de fois. J'avais trahi sa confiance. Si ce que je faisais était honnête, quel besoin avais-je de lui mentir ? J'aurais dû la prévenir : « Écoute, j'ai envie de ta cousine. J'ai envie de baiser avec elle à m'en faire sauter la cervelle, de le faire mille fois dans toutes les positions du *kāma-sūtra*, mais comme ça n'a rien à voir avec toi, tu n'as pas à t'inquiéter, surtout n'y prête pas attention. » Mais comment aurais-je pu dire une chose pareille à Izumi ? Voilà pourquoi j'avais menti. Des centaines de fois. Je trouvais des prétextes plausibles pour repousser des rendez-vous avec elle, et à la place je partais seul pour Kyoto, et je couchais avec sa cousine. Je n'avais aucune excuse et, cela va sans dire, je portais l'entière responsabilité de cette affaire.

C'est vers la fin de janvier qu'Izumi découvrit ma liaison avec sa cousine. J'allais bientôt fêter mes dix-huit ans. En février, je passai avec succès mes examens d'entrée à l'université, et en mars je partis pour Tokyo. Avant de quitter la ville, je tentai plusieurs fois d'appeler Izumi, mais elle refusa toujours de me parler. Je lui écrivis plusieurs longues lettres, qui restèrent sans réponse. Je ne pouvais me résoudre à la quitter ainsi, je ne pouvais la laisser seule dans cette ville après ce qui s'était passé. Mais j'avais beau me dire ça, en réalité, je ne pouvais rien faire, car Izumi refusait tout contact avec moi, sous quelque forme que ce fût.

Dans le train à grande vitesse qui m'emportait vers Tokyo, tout en regardant d'un œil vague le paysage défiler, je me mis à réfléchir à l'homme que j'étais en train de devenir. Je fixais mes mains posées sur les genoux, le reflet de mon visage dans la vitre, en me demandant : « Qui est donc ce type ? » Pour la première fois de ma vie, je me détestais. « Comment as-tu pu faire ça ? » me disais-je. Mais je savais bien que si les mêmes circonstances s'étaient présentées, j'aurais agi exactement de la même façon : j'aurais menti à Izumi et couché avec sa cousine. Quelle que puisse être la souffrance qu'elle aurait à endurer. C'était dur de le reconnaître.

Bien entendu, en faisant du mal à Izumi, je m'en étais fait à moi-même. Je m'étais infligé une profonde blessure – bien plus profonde que je ne pouvais l'imaginer à ce moment-là. J'aurais dû en tirer de nombreuses leçons. En me retournant sur le passé des années après, je me rends compte que cela me fit comprendre une seule vérité fondamentale : en définitive, je n'étais qu'un être humain ordinaire, capable de faire du mal. Jamais je n'avais pensé blesser quiconque. Mais, quels que soient les mobiles et l'idée qui y présidait, je pouvais, poussé par la nécessité, devenir cruel. J'étais un être humain, capable d'infliger une blessure fatale à l'être qui m'était le plus cher au monde, pour des raisons que je jugeais, moi, valables.

L'entrée à l'université m'ouvrit les portes d'une nouvelle ville où je tentai de m'inventer une vie nouvelle. En devenant un autre homme, je pensais pouvoir corriger les erreurs du passé. Au début, cela sembla bien marcher. Mais finalement, où que j'aille, je n'étais jamais que moi-même. Je continuais à commettre les mêmes erreurs, à faire du mal aux autres, et à moi-même.

Quand j'eus un peu plus de vingt ans, je me dis un jour : « Peut-être ne deviendrai-je jamais un homme honnête. Les erreurs que j'ai commises – qui n'en étaient peut-être pas vraiment – faisaient sans doute partie intégrante de mon caractère. » Cette idée me déprima terriblement.

5

Je n'ai pas grand-chose à raconter sur mes quatre années d'université.

Au cours de la première, je pris part à quelques manifestations, me battis avec les forces de police. Je soutins les grèves universitaires, apparus dans quelques meetings étudiants où je rencontrai plusieurs personnages intéressants, mais sans jamais réussir à me passionner complètement pour ces activités politiques. Chaque fois que, dans une manifestation, je donnais la main à mon voisin, je ressentais un vague malaise, et quand je devais jeter des pavés sur les policiers j'avais l'impression de ne plus être moi-même. Je me demandais si c'était vraiment là ce que je souhaitais. Je n'arrivais pas à établir un sentiment de solidarité avec les autres. L'odeur de violence qui flottait dans les rues, les slogans criés à tue-tête perdirent peu à peu leur charme à mes yeux. Je me mis à penser avec nostalgie aux moments que j'avais passés avec Izumi. Mais il m'était impossible de revenir en arrière. J'avais tourné le dos à ce monde-là et fermé la porte derrière moi.

Par ailleurs, je ne m'intéressais guère à ce qu'on nous enseignait à l'université. La plupart des cours que j'avais choisis me paraissaient creux et d'un ennui mortel. Rien de tout cela ne soulevait mon enthousiasme. Je me mis à faire de petits jobs pour gagner de l'argent de poche et y consacrai bien plus de temps qu'à l'université, si bien qu'on peut dire que l'obtention de mon diplôme à l'issue de ces quatre années tient du miracle. J'avais une nouvelle petite amie. En troisième année de fac, nous vécûmes même six mois ensemble. Mais à la fin, cela ne marcha plus entre nous et nous nous séparâmes. À cette époque, je n'avais pas la moindre idée de ce que je voulais faire de ma vie.

Un beau jour, je m'aperçus que le temps de la politique était passé. Les quelques soubresauts que nous prenions pour un énorme mouvement utérin capable d'ébranler la société et de donner naissance à un monde nouveau avaient perdu toute leur puissance, retombant comme un drapeau dans un ciel sans vent, absorbés par la terne banalité du quotidien.

En quittant l'université, je trouvai par relation un emploi dans une maison d'édition de manuels scolaires. Je coupai mes cheveux, me mis à porter un costume et des chaussures de cuir. À vue de nez, ce n'était pas une société très importante, mais les conditions d'embauche cette année-là n'étaient pas très favorables à un étudiant frais émoulu de la fac de lettres. Étant donné mes médiocres résultats aux examens et la piètre étendue de mes relations, je me serais fait fermer la porte au nez si j'avais visé des entreprises plus intéressantes. Je devais m'estimer heureux que celle-ci m'ait accepté.

Ma tâche se révéla aussi ennuyeuse que prévu. L'atmosphère du bureau n'était pas désagréable en soi, mais malheureusement je n'éprouvais aucune joie à corriger des épreuves de manuels scolaires. Je me plongeai pendant six mois avec enthousiasme dans ma tâche, espérant y découvrir un intérêt quelconque. Je me disais que si l'on se consacrait de toutes ses forces à un travail, quel qu'il fût, on pouvait toujours en retirer quelque chose. Mais, au bout du compte, je renonçai. J'en arrivai à la conclusion que ce métier ne me convenait décidément pas. J'étais déçu, il me semblait que ma vie s'arrêtait là, qu'elle s'userait désormais peu à peu. Tout mon temps allait s'écouler à corriger des manuscrits d'un ennui mortel. Je passerais les trente-trois ans qui me restaient avant la retraite dans ce bureau, les yeux fixés sur des épreuves, à calculer le nombre de caractères par page, à vérifier l'exactitude des idéogrammes. Et puis, j'épouserais une femme à ma convenance, lui ferais deux ou trois enfants, et les deux mois de prime annuelle que m'octroyait la maison d'édition deviendraient mon unique joie dans la vie. L'amertume m'envahissait chaque fois que je me rappelais ces paroles prononcées par Izumi : « Je suis sûre que tu deviendras quelqu'un de magnifique. Il y a quelque chose de si beau en toi. » Non, tu vois, Izumi, il n'y a vraiment rien de beau en moi, d'ailleurs maintenant tu dois l'avoir compris toi aussi. Tout le monde peut se tromper.

Au bureau, je m'acquittais mécaniquement des tâches qui m'étaient confiées et passais le reste de mes journées à lire ou écouter de la musique, seul. J'essayais de me convaincre que tout travail était ennuyeux et obligatoire, et qu'il me fallait employer efficacement mes loisirs pour profiter de la vie à ma façon. Je n'étais pas un être asocial, ni délaissé par les autres. Mais je ne faisais aucun effort pour développer des relations individuelles positives avec mes collègues en dehors des heures de bureau. Je voulais si possible garder mon temps libre pour moi seul.

Quatre ou cinq années s'écoulèrent ainsi en un éclair. J'eus quelques amourettes, mais elles ne duraient jamais bien longtemps. Je fréquentais une fille quelques mois, puis je me disais : « Non, ce n'est pas encore ça. » En aucune je ne parvenais à trouver quelque chose qui me soit vraiment destiné. Je couchais avec elles, mais sans émotion particulière. Telle fut la troisième étape de ma vie : ces douze années entre mon entrée à l'université et mes trente ans, je les passai dans la solitude, le silence et le désespoir. Ce furent des années glacées, au cours desquelles je ne rencontrai pratiquement personne qui me paraisse en accord avec mon cœur.

Je me retirai encore plus profondément dans mon monde intérieur. Je mangeais seul, me promenais seul, me rendais seul à la piscine ; j'étais habitué à aller seul au concert ou au cinéma. Cela ne me rendait pas particulièrement triste, ne m'était pas particulièrement pénible. Je pensais à Shimamoto-san, à Izumi, me demandant ce qu'elles avaient fait de leur vie. Étaient-elles mariées, avaient-elles des enfants ? Quelle qu'ait pu être leur situation, cela m'aurait fait plaisir de les revoir et de parler un peu avec elles, ne serait-ce qu'une heure. Je savais qu'avec Izumi ou Shimamoto-san j'aurais pu exprimer honnêtement ce que je ressentais. Je réfléchissais à la façon dont je pourrais me réconcilier avec Izumi, ou retrouver Shimamoto-san, ça me passait le temps. « Comme ce serait bien si ça arrivait ! » me disais-je. Mais je ne fis aucun effort pour que cela ait une chance de se réaliser. Finalement, elles avaient disparu de ma vie. On ne peut pas faire marcher les aiguilles d'une montre en sens inverse. Je me mis à parler tout seul de plus en plus souvent, à boire tout seul le soir.

À cette époque, je commençai à songer que je ne me marierais sans doute jamais.

Deux ans après mon entrée dans la maison d'édition, j'eus un rendez-vous avec une fille qui boitait. Un de mes collègues m'avait invité à passer la soirée en compagnie de sa petite amie et de cette fille.

— Elle boite légèrement, m'avait-il prévenu d'un air vaguement embarrassé, mais elle est jolie et elle a un caractère agréable. Je suis sûr qu'elle te plaira. Et puis son handicap se remarque à peine. Elle traîne un peu la jambe, c'est tout.

— Ça ne me dérange absolument pas, avais-je répondu.

Et pour être franc, si mon collègue n'avait pas mentionné le handicap de cette fille, je ne me serais sans doute même pas rendu à son invitation.

J'étais écœuré de ce genre de sortie à la mode : *double date*, soirée à deux couples, ou *blind date* ; soirée avec une fille qu'on ne connaissait pas. Mais lorsque j'appris que cette fille boitait, je ne pus m'empêcher de vouloir la rencontrer.

Ma partenaire était une ancienne camarade de lycée de la petite amie de mon collègue. Elle n'était pas très grande, avec des traits réguliers. Ce n'était pas une beauté tapageuse, mais son charme discret, paisible, m'évoquait un petit animal ne sortant pas souvent de sa forêt. Le dimanche, nous allâmes voir un film en matinée puis déjeuner tous les quatre. Elle ne prononça pratiquement pas un mot. Quand je cherchais à bavarder avec elle, elle se contentait de me sourire sans rien dire. Ensuite, nous allâmes nous promener deux par deux. Je l'emmenai boire un thé au parc de Hibiya. Elle ne boitait pas du même côté que Shimamoto-san, et pas de la même manière non plus. Shimamoto-san déplaçait sa jambe malade avec une légère rotation, tandis que cette fille traînait la sienne tout droit, le bout du pied un peu de côté. Elles avaient cependant une allure semblable.

Cette fille portait un pull rouge à col roulé, un blue-jean et des boots. Pratiquement pas maquillée, elle avait les cheveux noués en queue-de-cheval. Elle était étudiante en quatrième année, mais paraissait plus jeune. Elle se montrait vraiment taciturne, mais j'aurais été incapable de dire si c'était une question de caractère, de timidité parce que nous ne nous connaissions pas, ou si tout simplement elle n'avait aucune conversation. Quoi qu'il en soit, lors de cette première rencontre, nous ne parlâmes pas beaucoup. Tout ce que je pus glaner comme renseignement fut qu'elle était étudiante en pharmacie dans une université privée.

— C'est intéressant, la pharmacie ? demandai-je, alors que nous étions en train de boire un café dans l'établissement situé au milieu du parc.

Elle rougit un peu.

— Ne t'inquiète pas, ajoutai-je, fabriquer des manuels scolaires n'est pas bien passionnant non plus, tu sais. Des tas de choses ne sont pas passionnantes dans ce monde, il n'y a pas de quoi en faire un plat.

Elle réfléchit un moment avant d'ouvrir la bouche.

— Ce n'est pas particulièrement intéressant, mais mes parents ont une pharmacie, donc…

— Dis, tu ne m'apprendrais pas quelque chose sur la pharmacologie ? Je n'y connais absolument rien. Désolé pour la corporation des pharmaciens, mais je n'ai pas avalé un seul médicament en six ans.

— Tu dois être en bonne santé.

— Grâce au ciel, je n'ai jamais la gueule de bois. Mais, quand j'étais petit, j'étais fragile et je tombais souvent malade. J'en ai pris des médicaments, à cette époque ! J'étais fils unique, je suppose que mes parents me couvaient trop.

Elle hocha la tête, regarda au fond de sa tasse de café. Un long moment s'écoula avant qu'elle se décide à parler de nouveau.

— La pharmaceutique, c'est sûr, ce n'est pas bien passionnant, déclara-t-elle. Je pense qu'il y a mieux à faire que d'apprendre par cœur la composition chimique des médicaments. Ça a beau être une science, ce n'est pas aussi romanesque que l'astronomie, par exemple, ni excitant comme la médecine. Mais il y a quelque chose qui me touche intimement, dont je me sens proche. C'est à mon échelle, tu vois ?

— Je vois, assurai-je.

Cette fille pouvait donc s'exprimer quand elle le voulait. Il lui fallait simplement un peu plus de temps que la majorité des gens pour trouver ses mots.

— Tu as des frères et sœurs ? demandai-je.

— Deux frères aînés. L'un d'eux est marié.

— Tu t'es spécialisée en pharmacie pour prendre la suite de tes parents plus tard ?

Elle rougit à nouveau. Attendit encore un long moment avant de répondre :

— Je ne sais pas. Mes deux frères exercent déjà un autre métier, alors c'est sans doute moi qui hériterai. Mais rien n'est encore décidé. Mon père m'a dit que si je ne voulais pas prendre la suite, ce n'était pas grave. Lui et ma mère travailleront tant qu'ils en seront capables, et ensuite ils pourront toujours revendre leur affaire.

Je hochai la tête, attendis qu'elle continue.

— Mais pour l'instant, j'ai l'intention de prendre leur suite. Autrement, avec ma jambe, ce ne sera pas facile de trouver un emploi.

Nous bavardâmes de la sorte tout l'après-midi. Il y avait de nombreux silences, cela lui prenait du temps pour dire quelque chose. Dès que je lui posais une question, elle rougissait. Mais je ne m'ennuyais pas avec elle et je me sentais à l'aise. On peut même dire que j'appréciai notre conversation. C'était rare, à l'époque. À la fin de cet après-midi passé à parler avec elle à une table de café, il me semblait même la connaître depuis longtemps. J'éprouvais une sorte de nostalgie.

Cependant, l'honnêteté m'oblige à admettre que je n'étais pas attiré par cette fille. J'avais de la sympathie pour elle, j'avais apprécié le moment que nous avions partagé. Mon collègue avait raison : elle était jolie et avait un caractère agréable. Mais, si vous m'interrogez sur sa capacité à m'émouvoir vraiment, je dois malheureusement vous répondre qu'elle fut inexistante.

C'est alors que je fis cette constatation : ce pouvoir sur moi, Shimamoto-san le possédait, elle. Pendant tout le temps que je passai avec cette fille, mes pensées allaient à Shimamoto-san. Ce n'était pas très gentil pour ma partenaire, mais je n'y pouvais rien. Même maintenant, me disais-je, il me suffisait d'évoquer Shimamoto-san pour me sentir ému. Comme si une porte au fond de mon cœur s'ouvrait en douceur, donnant sur une excitation légèrement fiévreuse. Mais en me promenant seul avec cette fille dans le parc de Hibiya, je ne ressentis pas une fois pareille excitation. J'éprouvais pour elle de la sympathie et un peu de tendresse, c'est tout.

Son logement, au-dessus de la pharmacie paternelle, était situé à Kobinata, dans l'arrondissement de Bunkyôku. Je la raccompagnai en bus jusque chez elle. Pendant tout le trajet, assise à côté de moi, elle ne prononça pas un mot.

Quelques jours plus tard, le collègue qui m'avait invité vint me rendre visite et me dit que j'avais beaucoup plu à la jeune fille. « On pourrait partir quelque part tous les quatre pendant les vacances ? » me proposa-t-il. Je trouvai un prétexte afin de refuser. Revoir cette fille et bavarder de nouveau avec elle n'était pas un problème en soi. Pour être franc, j'avais même envie de la revoir afin de poursuivre notre conversation. Si je l'avais rencontrée dans d'autres circonstances, elle aurait pu devenir une excellente amie. Mais je l'avais rencontrée au cours d'un *double date*, et le but avoué du jeu était la recherche d'une relation amoureuse. Revoir son partenaire engageait à une certaine responsabilité. Et moi, je ne voulais pas faire de mal à cette fille, de quelque manière que ce fût. J'étais donc obligé de refuser l'invitation. Bien entendu, je ne la revis plus jamais.

6

À vingt-huit ans, je fis une autre expérience, vraiment curieuse celle-ci, avec une fille qui boitait. Je ne suis jamais parvenu à comprendre la signification de cet incident si étrange.

Un jour, dans la foule qui grouillait à Shibuya à l'approche des fêtes de fin d'année, j'aperçus une femme qui traînait la jambe exactement de la même façon que Shimamoto-san. Elle était vêtue d'un long manteau rouge et serrait contre elle un petit sac à main noir verni. Sa montre-bracelet en argent au poignet droit, comme tout ce qu'elle avait sur elle, paraissait hors de prix. Je marchais de l'autre côté de l'avenue, mais à peine l'eus-je aperçue que je m'empressai de traverser. Les rues étaient tellement encombrées qu'on se demandait d'où pouvaient sortir autant de gens, mais il ne me fallut guère de temps pour la rattraper : sa jambe ne lui permettait pas d'aller bien vite. Sa façon de claudiquer avec une légère rotation du pied gauche était si semblable à celle de Shimamoto-san que je ne pus m'empêcher de la suivre. Tout en avançant derrière elle, je contemplais sans me lasser le cercle gracieux que décrivait sa jolie jambe gainée de soie. Pareille grâce ne pouvait qu'être le résultat d'une technique complexe acquise par un long entraînement.

Je marchai ainsi un moment derrière elle, maintenant une faible distance entre nous. Il était difficile de progresser à son allure, qui contrastait avec celle des passants pressés autour de nous. Je m'arrêtais de temps en temps, feignant de regarder une vitrine, ou de chercher quelque chose dans ma poche pour ralentir le pas. Dans l'une de ses mains gantées de cuir noir, elle tenait un sac à main ; dans l'autre, une pochette en papier rouge portant la marque d'un grand magasin. Elle avait aussi chaussé de grosses lunettes noires, malgré le temps gris et hivernal. De dos, je ne pouvais voir d'elle qu'une magnifique chevelure soignée, recourbée vers l'extérieur en boucles élégantes qui lui arrivaient aux épaules, et son manteau rouge taillé dans une matière chaude et souple. Naturellement, ma principale préoccupation était de vérifier s'il s'agissait de Shimamoto-san. Ce n'était pas bien difficile : il suffisait que je la dépasse et me retourne pour voir son visage. Seulement, si c'était elle, que lui dire ? Quel comportement adopter ? Et puis, me reconnaîtrait-elle ? J'avais besoin de temps pour réfléchir à tout cela. Et de reprendre mon souffle, de me remettre un peu de mes émotions.

Je continuai donc à la suivre en veillant à ne pas la dépasser. Elle ne se retourna pas une seule fois, ne s'arrêta pas non plus. Elle paraissait ne rien voir autour d'elle. Elle marchait tendue vers je ne sais quel but la tête droite, le dos bien droit, comme Shimamoto-san autrefois. À la façon dont elle déplaçait le buste, il était impossible de s'apercevoir qu'elle boitait. Simplement, elle avançait à un rythme moins rapide que les autres passants. Plus je regardais sa silhouette, plus j'étais convaincu qu'il s'agissait bien de Shimamoto-san tant leurs allures étaient identiques. Semblables comme deux gouttes d'eau, pourrait-on dire.

Fendant la foule qui encombrait les abords de la gare de Shibuya, la femme avait commencé à gravir la pente qui menait vers Aoyama. Elle ralentit encore le pas au début de la montée, parcourut une si longue distance qu'elle aurait sans doute mieux fait de prendre un taxi. Même une personne valide aurait trouvé ce trajet pénible. Pourtant, l'inconnue continuait d'avancer comme si de rien n'était, en claudiquant légèrement. Et moi, je poursuivais ma filature, avec toujours une égale distance entre nous. Elle ne se retournait pas, ne s'arrêtait pas. Elle ne jetait même pas un coup d'œil aux vitrines, changeant seulement de côté de temps en temps son sac à main et la pochette du grand magasin, sans modifier sa position ni son allure pour autant.

Au bout d'un moment, elle s'engagea dans une ruelle transversale, évitant la foule de l'avenue principale. La topographie des lieux semblait lui être familière. Dès qu'on s'enfonçait un peu à l'arrière des rues commerçantes et animées, on débouchait dans un quartier résidentiel paisible. Je la filai donc en prenant soin de maintenir une distance respectable entre nous, car l'opération était plus délicate maintenant que les passants s'étaient raréfiés.

Je marchai ainsi environ trois quarts d'heure, je crois. J'empruntai à sa suite des rues peu fréquentées, franchis plusieurs croisements, débouchai à nouveau en pleine foule, au niveau de l'avenue Aoyama. Là, elle entra tout droit, comme si c'était une décision prise à l'avance, dans un petit salon de thé à l'occidentale. Prudemment, j'arpentai l'avenue une dizaine de minutes encore avant de pénétrer dans l'établissement.

Je la repérai tout de suite : elle s'était installée à une table, tournant le dos à l'entrée, sans même avoir ôté son manteau rouge malgré la chaleur étouffante des lieux. Ce manteau paraissait presque déplacé, trop luxueux pour l'endroit. Je m'assis à une table du fond, commandai un café, puis m'emparai du premier journal venu, feignant de le parcourir tout en la surveillant du coin de l'œil. Une tasse de café était posée devant elle, mais je ne la vis pas y toucher. À un moment, elle sortit de son sac à main un paquet de cigarettes, en alluma une avec un briquet doré. Ce fut son seul mouvement, pendant tout le temps où elle contempla la rue. Elle avait l'air de se reposer, et en même temps de réfléchir à quelque chose de très important. Je bus mon café, tout en relisant une énième fois le même article.

Après quoi, elle se leva, comme si elle venait de prendre une décision, et avança vers ma table. Son geste fut si brusque que je crus un instant que mon cœur s'arrêtait de battre. Mais ce n'est pas vers moi qu'elle se dirigeait : elle passa à mon côté et marcha jusqu'au téléphone situé près de la porte. Elle inséra une pièce dans l'appareil, composa un numéro.

Le téléphone n'était pas très loin de mon siège, mais les conversations alentour ainsi que la musique de Noël que diffusait le haut-parleur m'empêchèrent de saisir ce qu'elle disait. Elle parla longtemps. Le café posé sur sa table avait refroidi sans qu'elle y porte seulement les lèvres. Lorsqu'elle s'était dirigée vers moi, j'avais eu tout le loisir de l'observer ; pourtant, je n'arrivais toujours pas à décider s'il s'agissait de Shimamoto-san ou non. Son épais maquillage et ses lunettes de soleil dissimulaient en grande partie son visage. Ses sourcils étaient redessinés au pinceau, un rouge vif couvrait ses lèvres fines et pincées. La dernière fois que j'avais vu Shimamoto-san, nous avions douze ans tous les deux. Plus de quinze années s'étaient écoulées depuis. Le visage de cette femme n'était pas sans me rappeler vaguement celui de Shimamoto-san enfant, mais il pouvait aussi bien s'agir d'une autre personne. Tout ce que je savais, c'est que cette jeune femme avait environ trente ans, des traits réguliers, des vêtements luxueux et qu'elle boitait.

Assis sur ma chaise, immobile, je suais à grosses gouttes. Mon maillot de corps était trempé. J'enlevai mon manteau, commandai un autre café. « Qu'es-tu en train de faire ? » me demandai-je. J'étais venu ce jour-là à Shibuya pour m'acheter une paire de gants, ayant égaré les miens. Mais, dès que j'avais vu cette femme, je l'avais suivie, comme frappé par un sortilège. Si j'avais réagi de façon plus normale, je serais allé vers elle et lui aurais demandé directement :

— Excusez-moi, mais vous ne seriez pas Shimamoto-san par hasard ?

Ce qui aurait été le moyen le plus rapide d'être fixé. Seulement, je n'avais pas agi ainsi. Je m'étais mis à la filer en silence, et maintenant j'en étais à un point où je ne pouvais plus faire marche arrière et simplement l'aborder.

Quand elle eut fini de téléphoner, elle revint s'asseoir et se remit à regarder par la fenêtre, sans bouger, en me tournant le dos. La serveuse s'approcha pour lui demander si elle pouvait enlever la tasse de café refroidi, ou, du moins, c'est ce que je supposai car j'étais trop loin pour entendre leurs voix. L'inconnue se retourna, hocha la tête en guise de réponse et commanda apparemment un autre café.

Auquel elle ne toucha pas davantage. Je levais de temps en temps les yeux de mon journal pour observer la jeune femme de dos. Je la vis plusieurs fois soulever le poignet pour consulter sa montre au bracelet d'argent. Elle attendait, semblait-il, quelqu'un. « C'est peut-être ma dernière chance », songeai-je. Une fois que son rendez-vous serait arrivé, je perdrais définitivement toute occasion de lui adresser la parole. Mais je ne parvenais décidément pas à me lever de ma chaise. « Tu as encore le temps, me persuadai-je. Rien ne presse, tu as encore le temps. »

Quinze ou vingt minutes s'écoulèrent sans que rien ne se passe. La femme regardait toujours par la fenêtre. Puis, soudain, elle se leva lentement, mit son sac à main sous son bras, prit la pochette du grand magasin dans l'autre main. Elle avait dû se lasser d'attendre. Ou peut-être n'attendait-elle personne, finalement. Je la regardai marcher jusqu'à la caisse, payer sa note, et sortir ; à mon tour, je me levai, réglai mes cafés en hâte et me remis à la suivre. Son manteau rouge se détachait bien au milieu de la foule. Je me dirigeai vers elle, bousculant les gens sur mon passage.

La main levée, elle essayait d'arrêter un taxi. L'un d'eux ne tarda pas à se ranger sur le côté, en actionnant son clignotant. « Parle-lui. Maintenant. Si elle monte dans ce taxi, c'est terminé. » Au moment où j'allais enfin faire un pas vers elle, quelqu'un me saisit par le bras, avec une force qui me stupéfia. Si l'emprise n'était pas suffisante pour me faire mal, mais elle l'était assez pour me couper le souffle. Je me retournai, me retrouvai face à un homme d'environ quarante-cinq ans qui me regardait fixement. Vêtu d'un pardessus gris foncé, une écharpe de cachemire autour du cou, il paraissait très vigoureux, bien qu'il me rendît quelques centimètres. Avec ses cheveux séparés par une raie bien nette et ses lunettes à monture d'écaille, c'était un homme plutôt distingué ; il devait faire de l'exercice en plein air, car il avait un joli hâle. Du ski, peut-être ? Ou alors du tennis. Il me faisait penser au père d'Izumi, grand amateur de tennis : il avait le même bronzage. « Ce type doit avoir une position sociale élevée, me dis-je. Un haut fonctionnaire, peut-être ? » Cela se voyait à son regard, il avait le regard d'un homme habitué à donner des ordres.

— Si nous allions boire un café ? proposa-t-il d'un ton serein.

J'observai la silhouette de la femme en rouge. En se courbant pour monter dans le taxi, elle me décocha un coup d'œil de derrière ses lunettes noires. Du moins, c'est l'impression que j'eus. Puis la porte du taxi se referma sur elle, et elle disparut de mon champ de vision. Je restai seul face à l'étrange quadragénaire.

— Je n'abuserai pas de votre temps, dit-il d'un ton parfaitement neutre.

Il ne semblait ni en colère ni surexcité. Il agrippait toujours mon coude, d'un air aussi inexpressif que s'il avait tenu une porte pour laisser passer quelqu'un.

— Je veux juste bavarder un peu avec vous en buvant un café, précisa-t-il.

Bien sûr, j'aurais pu refuser et m'en aller. J'aurais pu lui répondre : « Écoutez, je n'ai aucune envie de boire un café, je n'ai rien à vous dire. Je ne sais pas qui vous êtes, et je suis pressé, alors, excusez-moi. » Mais je me contentai de le regarder en silence, puis je hochai la tête et pénétrai avec lui dans le salon de thé que je venais de quitter. Peut-être que la force avec laquelle il m'avait saisi le coude me subjuguait ? La persistance de son emprise indiquait une grande détermination. Il maintenait une pression ferme et précise, égale, comme l'étau d'une machine. Quelle serait son attitude envers moi si je refusais sa proposition ? Je n'en avais pas la moindre idée.

À cette vague crainte se mêlait la curiosité. De quoi cet homme voulait-il me parler ? Peut-être avait-il des informations à me donner sur la femme que j'avais filée ? Maintenant qu'elle avait disparu, il était sans doute le seul lien qui restât encore entre elle et moi. Et puis, une fois à l'intérieur du café, il ne pourrait se livrer à aucune voie de fait sur ma personne, je serais en sécurité.

Nous nous installâmes donc face à face, silencieux, nous regardant fixement par-dessus la table jusqu'à l'arrivée de la serveuse. L'homme commanda deux cafés.

— Pourquoi l'avez-vous suivie si longtemps ? s'enquit-il alors d'un ton poli.

Je ne répondis pas. Il me fixait toujours de son regard inexpressif.

— Vous l'avez suivie depuis la gare de Shibuya. Une filature se remarque facilement quand elle dure autant, fit-il observer.

Je me taisais toujours. L'inconnue avait dû entrer dans ce café parce qu'elle se savait suivie, et elle avait téléphoné à cet homme pour lui demander de l'aide.

— Si vous n'avez pas envie de parler, ne dites rien. Je sais tout, vous n'avez pas vraiment besoin d'ajouter quoi que ce soit.

Ce type était sans doute assez énervé, pourtant, sa voix n'en laissait rien paraître. Sereine et polie, elle ne tremblait pas le moins du monde.

— Je pourrais prendre plusieurs mesures, poursuivit-il. Vraiment. Il suffit que j'en aie envie, je pourrais vraiment faire ce que je veux sans problème.

Puis il se tut et se mit à nouveau à me regarder fixement, d'un air qui signifiait : « Inutile d'en dire plus, vous m'avez compris. » Je continuai à me taire.

— Seulement, je n'ai pas envie d'envenimer la situation, reprit-il. Je n'ai aucune envie de faire du ramdam pour rien. Vous comprenez ? Ce n'est valable que pour cette fois, remarquez.

Ensuite, il plongea sa main droite, jusque-là posée sur la table, au fond de la poche de son pardessus, en retira une enveloppe blanche de format administratif, sans aucune particularité. Sa main gauche était restée sur la table, immobile.

— Tenez, prenez ça sans rien dire et nous en resterons là. Je pense que si vous l'avez suivie, c'est seulement parce que quelqu'un vous a demandé de le faire ; aussi, si possible, je préfère régler les choses à l'amiable. Et pas la peine d'ajouter quoi que ce soit. Vous n'avez rien remarqué de spécial aujourd'hui, et vous ne m'avez jamais rencontré. C'est bien compris ? Si j'apprends que vous avez parlé, je m'arrangerai pour vous retrouver. Alors, arrêtez donc de la poursuivre. Nous n'avons pas envie de nous créer des ennuis réciproques, n'est-ce pas ?

Sur ces mots, il fit glisser l'enveloppe dans ma direction, se leva, saisit la note des cafés comme s'il l'arrachait de la table, et quitta l'établissement à grandes enjambées. Complètement éberlué, je demeurai un moment assis sans bouger. Puis j'attrapai l'enveloppe placée devant moi, jetai un coup d'œil à l'intérieur : elle contenait dix billets de dix mille yens tout neufs, sans un pli. J'eus soudain la bouche sèche. Fourrant l'enveloppe dans ma poche, je sortis à mon tour du café. Après avoir jeté un œil aux alentours et m'être assuré que l'inconnu n'était plus dans les parages, je pris un taxi et retournai à Shibuya. Voilà toute l'histoire telle qu'elle s'est déroulée.

J'ai gardé l'enveloppe contenant les cent mille yens. Elle est dans un tiroir de mon bureau, bien fermée. Pendant mes nuits d'insomnie, je revois le visage de cet homme. Comme si une prédiction funeste revenait me tourmenter. Qui pouvait-il bien être ? Et la femme, était-ce Shimamoto-san ou non ?

Par la suite, j'échafaudai plusieurs hypothèses à propos de cet incident à la façon d'un puzzle dont les pièces s'emboîtaient mal. Je bâtissais une théorie, la démolissais et recommençais. L'homme était l'amant de la boiteuse, ils m'avaient pris tous les deux pour un détective privé engagé par le mari qui soupçonnait quelque chose : telle fut l'hypothèse la plus crédible de toutes celles que j'échafaudai. L'amant avait voulu acheter mon silence. Ou alors, elle sortait d'un rendez-vous secret avec lui à Shibuya au moment où je m'étais mis à la suivre et ils croyaient que j'avais été témoin de leur rencontre. C'était tout à fait plausible. Mais je n'étais pas absolument convaincu par ce raisonnement pourtant logique. Il me restait quelques doutes.

Par exemple, à quoi faisait-il allusion avec ces « mesures » qu'il pouvait prendre s'il en avait envie ? Et pourquoi m'avait-il empoigné par le bras de cette étrange façon ? Pourquoi la femme n'était-elle pas montée plus tôt dans un taxi, si elle se savait suivie ? Cela aurait suffi à la débarrasser de moi sur-le-champ. Et pourquoi cet homme m'avait-il donné si rapidement une somme aussi importante, sans s'assurer d'abord que j'étais bien celui qu'il croyait ?

J'avais beau réfléchir, toute cette histoire restait une insondable énigme. De temps à autre, je me demandais même si elle n'était pas de bout en bout le produit de mon imagination. Ou alors un long rêve si réaliste que j'avais fini par l'affubler des oripeaux de la réalité. Mais non, pourtant, c'était réellement arrivé. J'en avais pour preuve l'enveloppe blanche dans le tiroir de mon bureau : il ne s'agissait pas d'une illusion, les dix billets de dix mille à l'intérieur étaient réels eux aussi. Tout cela était bel et bien arrivé. *C'était vraiment arrivé*. Parfois, je sortais l'enveloppe, la posais sur mon bureau et la regardais fixement. *C'était vraiment arrivé*.

7

À trente ans, j'épousai une femme de cinq ans ma
cadette, que j'avais rencontrée au cours d'un voyage
en solitaire pendant les vacances d'été. Je me promenais sur un chemin de campagne quand il s'était
mis soudain à tomber des cordes. Je m'étais préci-
pité sous un abri au bord du chemin, où elle-même
s'était déjà réfugiée, en compagnie d'une amie. Nous
étions complètement trempés tous les trois. S'il
n'avait pas plu ce jour-là, ou tout simplement si
j'avais emporté mon parapluie (en sortant de mon
hôtel, j'avais hésité à le prendre), je ne l'aurais
jamais rencontrée. Et si je ne l'avais pas rencontrée,
je serais peut-être encore aujourd'hui correcteur de
manuels scolaires, passant mes soirées à boire en
parlant tout seul, adossé au mur de ma chambre.
Chaque fois que j'y pense, je me dis que l'orientation
de notre vie tient vraiment à peu de choses.

Yukiko (c'est son nom) et moi nous plûmes dès le
premier coup d'œil. L'amie qui l'accompagnait était
bien plus jolie qu'elle mais c'est vers Yukiko que je
fus attiré tout de suite, avec une violence telle que
cela défiait la raison. C'était cette fameuse force
d'attraction, que je n'avais pas ressentie depuis bien
longtemps. Comme elle habitait Tokyo elle aussi,

nous nous revîmes après les vacances. Je l'invitai plusieurs fois à sortir. Plus je la voyais, plus elle me plaisait. Pourtant, elle avait un physique assez banal. Du moins, ce n'était pas le genre de fille que les hommes abordent dans la rue. Mais moi, je décelais dans ses traits un je-ne-sais-quoi qui m'était destiné, rien qu'à moi. J'aimais son visage. Chaque fois que je la retrouvais, je commençais par la fixer longue-ment. Oui, son visage possédait quelque chose que j'aimais profondément.

— Pourquoi me regardes-tu comme ça ? me demanda-t-elle un jour.

— Parce que tu es jolie.

— Tu es le premier à me le dire.

— Parce que je suis le seul à vraiment comprendre ta beauté. Je la comprends, tu sais.

Au début, elle ne croyait pas ce que je lui disais. Et puis, peu à peu, elle apprit à me faire confiance. Lors de nos rendez-vous, nous nous installions dans un endroit tranquille et parlions pendant des heures. Face à elle, je pouvais m'exprimer avec sincérité et honnêteté. Quand j'étais en sa compagnie, je res-sentais tout le poids de ce que j'avais perdu au cours de ces dix années passées seul. J'avais l'impression que ce temps s'était écoulé en vain. « Mais il n'est pas encore trop tard, me disais-je. Tu peux encore rattraper le temps perdu. » Quand je tenais Yukiko dans mes bras, je pouvais sentir au fond de ma poi-trine un tremblement qui m'emplissait de nostalgie. Quand je la quittais, je me sentais seul, abandonné. Désormais, la solitude me blessait, le silence m'agaçait.

Au bout de trois mois, je lui demandai de m'épouser. C'était une semaine avant mon anniver-saire, j'allais fêter mes trente ans. Le père de Yukiko était directeur d'une entreprise de construction de taille moyenne. C'était un personnage intéressant, un autodidacte entreprenant et travailleur, qui s'était forgé sa propre philosophie de la vie. Il taillait son chemin d'une façon un peu trop agressive à mon goût, mais c'était la première fois que je rencontrais quelqu'un d'une telle trempe. Il avait beau se déplacer en Mercedes avec chauffeur, il ne se donnait pas des airs importants pour autant. Lorsque je vins lui rendre visite et lui fis part de mon intention d'épouser sa fille, il me répondit simplement :

— Vous n'êtes plus des enfants ni l'un ni l'autre, alors si vous vous aimez, mariez-vous donc.

Socialement parlant, je n'étais qu'un employé ordinaire, mon salaire n'avait rien de mirobolant, mais, apparemment, c'était le dernier de ses soucis.

Yukiko avait un frère aîné et une sœur cadette. Son frère devait hériter de l'entreprise paternelle, où il occupait pour le moment le poste de vice-président. C'était un brave garçon mais, en comparaison de la forte personnalité de son père, il paraissait un peu effacé. Des trois enfants, la sœur cadette, qui était encore étudiante, était celle qui avait le caractère le plus expansif et le plus marqué. Elle avait l'habitude de donner des ordres, à tel point qu'il m'aurait semblé plus logique que ce soit elle qui prenne la suite de son père.

Six mois après notre mariage, le père de Yukiko me convoqua pour me demander si j'envisageais de quitter mon emploi actuel. Ma femme lui avait dit que corriger des manuels scolaires ne me plaisait qu'à moitié.

— Démissionner de ce travail n'est pas un problème, répondis-je. Le problème, c'est de trouver autre chose.

— Tu n'as qu'à rejoindre ma société. Le travail est dur, mais le salaire en conséquence.

— Éditer des manuels scolaires n'est pas trop ma tasse de thé, mais travailler dans une entreprise de construction, je crois que ça me plairait encore moins, avouai-je avec franchise. Je suis heureux que vous me l'ayez proposé mais, quand on fait quelque chose qu'on n'aime pas, ça attire toujours des ennuis.

— Ça, c'est vrai, dit le père de Yukiko. Il ne faut pas se forcer à faire ce dont on n'a pas envie.

Apparemment, il s'attendait à cette réponse. Nous étions en train de discuter autour d'un verre. Son fils aîné n'aimant pas l'alcool, il lui arrivait de m'inviter à boire avec lui.

— À propos, ma société possède à Aoyama un immeuble dont la construction sera achevée d'ici un mois. L'emplacement est plutôt bon, l'immeuble n'est pas mal non plus. C'est encore un peu à l'écart, mais cette partie du quartier va se développer. Pourquoi n'y ouvrirais-tu pas un commerce ? Tu n'auras pas de loyer à payer, et si tu as un projet sérieux je pourrai te prêter les capitaux nécessaires pour démarrer.

Je réfléchis un petit moment. Cela ne me paraissait pas être une mauvaise idée.

Finalement, j'ouvris dans le sous-sol de l'immeuble un club de jazz assez chic. Quand j'étais étudiant, j'avais travaillé en extra dans des bars de ce genre, et je connaissais les rudiments du métier. Je savais quels alcools et quels plats servir, quelle musique passer, comment décorer les lieux, tout était déjà prêt en images dans ma tête. Mon beau-père prit en charge les travaux d'aménagement intérieur. Il convoqua le meilleur designer et le meilleur décorateur d'intérieur, et fit faire les travaux pour un prix défiant toute concurrence. Le résultat était époustouflant.

Le bar connut un succès dépassant toutes les prévisions, et au bout de deux ans j'en ouvris un second à Aoyama. Un établissement plus grand, avec un trio de musiciens. Il fallut du temps et des capitaux importants, mais je parvins à créer un club de jazz assez intéressant où les clients affluaient. Cela me permit de souffler un peu. J'avais réussi à bien employer la chance qui m'avait été donnée. Ma fille aînée naquit vers cette époque. Au début, je travaillais derrière le comptoir et préparais moi-même les cocktails, mais avec l'ouverture du second bar je dus me concentrer sur la gestion de ces établissements. Désormais, je m'occupais des démarches d'approvisionnement, du personnel, des livres de comptes, veillant à ce que tout se déroule bien. J'avais beaucoup d'idées que je mettais aussitôt en pratique. J'établissais personnellement les menus des repas et les testais. Je ne m'en étais jamais douté jusque-là, mais ce genre de travail semblait me convenir à la perfection. Partir de rien pour monter une affaire et travailler sans cesse à son amélioration était tout ce que j'aimais. C'était mes clubs de jazz, c'était mon monde à moi. Jamais je n'avais connu ce genre de joie à l'époque où j'étais correcteur. Pendant la journée, je m'occupais de diverses tâches administratives et, le soir venu, je faisais un tour dans mes bars, goûtais les cocktails, observais les réactions des clients, surveillais la façon de travailler des employés, écoutais la musique. Je remboursais chaque mois à mon beau-père une partie de l'argent qu'il m'avait avancé, mais il me restait néanmoins des revenus très confortables. Nous avions acheté un appartement de quatre pièces à Aoyama, je roulais en BMW 320. Notre seconde fille naquit à ce moment-là.

À trente-six ans, je possédais déjà une petite résidence secondaire à Hakone. Ma femme s'était acheté une jeep Cherokee rouge pour faire ses courses et accompagner les enfants dans leurs déplacements. Les deux clubs me rapportaient suffisamment pour en ouvrir un troisième si je le désirais, mais je n'y tenais pas. En augmentant le nombre de bars, je n'aurais plus été capable de tous les surveiller de près, et je me serais tué à la tâche pour en assurer la gérance administrative. Qui plus est, je ne voulais plus sacrifier tout mon temps au travail. J'en parlai avec mon beau-père, qui me conseilla d'investir une partie de mes bénéfices en actions boursières et biens immobiliers. Ça rapportait vite, et ce n'était pas compliqué à gérer. Cependant, je n'y connaissais pas grand-chose.

— Tu n'as qu'à me faire confiance pour les détails, me déclara-t-il. Si tu fais ce que je te dis, tu ne pourras pas te tromper. Je connais la façon de procéder en la matière.

En investissant selon ses conseils, je fis d'importants bénéfices, et très rapidement.

— Bon, tu as compris, n'est-ce pas ? dit mon beau-père. Dans tous les domaines, le savoir-faire s'acquiert. Si tu avais travaillé dans une société, même en cent ans, tu ne serais pas arrivé à un tel niveau. Pour réussir, il faut de la chance, et de l'intelligence. C'est normal, mais ça ne suffit pas : il faut aussi des capitaux. Sans capitaux suffisants, tu ne peux rien faire. Plus important encore, il y a le savoir-faire. Tu as beau posséder tout le reste, sans savoir-faire, ça ne marche pas.

— Ça, c'est bien vrai, répondis-je.

Je comprenais parfaitement ce que mon beau-père voulait dire. Ce qu'il appelait « savoir-faire » était un système qu'il avait construit – un système assez dur et complexe consistant à obtenir des informations fiables, à s'entourer d'un réseau humain efficace, à investir et à en tirer des bénéfices. Ces bénéfices étaient ensuite augmentés, transformés en passant à travers un filet délicat de lois et d'imposition, ou bien ils changeaient de nom et de forme. Mon beau-père voulait m'apprendre les rouages d'un tel système.

Sans cet homme, je serais aujourd'hui encore correcteur de manuels scolaires, certainement. Je vivrais dans un deux pièces minable à Ogikubo Ouest, roulerais dans une vieille Toyota Corona d'occasion à la climatisation défectueuse. Je m'étais bien débrouillé avec les conditions qui m'avaient été offertes au départ. J'avais ouvert deux commerces en peu de temps, j'avais trente employés à mon service, je faisais des bénéfices au-delà de la moyenne. Mes deux clubs étaient gérés d'une façon qui forçait l'admiration de mon inspecteur des impôts en personne, et ils jouissaient d'une excellente réputation. Pourtant, il existait sûrement des tas de gens dotés des mêmes capacités que moi, qui auraient pu obtenir un résultat identique. Moi, sans les capitaux et le « savoir-faire » transmis par mon beau-père, je n'y serais jamais parvenu. Cette idée me mettait assez mal à l'aise. Il me semblait que j'avais pris un raccourci pas très légal et employé des moyens immoraux. Je faisais partie de la génération qui avait connu les violents mouvements étudiants des années soixante-cinq à soixante-dix. Que cela nous plaise ou non, nous avions vécu ces événements. Pour dire les choses avec un peu d'emphase, ma génération avait hurlé un « non » massif à la face d'une logique capitaliste toujours plus pure, toujours plus complexe et toujours plus performante qui avait complètement absorbé l'idéalisme momentané de l'immédiat après-guerre. Du moins, j'analysais la situation ainsi. Les mouvements étudiants avaient représenté une crise violente à un tournant de l'évolution de la société. Mais le monde dans lequel je vivais maintenant avait été édifié selon une logique de capitalisme avancé. Finalement, j'avais été récupéré peu à peu, à mon insu, par ce monde. Pendant que j'attendais au feu rouge dans l'avenue Aoyama, au volant de ma BMW, en écoutant le *Winterreise* de Schubert, il m'arrivait de penser : « On dirait que tout ça n'est pas ma vie », comme si je suivais un destin préparé pour moi par un autre, dans un lieu que je n'avais pas choisi. En quoi cet homme que je voyais dans la glace du rétroviseur était-il vraiment moi-même, en quoi s'agissait-il d'un autre ? Cette main sur le volant, était-ce vraiment la mienne ? Jusqu'à quel point ces paysages autour de moi étaient-ils la réalité ? Plus je réfléchissais à tout cela, moins je comprenais.

Pourtant, dans l'ensemble, je menais une vie heureuse, dépourvue de la moindre insatisfaction. J'aimais ma femme. Yukiko était douce et réfléchie. Après son second accouchement, elle s'était mise à grossir, et régimes et exercices faisaient partie de ses préoccupations majeures. Mais moi, je la trouvais toujours belle. J'aimais sa compagnie, j'aimais coucher avec elle. Quelque chose en elle me consolait, me rassurait. Quoi qu'il arrive, pour rien au monde je ne serais retourné à la vie triste et solitaire de mes vingt ans. Ma place était ici, me disais-je. Ici, j'étais aimé, protégé. Et moi aussi, j'aimais ma femme, mes filles, et je les protégeais. C'était une expérience nouvelle pour moi, et baigner dans une telle atmosphère représentait une découverte inattendue.

Je conduisais moi-même ma fille aînée à la maternelle chaque matin. Je mettais une cassette de comptines que nous chantions tous les deux dans la voiture. Ensuite, je rentrais à la maison et jouais un moment avec ma fille cadette, avant de me rendre dans un studio que je louais non loin de chez moi en guise de bureau. En été, nous passions les week-ends en famille dans notre maison de campagne d'Hakone. Nous regardions des feux d'artifice, faisions des tours en barque sur le lac, nous promenions sur des sentiers de montagne.

Pendant les grossesses de ma femme, je lui fis quelques infidélités sans importance. Ce n'était pas des relations très profondes et elles ne durèrent pas. Je ne couchai jamais plus d'une ou deux fois avec la même partenaire. Trois fois, au plus. Pour être franc, je n'avais pas même conscience de tromper Yukiko. Tout ce que je cherchais, c'était des coucheries sans conséquence, et je pense que mes partenaires ne demandaient rien d'autre. Je voulais à tout prix éviter d'approfondir les relations, choisissant soigneusement mes conquêtes en fonction de ce critère. En couchant avec ces femmes, je souhaitais juste faire une expérience. Nous étions elles et moi à la recherche de quelque chose.

Peu après la naissance de ma première fille, je reçus une carte envoyée à mon ancienne adresse de province puis réexpédiée à Tokyo. C'était un faire-part de décès, d'une femme âgée de trente-six ans dont le nom ne m'évoqua d'abord rien. La carte venait de Nagoya, ville où je ne connaissais personne. Après avoir réfléchi un moment, je me rendis compte que cette femme n'était autre que la cousine d'Izumi, ma maîtresse d'autrefois à Kyoto. J'avais presque oublié comment elle s'appelait. Je me souvins qu'elle était originaire de Nagoya.

Il ne me fallut pas longtemps pour deviner que l'expéditeur du faire-part était Izumi. Qui d'autre aurait eu l'idée de me prévenir du décès de cette femme ? Je ne compris pas très bien sur l'instant ce qui l'avait poussée à le faire. Cependant, après avoir lu et relu l'avis de décès, je finis par y déceler une émotion froide et dure qui émanait d'Izumi : elle n'avait jamais oublié ma conduite, ne m'avait pas pardonné. Et elle tenait à m'en informer. Elle n'était sans doute pas très heureuse, j'en avais la vague intuition. Si elle l'avait été, m'expédier ce faire-part ne lui serait jamais venu à l'idée. Ou, en le faisant, elle aurait au moins ajouté un petit mot d'explication.

Je repensai à sa cousine. Je revis sa chambre, son corps, nos étreintes passionnées. Toutes ces choses si vivantes autrefois, qui n'avaient plus la moindre réalité aujourd'hui. Elles avaient disparu, comme une fumée emportée par le vent. De quoi était-elle morte ? Je n'en avais pas la moindre idée. Trente-six ans, ce n'est pas un âge pour mourir. Elle avait conservé son nom de famille : elle ne s'était donc pas mariée, ou alors elle avait divorcé.

Finalement, un jour, j'eus des nouvelles d'Izumi par un ancien camarade de lycée. Il avait remarqué une photo de moi dans un numéro spécial du magazine *Brutus* intitulé « Guide des bars de Tokyo », et avait ainsi appris que je possédais deux clubs de jazz à Aoyama. Je le vis, un soir où j'étais derrière le comptoir, s'avancer vers moi en s'exclamant : « Salut, ça faisait longtemps ! Comment vas-tu ? », mais il n'était pas venu au bar spécialement pour me rencontrer. Il était sorti boire un verre en compagnie de ses collègues, et comme je me trouvais là il en profitait pour me dire bonjour.

— Je suis déjà venu ici plusieurs fois, tu sais, c'est tout près de la boîte où je travaille. Mais j'ignorais que c'était toi le propriétaire. Le monde est petit, hein !

Au lycée, j'étais un élève plutôt insignifiant, tandis que lui était du genre délégué au conseil de classe, l'élève qui a toujours d'excellentes notes, bon en tout, même en sport. Il était plutôt doux de caractère, ne se mêlait pas des affaires des autres. Autrefois grand et bien bâti, il faisait aussi partie de l'équipe de foot du lycée ; mais avec l'âge il s'était légèrement enrobé. Il avait un double menton, et la veste de son costume bleu marine semblait le serrer un peu. « C'est à cause des repas d'affaires, m'expliqua-t-il. Il ne faut jamais travailler dans une société commerciale. On fait beaucoup d'heures supplémentaires, il y a des réceptions à n'en plus finir, on est toujours en déplacement, quand on a de mauvais résultats on se fait jeter dehors, quand on en a de bons ils placent la barre plus haut... Non, tu vois, ce n'est pas un boulot pour un type normal. » La société où il travaillait était à Aoyama-Itchôme, il pouvait se rendre à pied au bar en quittant son travail.

Nous discutâmes comme peuvent le faire d'anciens camarades de lycée qui ne se sont pas vus depuis dix-huit ans. Ton travail marche bien ? Tu es marié, tu as des enfants ? As-tu revu certains de nos anciens camarades ? C'est à ce moment-là qu'il se mit à me parler d'Izumi.

— Tu te rappelles la fille avec qui tu sortais à l'époque ? Vous étiez toujours ensemble. Ohara...

— Izumi Ohara.

— Voilà, c'est ça, Izumi Ohara. Je l'ai revue l'autre jour, figure-toi.

— À Tokyo ? demandai-je, surpris.

— Non, à Toyohashi.

— Toyohashi ? répétai-je, encore plus surpris. Dans la préfecture d'Aichi ?

— Oui, c'est ça, c'est ce Toyohashi-là.

— Qu'est-ce qu'elle peut bien faire dans un endroit pareil ?

Il dut sentir une tension dans ma voix et répondit :

— Je ne sais pas ce qu'elle y fait, mais je peux te dire que je l'y ai rencontrée, ça c'est sûr... Enfin, c'est sans importance. Je ne suis même pas sûr que c'était bien elle, finalement.

Il commanda un autre Wild Turkey avec des glaçons tandis que je sirotais une vodka-gimlett.

— Peu importe, raconte !

— Tu vois, fit-il d'un air gêné, quand je dis que c'est sans importance, c'est que parfois je me demande si c'est vraiment arrivé. Ça m'a fait un drôle d'effet, comme un rêve éveillé. Je suis sûr que c'est arrivé, et en même temps ça paraît irréel. Je ne sais pas comment expliquer ça, mais...

— Mais c'est vraiment arrivé, non ?

— Oui, c'est vraiment arrivé.

94

— Alors, raconte.

Il hocha la tête d'un air résigné, but une gorgée de whisky.

— Je suis allé à Toyohashi parce qu'une de mes sœurs habite là-bas. J'étais en déplacement à Nagoya jusqu'au vendredi soir ; j'avais décidé de passer la nuit chez ma sœur et de rentrer le lendemain. Figure-toi que c'est là que j'ai rencontré Izumi Ohara. Dans l'ascenseur, je suis tombé sur elle. Ou en tout cas sur une femme qui lui ressemblait drôlement. Je me suis dit : « Ça ne peut pas être elle. Ce n'est pas possible que je la rencontre dans l'ascenseur de l'immeuble où habite ma sœur à Toyohashi, non, impossible. » Et puis, elle avait pas mal changé. Je ne comprends même pas comment j'ai pu la reconnaître aussi facilement. Une intuition, peut-être.

— Mais c'était bien elle ?

Il hocha la tête.

— Figure-toi qu'elle habite sur le même palier que ma sœur. Elle est donc descendue au même étage que moi et a suivi le couloir dans la même direction, puis elle est entrée dans un appartement, à deux portes de celui de ma sœur. Comme j'étais intrigué, je suis allé regarder le nom sur la plaque. Il y avait écrit « Ohara ».

— Et elle, elle ne t'a pas reconnu ?

Il secoua la tête.

— On était dans la même classe, mais on ne se connaissait pas beaucoup, on n'avait jamais tellement discuté ensemble. Et j'ai pris vingt kilos entre-temps. Il n'y avait aucune raison qu'elle me reconnaisse.

— Mais tu es sûr que c'était elle ? Ohara est un nom assez courant, et puis il y a des gens qui se ressemblent.

— Justement. Comme ça me tracassait, j'en ai parlé à ma sœur. Elle m'a montré une liste des habitants de l'immeuble, tu sais, un compte rendu de réunion de copropriétaires ou quelque chose de ce genre. Et là, il y avait bien inscrit « Izumi Ohara ». Le même nom et le même prénom. Sacrée coïncidence, non ?

— Elle est célibataire, alors ?

— Ma sœur n'a pas su m'en dire plus. Il semble que cette femme soit une énigme dans l'immeuble. Elle ne parle à personne ; quand quelqu'un la croise dans le couloir et la salue, elle ne répond pas ; si on sonne chez elle, elle n'ouvre pas. Elle n'est pas très populaire dans le quartier, à ce qu'il paraît.

— Ça ne peut pas être elle, lançai-je, et je secouai la tête en souriant. Izumi n'était pas du tout comme ça, elle était plutôt du genre à saluer tout le monde avec un grand sourire.

— D'accord, c'est sans doute une autre personne avec le même nom. Laissons tomber, ce n'est pas très intéressant…

— Mais cette Izumi Ohara, elle vit seule ?

— Je crois. Personne n'a jamais vu d'homme entrer ou sortir de chez elle, à ce qu'on raconte. Personne ne sait de quoi elle vit non plus. Une véritable énigme, je te dis.

— Et toi, qu'est-ce que tu en penses ?

— Moi ? Mais de quoi ?

— Eh bien, d'elle. De cette Izumi Ohara qui a le même nom mais est une autre personne. Quand tu l'as vue dans l'ascenseur, qu'en as-tu pensé ? Avait-elle l'air en forme ?

Il réfléchit un moment avant de répondre :

— Elle n'allait pas mal.

— Pas mal ? Comment ça ?

Il secoua son verre de whisky, et les glaçons s'entrechoquèrent bruyamment.

— Elle a vieilli, bien sûr. Trente-six ans, hein. Le métabolisme faiblit, que veux-tu. Les muscles ramollissent. On ne peut pas rester lycéen éternellement.

— Bien sûr, dis-je.

— Bon, parlons d'autre chose, d'accord ? De toute façon ce n'était pas elle, alors…

Je poussai un soupir. Puis je posai les deux mains sur le comptoir et le regardai en déclarant :

— Je veux savoir. Il *faut* que je sache. Izumi et moi, on s'est séparés d'une façon assez moche, juste avant la fin du lycée. J'ai fait quelque chose de pas très reluisant, qui l'a beaucoup blessée. Depuis, je n'ai jamais su ce qu'elle était devenue. Je n'ai jamais su où elle était, ni ce qu'elle faisait. J'en ai toujours éprouvé de la peine. Alors, quelle que soit la réponse je veux que tu me dises honnêtement : c'était elle, oui ou non ?

Il hocha la tête.

— Dans ce cas, d'accord… Oui, c'était bien elle. Désolé pour toi, mais c'était bien elle.

Il se tut un moment avant de poursuivre :

— Tu vois, quand nous étions dans la même classe, moi, je l'ai toujours trouvée mignonne, cette fille. C'était quelqu'un de bien, elle avait bon caractère, elle était réellement adorable. Pas une beauté renversante, mais elle avait du charme, avec quelque chose de touchant. Non ?

Je fis oui de la tête.

— Tu veux vraiment que je te parle honnêtement ? ajouta-t-il.

— Vas-y.

— Ça risque d'être un peu pénible à entendre.

— Ça ne fait rien. Je tiens à savoir.

Il but une autre gorgée de whisky.

— Vous étiez inséparables tous les deux, ça me rendait jaloux. J'aurais voulu avoir une petite amie comme elle. Je peux bien te l'avouer, après tout ce temps. Voilà pourquoi je me rappelais parfaitement son visage, il était gravé dans ma mémoire, et quand je l'ai revue dans cet ascenseur après dix-huit ans je l'ai reconnue aussitôt. Tout ça pour dire que je n'ai pas la moindre raison de parler mal d'elle… J'ai eu un choc. Je voudrais bien ne pas avoir à l'admettre, mais ce qui est sûr c'est qu'elle n'est plus du tout mignonne.

Je me mordis les lèvres.

— Comment ça ?

— Les enfants de l'immeuble ont peur d'elle.

— Peur ?

Ne comprenant pas très bien, je regardai fixement mon ancien camarade. Sans doute avait-il mal choisi ses mots ?

— Qu'est-ce que tu veux dire par « peur » ?

— Écoute, arrêtons de parler de ça, d'accord ?

— Elle raconte aux enfants des histoires qui leur font peur ?

— Elle ne parle à personne, je te l'ai déjà expliqué.

— Alors, c'est son visage qui effraie les enfants ?

— Oui.

— Elle a une cicatrice ou quelque chose comme ça ?

— Non, rien de tel.

— De quoi ont-ils peur, dans ce cas ?

Il but une gorgée de whisky, posa le verre sur le bar. Me regarda un moment. Il avait l'air embarrassé et hésitant, mais son expression trahissait autre chose : comme une trace du lycéen d'autrefois. Il leva la tête, regarda dans le vague au loin, comme s'il contemplait le cours d'un fleuve. Puis il se mit à parler :

— Je ne sais pas très bien comment t'expliquer, et puis je n'en ai pas tellement envie. Alors, ne m'en demande pas davantage, s'il te plaît. Si tu la croisais, tu saurais exactement de quoi il s'agit. On ne peut pas parler de ça avec quelqu'un qui ne l'a pas vue en vrai.

Je ne répondis rien. Je soulevai mon verre, bus un peu de ma vodka. Son ton était paisible, mais quelque chose me disait que j'aurais beau l'interroger, il refuserait de m'en révéler davantage.

Ensuite, il évoqua les deux années qu'il avait passées au Brésil pour son travail. « Tu ne me croiras pas, j'ai rencontré un ancien copain de collège à São Paulo ! Il avait un poste d'ingénieur chez Toyota… »

Évidemment, je n'entendais même pas ce qu'il me racontait. En partant, il me tapa sur l'épaule et me glissa :

— Tu sais, les gens évoluent de différentes manières avec le temps. J'ignore ce qui s'est passé entre elle et toi, mais quoi qu'il en soit tu n'es pas responsable de ce qu'elle est devenue. Tout le monde a eu des expériences de ce genre, à différents niveaux. Moi aussi, ça m'est arrivé. Je t'assure, le même genre d'histoire. On n'y peut rien. Chacun sa vie, la vie d'autrui n'appartient qu'à lui. Tu ne peux pas être responsable pour une autre personne. C'est comme le désert, ici : chacun doit s'y accoutumer à sa manière, il n'y a pas d'autre moyen… Tu te rappelles ce film de Walt Disney, tu as dû le voir aussi à l'école primaire : *Le Désert vivant* ?

— Oui, répondis-je.

— Eh bien, c'est pareil. Notre monde est comme ça. Quand il pleut, les fleurs poussent, et quand il ne pleut pas, elles fanent. Les lézards mangent les insectes, et sont mangés par les rapaces. Mais tous finissent par mourir et se dessécher. Une génération disparaît, une autre prend sa place. C'est une règle absolue. Il y a différentes façons de vivre, et différentes façons de mourir. Mais c'est sans importance. La seule chose qui reste en fin de compte, c'est le désert.

Après son départ, je demeurai seul accoudé au bar à boire verre sur verre – même une fois les derniers clients partis, même une fois que les employés eurent fini de ranger et de faire le ménage, et furent partis à leur tour. Je n'avais pas envie de retourner chez moi. Je téléphonai à ma femme, lui dis que j'avais encore des affaires à régler et que je rentrerais plus tard que d'habitude. J'éteignis toutes les lumières et continuai à boire du whisky dans le noir. Je le bus sec, c'était trop compliqué d'aller chercher des glaçons.

« Oui, tout finit par mourir, me dis-je. Certaines choses disparaissent comme tranchées d'un coup sec, d'autres se brouillent peu à peu et s'en vont avec le temps. *Et il ne reste que le désert.* »

Lorsque je quittai le bar, un peu avant l'aube, il bruinait sur l'avenue Aoyama. J'étais épuisé. La pluie tombait sur les groupes d'immeubles silencieux, pareils à des pierres tombales humides. Je laissai la voiture au parking et rentrai à pied à la maison. À mi-chemin, je m'assis sur la glissière de sécurité et regardai un gros corbeau qui croassait, perché au-dessus des feux de signalisation. À quatre heures du matin, la ville avait l'air misérable et souillée. Je voyais planer l'ombre de la destruction et du pourrissement. Et mon existence à moi était prise au milieu de tout ça. Comme une silhouette imprimée sur un mur.

8

Au cours des dix jours qui suivirent la parution de l'article avec ma photo et mon nom dans le magazine *Brutus*, je reçus au bar la visite de plusieurs personnes que j'avais connues autrefois. D'anciens camarades de collège ou de lycée. Au début, chaque fois que j'entrais dans un magasin de presse et voyais les piles de magazines entassés, je me demandais qui pouvait bien être capable de les lire de bout en bout. Mais, comme je m'en aperçus une fois cet article sur moi paru dans *Brutus*, la plupart des gens lisaient les magazines avec plus d'attention que je n'aurais cru. Partout, chez le coiffeur, dans le train, à la banque, au café, les gens avaient entre les mains un périodique ouvert, dans lequel ils se plongeaient avec délectation. Ou peut-être prenaient-ils simplement ce qui leur tombait sous la main par crainte du désœuvrement.

Retrouver mes anciens camarades ne fut pas une expérience très réjouissante. Non pas qu'évoquer le bon vieux temps avec eux fût désagréable. Moi aussi, cela me rendait nostalgique de rencontrer des amis de cette époque. Eux étaient également heureux de me revoir. Mais, au bout du compte, aucun de leurs sujets de conversation ne m'intéressait. Savoir ce qui se passait dans la ville de province de mon adolescence, ou ce qu'étaient devenus nos anciens camarades de classe ne m'intéressait pas le moins du monde. Trop de temps et trop d'espace me séparaient désormais de celui que j'avais été. Et puis, leur présence me faisait invariablement penser à Izumi. Chaque fois que j'entendais parler de la ville où nous vivions tous autrefois, l'image d'Izumi habitant seule en recluse dans cet appartement de Toyohashi me venait à l'esprit. « Elle n'est plus mignonne du tout », avait-il dit. « Elle fait peur aux enfants… » Ces deux phrases résonnaient dans ma tête. Et aussi le fait qu'Izumi ne m'avait pas pardonné.

Après la publication de cet article, je regrettai de m'être prêté avec tant de légèreté à cet entretien sous le prétexte que cela ferait de la publicité à mes clubs. Je ne voulais surtout pas qu'Izumi tombe dessus. Comment se sentirait-elle si elle apprenait que, loin d'avoir eu à supporter la moindre souffrance, je connaissais une belle réussite ?

Finalement, au bout d'un mois, les visites cessèrent. Ça, c'est le bon côté de la presse : vous devenez célèbre en un clin d'œil, et vous êtes oublié tout aussi vite. Je me sentis enfin soulagé. Au moins, je n'avais eu aucune nouvelle d'Izumi. Apparemment, elle n'avait pas lu *Brutus*.

Cependant, un mois et demi après la sortie de l'article, au moment où je commençais vraiment à oublier cette histoire, je reçus une dernière visite d'amie d'enfance : Shimamoto-san.

Un lundi soir de début novembre, elle vint me voir à l'un de mes clubs, le *Robin's Nest* (en référence à un vieux morceau de jazz que j'aimais beaucoup).

Elle s'assit tranquillement au comptoir, commanda un daïquiri. J'étais à trois sièges d'elle, tout près, mais je ne me doutais pas encore qu'il s'agissait de Shimamoto-san. J'avais tout de suite remarqué cette cliente que je voyais chez moi pour la première fois. « Tiens, voilà une bien jolie femme », m'étais-je dit. Si elle était déjà venue, je me serais sûrement rappelé son visage : ce n'était pas le genre de femme qui passe inaperçue. « Elle doit avoir un rendez-vous. » Naturellement, on voyait parfois des femmes seules au bar. Elles attendaient, espéraient même pour certaines d'entre elles, que des hommes leur adressent la parole. Il suffisait de les regarder pour s'en rendre compte. Moi je savais, par expérience, qu'une femme vraiment jolie ne vient jamais boire seule dans un bar. Parce que les jolies femmes n'aiment pas tellement que des inconnus leur adressent la parole. Ça les ennuie, tout simplement.

Voilà pourquoi je ne prêtai pas longtemps attention à cette cliente. Je la remarquai à son arrivée, puis me contentai de lui jeter un petit coup d'œil de temps à autre. Elle avait un maquillage très discret et était habillée avec élégance, de vêtements coûteux : un cardigan de cachemire beige sur une robe de soie bleue. Un cardigan si fin et léger qu'on aurait cru une seconde peau. Sur le comptoir était posé un sac du même ton que sa robe. Je n'avais aucune idée de son âge. Elle avait l'âge idéal, je ne vois pas comment dire autrement.

Elle était d'une étonnante beauté, mais n'avait pas l'air d'être une actrice ni un mannequin. Ces gens-là fréquentaient pas mal mes bars, et il flottait toujours autour d'eux une atmosphère particulière, due à leur conscience du regard des autres posé sur eux. Cette femme était différente. Elle était naturellement décontractée, à l'aise avec ce qui l'entourait. Un coude sur le comptoir, le menton dans la main, elle écoutait le trio de musiciens tout en buvant à petites gorgées son cocktail comme si elle s'attardait sur une belle phrase en lisant. De temps en temps, elle jetait un œil vers moi. Je sentais concrètement un regard peser sur moi. Pourtant, je n'arrivais pas à imaginer que cette femme me regardait vraiment.

Je portais comme toujours un costume et une cravate. Cravate et chemise Armani, costume Soprani Uomo et chaussures Rossetti. Pourtant, je ne suis pas du genre à me préoccuper de ma tenue. Fondamentalement, je trouve ridicule de dépenser plus d'argent que nécessaire pour s'habiller. Dans la vie de tous les jours, un jean et un pull me suffisent. Mais j'ai aussi ma petite philosophie personnelle : quand on tient un bar, il faut s'habiller comme on aimerait que sa clientèle le soit. Cela me permettait de créer une certaine tension chez mes clients et mes employés. Voilà pourquoi, chaque fois que je venais au club, je portais un costume de marque et mettais une cravate.

Je goûtai les cocktails, observai les clients, écoutai les musiciens. Ce soir-là, le bar était assez plein en début de soirée, mais, à partir de neuf heures, la pluie dissuada les clients. À dix heures, je pouvais compter les tables encore occupées. L'inconnue du bar buvait toujours son daïquiri en silence. Sa présence commençait à me préoccuper : visiblement, elle n'attendait personne, car elle ne regardait pas sa montre, ni ne surveillait l'entrée.

Vers onze heures, elle prit son sac et descendit de son tabouret. Si elle voulait rentrer en métro, il était en effet temps de partir. Cependant, elle ne se dirigea pas vers la porte : elle s'avança droit vers moi comme si de rien n'était et s'assit à mon côté. Un léger parfum flottait autour d'elle. Une fois bien installée sur le tabouret, elle ouvrit son sac en tira un paquet de Salem, en glissa une entre ses lèvres. Du coin de l'œil, je suivais vaguement ses gestes.

— Quel bar agréable, me dit-elle alors.

Je levai la tête de mon livre et la regardai d'un air assez éberlué. Mais à ce moment, j'eus un choc. L'air dans mes poumons sembla brusquement plus lourd. Je songeai à la *force d'attraction*. Était-ce elle qui venait de me frapper à nouveau ?

— Merci, répondis-je, pensant qu'elle avait dû deviner que j'en étais le gérant. Heureux que ça vous plaise.

— Oui, ça me plaît beaucoup, affirma-t-elle en me fixant du regard, le sourire aux lèvres.

Elle avait un joli sourire : ses lèvres s'étaient élargies, de charmantes rides d'expression étaient apparues au coin de ses yeux. Ce sourire me rappelait vaguement quelque chose.

— J'aime bien la musique aussi, ajouta-t-elle en désignant le piano. À propos, vous avez du feu ?

Je n'avais ni briquet ni allumettes sur moi. J'en demandai au barman, allumai moi-même sa cigarette.

— Merci, dit-elle.

Je regardai son visage et compris enfin qui elle était.

— Shimamoto-san, murmurai-je d'une voix sèche.

— Il t'en a fallu du temps pour me reconnaître, constata-t-elle d'un ton amusé après un court silence. J'ai bien cru que tu n'allais jamais te rappeler mon nom.

Je la contemplais, muet, comme si j'avais sous les yeux un instrument de précision extrêmement rare dont j'aurais entendu vanter les mérites sans l'avoir jamais vu. C'était bien elle, c'était Shimamoto-san. Mais mon esprit ne parvenait pas à digérer le fait. J'avais pensé trop souvent à elle. Et puis j'avais toujours été persuadé ne jamais la revoir.

— J'aime beaucoup ton costume, remarqua-t-elle, il te va très bien.

Je hochai la tête sans rien dire. Je n'étais pas sûr de pouvoir parler normalement.

— Dis donc, Hajime, tu es bien plus beau qu'avant. Tu es devenu plus costaud aussi.

Je retrouvai enfin ma voix.

— C'est grâce à la natation. J'ai commencé au collège, et j'en ai toujours fait depuis.

— J'ai toujours pensé que ça devait être agréable de savoir nager.

— C'est à la portée de tout le monde, il suffit d'apprendre…

J'avais à peine achevé ma phrase que je me rappelai son handicap. « Qu'est-ce que tu es en train de raconter ? » pensai-je. Troublé, je voulus ajouter quelque chose pour me rattraper mais aucun mot ne me vint. Je fourrai une main dans la poche de mon pantalon, à la recherche de mes cigarettes. Puis je me souvins que j'avais arrêté de fumer depuis cinq ans.

Shimamoto-san m'avait observé en silence. Elle leva la main pour appeler le barman, commanda un autre daïquiri. Quand elle demandait quelque chose, elle arborait toujours un grand sourire. Un beau sourire radieux qui donnait envie de lui apporter sur un plateau tout ce qui se trouvait alentour. Si une autre femme avait souri de la même façon, ç'aurait été assez déplaisant, mais elle semblait entraîner le monde entier dans son sourire.

— Et toi, tu t'habilles toujours en bleu, à ce que je vois, constatai-je.

— Oui. J'ai toujours aimé cette couleur. Tu as bonne mémoire.

— Je me rappelle tout ce qui te concerne, en gros. Comment tu taillais tes crayons, combien de sucres tu mettais dans ton thé.

— Combien ?

— Deux.

Elle plissa un peu les paupières pour mieux me regarder.

— Dis, Hajime, pourquoi m'as-tu suivie si longtemps, ce jour-là ? Il y a huit ans.

Je poussai un soupir.

— Je n'étais pas sûr que c'était toi. La façon de marcher était exactement la tienne, mais j'avais l'impression qu'il s'agissait de quelqu'un d'autre. Je n'avais aucune certitude. Voilà pourquoi je t'ai suivie. Enfin, je ne voulais pas seulement te suivre, je cherchais une occasion de t'adresser la parole.

— Mais pourquoi ne l'as-tu pas fait ? Pourquoi ne pas m'avoir demandé carrément si c'était bien moi ? Cela aurait été plus simple.

— Je ne sais pas moi-même pourquoi je me suis comporté ainsi, répondis-je avec honnêteté. Mais j'en étais incapable à ce moment-là. Je n'aurais pas pu dire un mot.

Elle se mordit légèrement les lèvres.

— Je ne me suis pas rendu compte que c'était toi, sur le coup. Quand j'ai compris que j'étais suivie, j'ai eu tellement peur. C'est vrai, tu sais, j'étais terrorisée. Mais après être montée dans le taxi, une fois remise de mes émotions, cette idée m'a effleurée.

— Tu sais, Shimamoto-san, ce jour-là, quelqu'un m'a remis une enveloppe. Je ne sais pas quelle relation tu as avec cet homme, mais je…

Elle leva un index et le posa sur mes lèvres. Puis elle secoua la tête comme pour dire : « Ne parlons plus de tout ça. S'il te plaît, ne me reparle plus jamais de ça. »

— Tu es marié ? demanda-t-elle pour faire diversion.

— Oui, j'ai deux filles. Elles sont encore petites.

— C'est bien. Ça te va mieux d'avoir des filles ; je serais incapable d'expliquer pourquoi, mais c'est ce que je ressens.

— Ah bon ?

— Oui, un je-ne-sais-quoi, fit-elle en souriant. Alors, tu t'es arrangé pour que tes enfants à toi ne soient pas des « enfants uniques » ?

— Ce n'était pas voulu. Ça s'est passé comme ça, c'est tout.

— Quel effet ça fait d'avoir deux filles ?

— C'est bizarre. À la maternelle que fréquente l'aînée plus de la moitié des élèves sont des enfants uniques. Ce n'est plus comme à notre époque. Aujourd'hui, en ville, c'est devenu la norme.

— Nous sommes nés trop tôt !

— Peut-être, admis-je en riant. Peut-être que le monde se rapproche de nous. Mais quand je vois mes filles jouer toutes les deux à la maison, ça me fait un drôle d'effet. Je me dis : « Alors, on peut être élevé comme ça. » Moi, quand j'étais petit, je jouais toujours seul, et je pensais que c'était le cas des autres enfants.

Les musiciens venaient de finir d'interpréter *Corcovado*, il y eut quelques applaudissements sporadiques dans la salle. Ça se passait toujours ainsi, après minuit : la musique se faisait plus intime, et un lien se nouait entre les musiciens et le public. Le pianiste savourait un verre de vin rouge entre les morceaux, le bassiste fumait une cigarette.

Shimamoto-san but une gorgée de son cocktail.

— Tu sais, Hajime, pour être franche, j'ai beaucoup hésité avant de venir. Pendant plus d'un mois. J'ai appris par hasard, en feuilletant un magazine, que tu tenais un bar ici. D'abord, j'ai cru qu'il y avait erreur sur la personne. Je ne t'imaginais pas du tout en gérant de bar. Mais c'était bien ton nom, et j'ai reconnu ton visage aussi. Hajime, mon voisin de quand j'étais petite ! Ça m'a emplie de nostalgie, j'étais tellement contente de t'avoir revu, ne serait-ce que sur une photo. Mais je me demandais si c'était une bonne idée de te rencontrer. Il me semblait qu'il valait mieux pour toi comme pour moi que nous ne nous revoyions pas. Je pensais : « Puisque j'ai appris grâce à cet article que tout va bien pour lui, est-ce que ça n'est pas suffisant ? »

Je l'écoutais en silence.

— Je mourais d'envie de jeter un coup d'œil ici depuis que je savais où te trouver. Alors je suis venue, je me suis installée sur ce tabouret pas très loin de toi et je t'ai observé. Je me disais que, si tu ne remarquais pas ma présence, je resterais un petit moment et puis je m'en irais. Mais je n'ai pas pu m'empêcher de te parler, la nostalgie était trop forte.

— Mais pourquoi, demandai-je, pourquoi as-tu pensé qu'il valait mieux qu'on ne se revoie pas ?

Elle réfléchit un moment, en caressant du doigt le rebord de son verre, puis répondit :

— Je me disais que tu voudrais certainement savoir un tas de choses sur ma vie : si j'étais mariée, où j'habitais, ce que j'avais fait jusque-là. Je me trompe ?

— C'est assez légitime, non ?

— Oui, je le pense aussi.

— Mais tu n'avais pas envie de répondre à des questions de ce genre, hein ?

Elle sourit d'un air embarrassé, puis hocha la tête. Elle semblait disposer de toute une panoplie de sourires.

— C'est vrai, je n'ai pas envie de parler de ça. Ne me demande pas pourquoi. En tout cas, je n'ai pas envie de parler de moi. C'est bizarre, et pas très naturel, je sais… Je ne fais pas ça pour entretenir le mystère ni par prétention. Mais voilà pourquoi je ne voulais pas te rencontrer : je ne voulais pas passer à tes yeux pour une femme hautaine. C'est une des raisons pour lesquelles je préférais ne pas venir.

— Et les autres raisons ?

— Je ne voulais pas te décevoir.

Je regardai sa main qui tenait le verre, ses cheveux qui tombaient tout droit jusqu'à ses épaules, ses jolies lèvres finement ourlées. Ses pupilles d'un noir de jais. Un petit trait sur ses paupières indiquant une profonde réflexion m'évoquait une lointaine ligne d'horizon.

— Je ne voulais pas décevoir aujourd'hui quelqu'un que j'ai tellement aimé autrefois.

— Et moi, je t'ai déçu ?

Elle secoua légèrement la tête.

— Je t'ai étudié un long moment. Au début, j'avais l'impression que tu étais différent. Tu es devenu si grand, tu portes un costume. Mais en regardant bien, j'ai reconnu le Hajime de mon enfance. Tu sais quoi ? Tu as exactement les mêmes gestes qu'à douze ans.

— Je l'ignorais, dis-je.

Je tentai de sourire, mais n'y parvins pas.

— Ta façon de bouger les mains, ta façon de regarder. Ton habitude de tapoter un objet du bout des ongles. Ta façon de froncer les sourcils d'un air soucieux. Rien de tout ça n'a changé. Tu portes des costumes Armani, mais à l'intérieur tu es bien le même.

— Ce n'est pas un costume Armani. Ma cravate et ma chemise sont de chez Armani, pas le costume.

Elle me fit un grand sourire.

— Tu sais, Shimamoto-san, j'ai toujours eu envie de te revoir. Je désirais te parler, j'avais tellement de choses à te dire.

— Moi aussi, répondit-elle. Tu en es convaincu, n'est-ce pas ? Seulement, tu n'es pas venu. Quand tu as déménagé au début du collège, j'ai attendu longtemps ta visite. Pourquoi n'es-tu pas venu ? Ça m'a rendue tellement triste. Je me disais que tu t'étais fait de nouveaux amis ailleurs et que tu m'avais oubliée.

Elle écrasa sa cigarette dans le cendrier. Elle avait un vernis à ongles transparent.

Ses ongles ressemblaient à de petits objets artisanaux raffinés. Lisses, sans défaut.

— J'avais peur, lançai-je.

— Peur ? répéta-t-elle. Mais de quoi ? de moi ?

— Mais non, pas de toi. J'avais peur d'être rejeté. Je n'étais encore qu'un enfant et j'avais du mal à imaginer que tu pouvais attendre que je vienne. Je craignais vraiment que tu me rejettes. J'avais peur de te rendre visite et de m'apercevoir que je gênais. Voilà comment je me suis éloigné. Je me disais que si ça devait être pénible de te revoir, mieux valait rester avec le souvenir de l'époque où nous étions intimes tous les deux.

Elle pencha un peu la tête. Fit rouler une noix de cajou sur sa paume.

— Ça n'a pas très bien fonctionné, remarqua-t-elle.

— Non, ça n'a pas très bien fonctionné.

— On aurait pu avoir une longue amitié. Pour être franche, moi, que ce soit au collège, au lycée ou même à l'université, jamais je n'ai pu me faire un véritable ami. J'étais constamment seule. Je me disais toujours que ça serait tellement bien si tu étais encore près de moi. Ou si nous avions au moins échangé des lettres. Ça aurait modifié beaucoup de choses dans ma vie, je pense. Il y aurait eu tant de moments plus faciles à supporter.

Elle marqua une pause, resta songeuse un instant.

— Je ne sais pas pourquoi, à partir du collège j'ai commencé à travailler moins bien. Et comme mes études ne marchaient pas tellement, je me suis d'autant plus renfermée sur moi-même. Ce qu'on appelle un cercle vicieux.

Je hochai la tête.

— À l'école primaire, je pense que je n'étais pas mauvaise, mais ensuite, terminé. Comme si je vivais au fond d'un puits.

C'était ce que j'avais moi-même ressenti pendant ces dix ans qui s'étaient écoulés entre mon entrée à l'université et mon mariage avec Yukiko. Une chose ne tourne pas rond, dérape et en entraîne une autre dans un domaine différent. Et tout continue à aller mal, sans fin. On a beau se débattre, on ne peut plus ressortir du trou. Jusqu'à ce que quelqu'un survienne et vous hisse à la surface.

— Pour commencer, mon handicap m'empêchait de partager les occupations des gens normaux. Je passais mon temps à lire sans même tenter d'ouvrir mon cœur aux autres. Et puis, comment dire ? mon aspect extérieur se remarquait. Ce qui fait que la plupart des gens me prenaient pour une femme hautaine et introvertie. Ils avaient peut-être raison, d'ailleurs…

— C'est sûr, tu es peut-être trop jolie, constatai-je.

Elle prit une cigarette, je craquai aussitôt une allumette pour la lui allumer.

— Tu me trouves vraiment jolie ?

— Oui. On doit te le dire sans arrêt, mais…

Elle se mit à rire.

— Pas du tout. Ça me fait très plaisir. Pour être franche, mon visage ne me plaît pas beaucoup. En tout cas, ce qui est sûr, c'est que les femmes ne m'aiment pas trop en général. Malheureusement. Je ne tiens pas spécialement à ce qu'on me complimente sur ma beauté. Je me suis dit souvent que j'aurais préféré être une femme ordinaire et avoir des amis comme tout le monde.

Elle étendit la main, toucha doucement la mienne, qui était posée sur le comptoir.

— En tout cas, je suis contente pour toi. Tu es heureux, c'est bien.

Je ne répondis pas.

— Tu es heureux, n'est-ce pas ? insista-t-elle.

— Je ne sais pas. Enfin, je ne suis pas malheureux, et je ne suis pas seul non plus… De temps en temps, ajoutai-je après un silence, il m'arrive de me demander si la période la plus heureuse de ma vie n'a pas été celle où nous écoutions des disques, toi et moi, dans le salon de tes parents.

— Tu sais, je les ai encore, ces disques. Nat King Cole, Bing Crosby, Rossini, *Peer Gynt*, et tous les autres. Je les ai gardés en souvenir de mon père. J'en

ai toujours pris soin, il n'y en a pas un seul de rayé.
Tu te rappelles comme j'étais soigneuse avec les
disques ?

— Tu as perdu ton père ?

— Il y a cinq ans, un cancer du côlon. Il a eu une
mort atroce. Lui qui avait toujours été en si bonne
santé.

Je me rappelais le père de Shimamoto-san. C'était
en apparence un homme aussi robuste que le chêne
qui poussait dans son jardin.

— Et ta mère ? Elle va bien ?

— Oui, je crois.

Quelque chose dans son ton me dérangea.

— Tu ne t'entends pas avec elle ?

Shimamoto-san finit son daïquiri, reposa le verre
sur le comptoir, appela le barman. Puis me demanda :

— Dis, il n'y a pas un cocktail maison ?

— Si, il y a quelques compositions originales. Le
plus réputé est celui qui porte le nom du bar, le cocktail Robin's Nest. C'est moi qui l'ai inventé. La base,
c'est du rhum et de la vodka. Il est très agréable à
boire, mais assez fort.

— Ça doit être bien pour draguer les filles.

— Tu n'as pas l'air au courant, mais les cocktails
servent à ça, figure-toi.

Elle se mit à rire.

— Bon, j'en veux bien un alors.

Quand la boisson fut placée devant elle, elle en
examina la couleur, y trempa les lèvres, puis ferma
les yeux un instant pour laisser le goût s'épanouir en
elle.

— Quelle saveur subtile, remarqua-t-elle. Ni trop
sucré ni amer. Acidulé et frais, mais avec un arrière-
goût indéfinissable. Je ne te savais pas si doué.

116

— Je suis incapable de poser une étagère, ou de faire une vidange. Je ne parviens même pas à coller droit un timbre. Je me trompe tout le temps quand je compose un numéro de téléphone. Mais je réussis à créer des cocktails originaux. J'ai une assez bonne réputation dans ce domaine.

Elle reposa son verre, en contempla un moment le contenu. Quand elle le pencha, la lumière du plafonnier s'y refléta légèrement.

— Cela fait très longtemps que je n'ai pas vu ma mère, déclara-t-elle. Il y a dix ans, nous avons eu quelques désaccords, des problèmes assez compliqués, et je ne l'ai pas revue depuis. Ah, si, je l'ai croisée à l'enterrement de mon père, mais c'est tout.

Le trio avait achevé un morceau de blues original, et le piano avait commencé à jouer l'intro de *Star-Crossed Lovers*. Lorsque j'étais au bar, le pianiste jouait souvent cette ballade que j'aimais beaucoup, il le savait. Ce n'est pas un des morceaux les plus connus d'Ellington, et aucun de mes souvenirs personnels n'y était spécialement rattaché mais, depuis la première fois où je l'avais entendu, il avait toujours exercé une certaine fascination sur moi. Quand j'étais étudiant, ou même ensuite quand je travaillais comme correcteur, le soir, je mettais le disque de Duke Ellington intitulé *Such Sweet Thunder* et me repassais en boucle ce morceau et le fabuleux solo de Johnny Hodges, alliant sensibilité et habileté technique. En écoutant cette mélodie belle et légère, je me rappelais toujours cette période de ma vie. On ne peut pas dire que j'étais très heureux alors. Pourtant, le souvenir de cette époque m'emplissait de nostalgie. J'étais plus jeune, plus affamé, plus solitaire que maintenant. Mais j'étais vraiment moi-même.

À cette époque, je ressentais en profondeur chaque note de la musique que j'écoutais, chaque ligne des livres que je lisais, comme si elles pénétraient intimement en moi. Mes nerfs étaient aussi affûtés que des pointes de clou, mes yeux emplis d'une lumière qui transperçait mes interlocuteurs. Et depuis, chaque fois que j'écoutais *Star-Crossed Lovers*, je me souvenais du regard que j'avais à cette période de ma vie, comme si j'observais mon reflet dans un miroir.

— En fait, en troisième année de collège, je suis venu te voir un jour. Je me sentais seul, j'éprouvais une tristesse insupportable. J'ai essayé de t'appeler mais le téléphone ne répondait pas. Alors j'ai pris le train et je suis allé jusque chez toi. Mais sur la porte, la plaque portait un autre nom.

— Deux ans après ton départ, nous avons déménagé nous aussi, à cause du travail de mon père. Nous nous sommes installés près d'Enoshima, c'est là que j'ai habité jusqu'à mon entrée à l'université. Quand je suis partie, je t'ai envoyé une carte avec ma nouvelle adresse, tu ne l'as pas reçue ?

Je secouai la tête.

— Si je l'avais reçue, je t'aurais répondu. C'est bizarre, tu avais fait une erreur en rédigeant l'adresse, peut-être ?

— Ou peut-être n'avons-nous pas eu de chance, tout simplement. Nous nous sommes toujours croisés. Mais parle-moi de toi, plutôt. De ta vie jusqu'à maintenant.

— Ce n'est pas très intéressant.

— Mais moi ça m'intéresse.

Je lui racontai en gros mon itinéraire. Je lui avouai que j'avais profondément blessé la petite amie que j'avais au lycée, sans entrer dans les détails. Je lui expliquai simplement que j'avais fait du mal à cette fille, et que je m'en étais fait aussi. Puis je lui parlai de mon entrée dans le monde du travail. Ma solitude. Je lui dis que je n'avais pas eu un seul véritable ami. Lui parlai des filles avec qui j'avais eu des aventures, sans que cela me rende heureux pour autant. Lui racontai comment, après le lycée, je n'avais plus vraiment aimé personne, jusqu'à ce que je rencontre Yukiko à près de trente ans, et que je l'épouse. Lui avouai combien de fois j'avais pensé à elle, Shimamoto-san.

— J'aurais tout donné pour te revoir ne serait-ce qu'une heure et bavarder avec toi.

Cela la fit sourire.

— Tu as pensé à moi souvent ?

— Oui.

— Moi aussi je pensais à toi. Il me semblait que tu étais le seul ami que j'avais jamais eu.

Elle avait un coude sur le comptoir, la joue posée sur la main, les yeux mi-clos, comme si elle se laissait complètement aller, sans forces. Elle n'avait pas la moindre bague aux doigts, pas d'alliance. De temps en temps, je voyais ses cils palpiter. Au bout d'un moment, elle rouvrit lentement les yeux, regarda sa montre. Je jetai un coup d'œil sur la mienne : il était près de minuit.

Elle prit son sac à main, descendit de son tabouret avec de petits mouvements prudents.

— Bonne nuit. Ça m'a fait plaisir de te revoir.

Je la raccompagnai jusqu'à la porte.

— Veux-tu que je t'appelle un taxi ? Tu auras peut-être du mal à en trouver un, avec cette pluie.

Elle secoua la tête.

— Non, ne t'inquiète pas. Je vais me débrouiller.

— C'est vrai, tu n'as pas été déçue ? demandai-je.

119

— Par toi ?

— Oui.

— Pas du tout, ne t'inquiète pas, affirma-t-elle en riant. Tu peux être tranquille. Mais ton costume, tu es sûr que ce n'est pas un Armani ?

C'est alors que je réalisai qu'elle ne boitait plus. Elle ne marchait pas très vite et, en l'observant avec attention, on s'apercevait qu'elle utilisait une technique ; sa façon de marcher légèrement raide manquait un tout petit peu de naturel, mais ça se remarquait à peine.

— Je me suis fait opérer il y a quatre ans, déclarat-elle comme pour s'excuser. On ne peut pas dire que c'est complètement guéri, enfin, ce n'est plus aussi terrible qu'avant. C'était une opération assez importante, mais tout s'est passé sans problème ; ils ont dû couper pas mal d'os, réaliser des greffes…

— Tu as bien fait, on ne se rend plus compte de rien.

— Oui, je crois que j'ai bien fait. J'ai peut-être juste attendu un peu trop longtemps.

Je récupérai son manteau au vestiaire, l'aidai à l'enfiler. Debout à côté de moi, elle ne paraissait plus très grande. Ça me parut étrange, en songeant qu'à douze ans elle avait la même taille que moi.

— Je pourrais te revoir ? demandai-je.

— Peut-être.

Un léger sourire s'était mis à flotter au coin de ses lèvres. comme une petite fumée qui monte tranquillement par un jour sans vent. Peut-être…

Elle ouvrit la porte et sortit. Cinq minutes ne s'étaient pas écoulées que je grimpais à nouveau l'escalier menant dehors. Je m'inquiétais à l'idée qu'elle ait pu ne pas trouver de taxi. Dehors, il pleuvait toujours, mais Shimamoto-san n'était plus là.

L'avenue était déserte, seuls les phares des voitures se reflétaient vaguement sur la chaussée mouillée.

« Et si j'avais eu une hallucination ? » me demandai-je soudain. Debout sur le trottoir, je restai immobile un long moment, à regarder tomber la pluie. J'étais redevenu un petit garçon de douze ans. Enfant, j'aimais bien regarder tomber la pluie sans rien faire. Mon corps se décontractait alors peu à peu, il me semblait que le monde de la réalité se diluait sous les gouttes. Il devait y avoir dans la pluie une force particulière qui hypnotisait les gens. C'est du moins ce que je croyais à l'époque.

Mais je n'avais pas rêvé : quand je retournai au bar, je trouvai sur le comptoir, devant le siège où Shimamoto-san était assise un instant plus tôt, un verre vide et un cendrier contenant plusieurs mégots encore frais, avec des traces de rouge à lèvres. Je m'assis sur le tabouret voisin, fermai les yeux. L'écho des notes de musique s'éloigna peu à peu, je demeurai seul. Dans les douces ténèbres où j'étais, la pluie tombait sans discontinuer.

9

Je ne revis pas Shimamoto-san pendant long-temps. Je venais chaque soir au *Robin's Nest* et y passais un long moment. Je m'installais au comptoir avec un livre et jetais de temps à autre un coup d'œil vers la porte. Mais Shimamoto-san ne se montrait pas. Je m'inquiétais : avais-je dit quelque chose qui lui avait déplu ? L'avais-je blessée sans le vouloir ? J'examinai une à une toutes les phrases que j'avais prononcées ce soir-là, ce qu'elle-même m'avait dit. Je ne découvris rien de blessant. Je l'avais peut-être déçue, finalement. C'était possible. Elle était telle-ment belle, elle ne boitait même plus. Que pouvait-elle me trouver d'intéressant ?

L'année s'achevait. Noël arriva, puis le nouvel an. Le mois de janvier s'écoula rapidement. Je fêtai mes trente-sept ans et décidai de renoncer à attendre Shi-mamoto-san. Je passai de moins en moins au *Robin's Nest*. Chaque fois que j'y mettais les pieds, je ne pouvais m'empêcher de penser à elle, cherchant sa silhouette parmi les clients. J'ouvrais un livre, me laissais emporter par des rêveries sans but. Je commençais à éprouver des difficultés à me concen-trer sur quoi que ce soit.

Elle avait dit que j'étais son seul ami. Le seul ami qu'elle avait jamais eu. Cela m'avait rendu vraiment heureux d'entendre ça. Je pensais que notre amitié pouvait recommencer. J'avais envie de lui dire tant de choses, de lui demander son avis sur tant de sujets. Peu importait qu'elle ne veuille rien me raconter de sa vie. Je me serais contenté simplement de la voir et de lui parler.

Mais elle ne réapparaissait pas. Elle était peut-être très occupée, ne trouvait pas le temps de venir jusqu'ici ? Trois mois, c'était un peu trop long. Si vraiment elle ne pouvait pas se déplacer, elle aurait pu téléphoner. Elle avait dû m'oublier, finalement. Je n'étais plus aussi important à ses yeux qu'autrefois. Cette idée m'était pénible. Un petit trou s'était creusé dans mon cœur. Elle n'aurait pas dû me dire tout ça, certaines paroles restent gravées à jamais.

Au début de février, elle revint enfin, à nouveau par une nuit pluvieuse. Il tombait un crachin glacial, silencieux, et j'étais passé de bonne heure au *Robin's Nest* où j'avais des affaires à régler. Les parapluies des clients répandaient un parfum de pluie froide. Ce soir-là, un saxophoniste ténor s'était joint au trio pour jouer quelques morceaux avec lui. C'était un musicien assez connu, et le bar était bondé. Installé sur mon tabouret au coin du comptoir comme d'habitude, je lisais, quand Shimamoto-san s'assit sans bruit sur le siège voisin.

— Bonsoir, fit-elle.

Je posai mon livre et la regardai. Je n'arrivais pas à réaliser qu'elle était vraiment là, à côté de moi.

— Je pensais que tu ne reviendrais pas.

— Pardon, fit Shimamoto-san. Tu es fâché ?

— Pas du tout. Je ne me fâche pas pour ce genre de choses. Ici, c'est un bar, tu sais, les clients viennent quand ils en ont envie, ils s'en vont quand ils veulent aussi. Moi, je ne fais qu'attendre.

— Pardon tout de même. Je ne peux pas t'expliquer pourquoi, mais il m'a été impossible de venir.

— Tu étais occupée ?

— Pas spécialement, répondit-elle d'un ton serein. Je ne suis jamais très occupée, mais je ne pouvais pas venir.

Ses cheveux étaient mouillés, quelques mèches de sa frange étaient collées à son front. Je demandai au serveur de lui apporter une serviette chaude.

— Merci, dit-elle en s'essuyant les cheveux.

Puis elle sortit un paquet de cigarettes et un briquet, en alluma une. Ses doigts humides et froids tremblaient légèrement.

— C'était juste une petite bruine, je n'ai pris que mon imper en pensant arrêter un taxi, mais finalement j'ai marché assez longtemps.

— Tu veux boire quelque chose de chaud ? demandai-je.

Elle sourit en me fixant au fond des yeux.

— Merci, ça ira.

À la vue de ce sourire, j'oubliai aussitôt les trois mois d'attente.

— Qu'est-ce que tu lis ? s'enquit-elle en désignant le livre posé sur le comptoir.

Je le lui tendis. C'était un ouvrage historique, traitant du conflit sino-vietnamien après la guerre du Vietnam. Elle le feuilleta, puis me le rendit.

— Tu ne lis plus de romans ?

— Si, mais plus autant qu'avant, et je ne suis pas au courant de l'actualité littéraire. Je ne lis que des classiques, du XIXᵉ siècle en général. Je relis aussi beaucoup de ceux que j'ai lus autrefois.

— Pourquoi ne lis-tu rien de moderne ?

— Peut-être parce que je n'aime pas être déçu. Si je lis un ouvrage qui m'ennuie, je me sens vraiment floué. Avant, c'était différent : j'avais du temps à revendre, et je retirais toujours quelque chose d'une lecture, même ennuyeuse. Maintenant, j'ai seulement l'impression d'avoir perdu mon temps. Peut-être que j'ai vieilli.

— Oui, c'est sûr, tu as vieilli, répliqua-t-elle en souriant d'un air mutin.

— Et toi, tu lis beaucoup ?

— Oui. De l'ancien, du moderne, de tout. Des romans, des essais. Des textes ennuyeux, d'autres intéressants. Contrairement à toi, j'aime perdre du temps à lire.

Sur ce, elle commanda un Robin's Nest. Je l'imitai. Quand on lui apporta son verre, Shima-moto-san en but une gorgée, hocha légèrement la tête puis le reposa sur le comptoir.

— Dis, Hajime, pourquoi les cocktails qu'on boit ici ont-ils meilleur goût qu'ailleurs ?

— Parce que je fais tout pour ça. Les choses n'évoluent jamais si on ne fait pas d'efforts.

— Quel genre d'efforts ?

— Eh bien, lui, par exemple, expliquai-je en désignant le jeune barman au visage beau et grave occupé à casser de la glace derrière le bar. Je le paie très cher. Tu serais étonnée si tu connaissais le montant de son salaire. Les autres employés aussi. Et si tu veux savoir pourquoi je le paie plus cher que les autres, c'est parce que, justement, il est doué pour préparer les cocktails. La plupart des gens l'ignorent, mais il faut du talent pour confectionner de bons cocktails. Évidemment, en faisant des efforts, n'importe qui peut arriver à en préparer des acceptables : quelques mois d'apprentissage et on peut servir des cocktails décents aux clients. La grande majorité des bars se contente de ce niveau, qui est tout à fait valable. Mais, pour le dépasser, il faut un talent particulier. C'est comme pour jouer du piano, peindre ou courir le cent mètres. Moi-même, je pense être capable de préparer des cocktails tout à fait convenables. J'ai étudié la question, je me suis exercé. Pourtant, je n'arrive pas à la cheville de ce barman. J'ai beau mettre les mêmes ingrédients dans le shaker, l'agiter de la même façon pendant le même laps de temps, le goût est différent. Je ne sais pas pourquoi. Seul le talent peut expliquer ça. C'est comme l'art. Il y a une ligne tracée quelque part, certains êtres sont capables de la dépasser tandis que d'autres ne le pourront jamais. Par conséquent, quand on a la chance de découvrir quelqu'un qui a du talent, il faut le choyer et ne pas le laisser s'éloigner. Lui payer un salaire élevé.

Ce barman était homosexuel, et grâce à lui la clientèle gay du quartier affluait au bar. Cela ne me dérangeait pas ; c'était un garçon calme, sa personnalité me plaisait, lui aussi avait confiance en moi et travaillait bien.

— Si ça se trouve, tu as un sens du commerce plus développé qu'il n'y paraît au premier abord, fit observer Shimamoto-san.

— Je n'ai aucun sens du commerce, répliquai-je. Je ne suis pas un homme d'affaires. J'ai deux petits bars, c'est tout. Je n'ai pas l'intention d'en ouvrir d'autres, et pas l'intention de gagner plus d'argent qu'actuellement. On ne peut pas appeler ça du talent ni de l'habileté. Mais, quand j'ai du temps, je m'imagine toujours ce que je ferais moi, si j'étais un client. Où j'irais, ce que j'aurais envie de boire, de manger. Si j'étais célibataire et que j'aie une vingtaine d'années, où est-ce que je voudrais emmener la fille qui me plaît ? Je m'imagine tout ça en détail. Quel serait mon budget ? Jusqu'à quelle heure pourrais-je rester dans un bar, en fonction de l'endroit où j'habite ? Je réfléchis très concrètement à quelques exemples de ce type. Et petit à petit, l'image du bar idéal se dessine dans mon esprit.

Ce soir-là, Shimamoto-san portait un col roulé bleu ciel et une jupe bleu marine. Deux boucles minuscules scintillaient à ses oreilles. Son pull fin et moulant soulignait joliment la ligne de ses seins. Et ce spectacle me chavirait le cœur.

— Parle-m'en encore, demanda-t-elle, tandis que son habituel sourire plein de gaieté illuminait son visage.

— De quoi ?

— De ta technique pour faire marcher ton bar. J'aime bien t'entendre parler de ça.

Je rougis un peu. Cela faisait vraiment longtemps que je n'avais pas rougi devant quelqu'un.

— Ce n'est pas une technique. Simplement, je suis habitué à ce genre de travail. Je réfléchis à beaucoup de choses tout seul. Je fais marcher mon imagination. J'ai toujours fonctionné comme ça, depuis tout petit. Je me construis un endroit vide, et peu à peu je lui donne de la chair. Ici, il faudrait faire ceci, là il faudrait changer cela. Comme une simulation, tu vois. Je te l'ai déjà dit, mais après l'université j'ai travaillé chez un éditeur de manuels scolaires ; c'était terriblement ennuyeux, parce que je ne pouvais pas utiliser mon imagination. Au contraire, même, je devais l'étouffer. Aussi, le travail ne représentait qu'ennui pour moi, je détestais aller au bureau. Je me sentais vraiment oppressé. J'avais l'impression que mon moi véritable se rétrécissait de plus en plus, et que j'allais finir par disparaître.

Je bus une gorgée de mon cocktail, fis lentement le tour de la salle des yeux. Malgré la pluie, le bar était assez plein. Le saxophoniste venu nous rendre visite avait rangé son instrument dans son étui. J'appelai un serveur, lui dis d'apporter une bouteille de whisky au musicien et de lui demander s'il voulait manger quelque chose.

— Mais ici, ce n'est pas pareil. Dans le domaine où je travaille maintenant, si on ne se sert pas de son imagination, on ne peut pas survivre. Et je suis libre de transformer en réalité les plans que je forme dans mon esprit. Pas de réunions, pas de hiérarchie, pas de supérieur au-dessus de moi. C'est vraiment un endroit agréable ici, tu sais. Tu as déjà travaillé dans un bureau ?

Elle secoua la tête en souriant.

— Non.

— Quelle chance ! Moi, je déteste les bureaux. Toi aussi, tu aurais du mal à supporter ça. J'ai travaillé huit ans dans cette maison d'édition, ça m'a permis de comprendre comment le système fonctionnait. Mais j'y ai également perdu huit ans de ma vie. La plus belle partie de ma jeunesse, en plus. Je ne sais pas comment j'ai pu supporter ça. Mais si je n'avais pas travaillé là-bas si longtemps, peut-être mes bars ne marcheraient-ils pas aussi bien aujourd'hui. J'aime ce que je fais à présent. Même si, parfois, j'ai l'impression que ce ne sont que des constructions mentales. Comme un jardin imaginaire. J'y plante des fleurs, je bâtis des fontaines. Mais avec beaucoup de précision et de réalisme. Des gens s'y rendent, y boivent, y écoutent de la musique, discutent, et puis s'en vont. Pourquoi, à ton avis, tant de gens viennent-ils ici le soir dépenser des sommes folles juste pour quelques verres ? Parce qu'ils cherchent tous, à des degrés divers, un lieu imaginaire. S'ils passent ici, c'est pour regarder un jardin imaginaire flottant dans les airs et s'y immerger un moment.

Shimamoto-san sortit d'une petite pochette son paquet de Salem. Avant qu'elle ait eu le temps de saisir son briquet, j'avais craqué une allumette. J'aimais bien allumer ses cigarettes, la voir plisser les yeux et regarder trembler l'ombre incandescente.

— Autant te l'avouer franchement, dit-elle, je n'ai jamais travaillé de ma vie.

— Jamais ?

— Non, pas une fois. Je n'ai jamais fait de petits jobs d'étudiant, jamais eu un poste fixe non plus. Je n'ai aucune expérience de ce qu'on nomme la « vie active ». Alors, quand je t'écoute parler, ça me rend jalouse. Jamais je n'ai pensé ce genre de choses. Tout ce que j'ai fait, c'est lire toute seule. Et je n'ai jamais eu besoin de réfléchir qu'au moyen de dépenser mon argent.

Elle tendit son bras devant moi : elle portait deux fins bracelets d'or au poignet droit, au gauche une montre en or qui avait dû coûter cher. Je saisis sa main droite, regardai les bracelets un moment. Puis je me souvins de la façon dont elle m'avait pris la main quand nous avions douze ans. Je me rappelais encore la sensation avec précision, et à quel point ça avait fait bondir mon cœur.

— C'est peut-être beaucoup plus normal d'avoir seulement à réfléchir au moyen de dépenser son argent.

Je relâchai sa main. L'illusion que j'allais m'envoler je ne sais où m'assaillit soudain.

— Quand on ne réfléchit qu'au moyen de gagner de l'argent, poursuivis-je, la vie s'use avant qu'on ait le temps de s'en rendre compte.

— Oui, mais tu ne sais pas, toi, à quel point on se sent vide quand on ne crée rien.

— Je ne crois pas. Il me semble que tu crées beaucoup, au contraire.

— Quoi, par exemple ?

— Des choses qui n'ont pas de forme, dis-je, en jetant un coup d'œil sur mes mains posées sur mes genoux.

Shimamoto-san prit son verre, me regarda longuement.

— Comme des sentiments, tu veux dire ?

— Oui, répondis-je. Tout finit par s'effacer. Ce bar non plus ne durera pas éternellement. Que le goût des gens change un peu, et la conjoncture économique également, et tout ce qu'il y a ici peut disparaître en un clin d'œil. J'en ai déjà vu quelques exemples. C'est simple : tout ce qui a une forme finit par disparaître, mais certaines pensées laissent des traces éternelles.

— Mais, Hajime, les idées pénibles aussi perdurent. Tu ne crois pas ?

Le saxophoniste s'était approché et me remercia pour le whisky. Je le remerciai à mon tour d'avoir joué pour nous.

— Les jazzmen sont tous très polis maintenant, expliquai-je à Shimamoto-san. Quand j'étais étudiant, ça ne se passait pas comme ça. Ils se droguaient tous. La moitié étaient en rupture de ban avec la société. Ils jouaient vraiment d'une façon complètement déjantée. J'allais souvent dans des clubs de jazz à Shinjuku écouter de la musique. Je recherchais ce type d'expériences extrêmes.

— Tu aimes bien ce genre de personnages, n'est-ce pas ?

— Sans doute. Personne ne se consacre à une activité en cherchant dès le départ à accomplir quelque chose de merveilleux. Même quand c'est au-delà de nos capacités, on avance vers un but en s'efforçant de faire pour le mieux, c'est ainsi que les gens progressent. Et c'est ça qui fait avancer le monde. Je me demande si l'art, ce n'est pas ça aussi.

Je fixai à nouveau mes mains, puis levai la tête vers Shimamoto-san. Elle attendait que je continue de parler.

— Seulement, à présent, repris-je, c'est un peu différent. Parce que je suis devenu un commerçant. J'investis des capitaux et je fais rentrer des fonds. Je ne suis pas un artiste, je ne crée rien. Je ne soutiens même pas l'art en exerçant ce métier. Que ça me plaise ou non, ce n'est pas ça qu'on cherche à accomplir dans un lieu tel que celui-ci. Quand on gère une affaire, il est plus facile de traiter avec des artistes polis et propres sur eux. Personne n'y peut rien. Le monde n'est pas peuplé de types comme Charlie Parker.

Elle commanda un autre cocktail. Fuma une autre cigarette. Il y eut un long silence. Elle semblait réfléchir, seule dans son coin. Moi, j'écoutais le bassiste qui s'était lancé dans un long solo sur l'air de *Embraceable You*. Le pianiste frappait de temps en temps sur ses touches, le batteur épongeait sa sueur, buvait une gorgée d'alcool. Un habitué vint vers moi, m'adressa quelques phrases banales.

— Dis, Hajime, fit Shimamoto-san au bout d'un long moment, tu ne connaîtrais pas un fleuve ? Un beau fleuve de montagne pas trop large, avec un lit pas trop boueux, et un courant rapide de préférence, qui se jette dans la mer assez vite.

Un peu surpris, je la regardai.

— Un fleuve ?

Je ne voyais pas très bien où elle voulait en venir. Son visage tourné vers moi ne reflétait rien, n'exprimait rien de ce qu'elle ressentait. Elle me regardait paisiblement, comme elle l'aurait fait pour un paysage lointain. Ou peut-être vivais-je vraiment dans un monde très éloigné du sien. Il devait y avoir entre elle et moi une distance qui défiait l'imagination. À cette pensée, je ne pus m'empêcher de ressentir une sorte de détresse, qu'un détail dans ses yeux faisait naître en moi.

— Pourquoi cette histoire de fleuve, tout à coup ? demandai-je.

— Juste une idée qui m'a traversé l'esprit. Tu ne connais pas de fleuve comme celui que je viens de te décrire ?

Quand j'étais étudiant, je partais souvent seul en balade, n'emportant que mon sac de couchage. J'avais vu divers fleuves à travers tout le Japon. Mais je ne me souvenais d'aucun qui pût correspondre à ses exigences.

— Je crois qu'il y en a un plutôt de ce genre dans le Nord, du côté de la mer du Japon, dis-je après avoir réfléchi un moment. J'ai oublié comment il s'appelle, mais il se trouve dans la préfecture d'Ishikawa. Sur place, je saurais le retrouver. Ça me paraît être l'endroit qui correspond le mieux à ta description.

Je me souvenais bien de ce fleuve-là. J'étais allé dans ma région pendant les vacances d'automne, quand j'étais étudiant en deuxième ou troisième année. Les feuillages rouges étaient sublimes ; les montagnes environnantes, proches de la mer, semblaient teintées de sang. Le fleuve coulait, magnifique ; de temps en temps, on entendait le brame d'un cerf résonner dans la forêt. Je me rappelais que j'avais mangé un délicieux poisson de rivière à cet endroit.

— Tu pourrais m'accompagner là-bas ? lança Shimamoto-san.

— C'est dans la préfecture d'Ishikawa, fis-je remarquer, la bouche sèche soudain. Ce n'est pas comme aller à Enoshima. On doit prendre l'avion, et il y a encore plus d'une heure de route après. Il faut passer une nuit sur place et, je pense que tu le comprends, ça m'est impossible. En ce moment, du moins.

Elle pivota légèrement sur son tabouret pour pouvoir me regarder bien en face.

— Écoute, Hajime, je me rends très bien compte que je fais une erreur en te demandant une chose pareille. Et que c'est un fardeau trop lourd pour toi. Mais tu es la seule personne à qui je peux m'adresser. Il faut absolument que je me rende là-bas, et je ne veux pas y aller seule. Et il n'y a vraiment personne d'autre que toi à qui je peux demander de m'accompagner.

Je la fixai droit dans les yeux. Ses pupilles ressemblaient à deux mares paisibles au pied d'une source de montagne jaillissant à l'ombre des rochers, deux mares protégées du moindre souffle de vent. Rien n'y bougeait, il y régnait un silence absolu. En regardant profondément dedans, il me semblait que j'allais voir apparaître l'image qui se reflétait à la surface de l'eau.

— Excuse-moi, dit-elle, puis elle rit comme si ses forces l'abandonnaient. Cette demande n'était pas le but de ma visite, j'étais juste venue bavarder avec toi, c'est arrivé tout seul sur le tapis.

Je calculai rapidement de tête le temps que cela prendrait, puis déclarai :

— En partant très tôt le matin, et en faisant l'aller-retour en avion, on peut sans doute rentrer le soir même. Ça dépend si on s'attarde sur place, mais…

— Je n'en aurai pas pour longtemps. Tu crois vraiment que tu peux t'arranger ? Trouver le temps de m'accompagner là-bas ?

— Peut-être, répondis-je après avoir réfléchi un instant. Je ne peux pas encore te le certifier, mais je crois que je pourrai. Appelle-moi demain soir et je te dirai ce qu'il en est. Je serai ici à la même heure qu'aujourd'hui. On décidera à ce moment-là. Quand serais-tu libre pour partir ?

— N'importe quand. Je n'ai rien de spécial à faire. Je peux partir n'importe quel jour en fonction de tes disponibilités à toi.

Je hochai la tête.

— Excuse-moi pour tout ça, ajouta-t-elle. J'aurais mieux fait de ne pas te revoir. Je suis peut-être seulement en train de tout gâcher.

Elle repartit aux alentours de onze heures. Je l'accompagnai jusqu'à un taxi avec un parapluie. Il pleuvait toujours.

— Au revoir, lança-t-elle. Merci pour tout.

— Au revoir.

Je retournai au bar, me rassis à la même place. Son verre était toujours sur le comptoir, les mégots de ses cigarettes dans le cendrier. Je ne fis pas signe au garçon de les enlever. Au contraire, je restai un long moment à regarder les traces de rouge à lèvres sur ses mégots.

Quand je rentrai à la maison, ma femme n'était pas encore couchée, elle m'attendait. Elle avait enfilé un cardigan sur son pyjama et regardait *Lawrence d'Arabie* en vidéo. Elle en était à la scène où, après de multiples péripéties, Lawrence d'Arabie traverse le désert et arrive enfin au canal de Suez. Elle avait déjà vu ce film au moins trois fois, à ma connaissance. Elle disait que c'était intéressant de le visionner plusieurs fois. Je m'assis à côté d'elle et regardai la fin en buvant du vin.

— Dimanche prochain, j'ai une réunion du club de natation, annonçai-je.

L'un des membres du club possédait un yacht assez grand, et il lui était déjà arrivé de tous nous inviter à des sorties en mer. Nous buvions ensemble, pêchions. En février, il faisait un peu trop froid pour sortir en yacht mais ma femme n'y connaissait rien. Si bien qu'elle n'eut pas le moindre soupçon. C'était rare que je sorte seul le dimanche, et elle semblait juger bon pour moi d'aller de temps en temps respirer l'air extérieur et de voir des gens appartenant à un autre monde.

— Je partirai tôt le matin et serai de retour vers huit heures, pour le dîner, je pense.

— Ça tombe bien, ma sœur voulait venir me voir dimanche prochain, répondit Yukiko. S'il ne fait pas trop froid, on ira toutes ensemble pique-niquer au parc de Shinjuku. Entre filles !

— Ça ne me paraît pas mal comme programme.

Le lendemain après-midi, je me rendis dans une agence de voyage et réservai deux billets d'avion ainsi qu'une voiture de location pour le dimanche suivant. Il y avait un vol retour à six heures et demie le soir. Ça irait, je serais à la maison pour dîner.

Ensuite, j'allai au bar et attendis que Shimamoto-san m'appelle. Ce qu'elle fit sur le coup de dix heures.

— Je crois que je vais pouvoir me débrouiller pour t'accompagner, lui dis-je. Il ne faudra pas trop s'attarder, mais bon... Dimanche prochain, ça t'irait ?

— Aucun problème, répondit-elle.

Je lui indiquai l'heure du vol, lui donnai rendez-vous à l'aéroport de Haneda.

— Désolée pour tout ça, dit-elle.

Après avoir raccroché, je m'installai au comptoir et lus un moment, mais le vacarme du bar me gênait, je ne parvenais pas à me concentrer sur ma lecture. J'allai à la salle de bains, me lavai le visage et les mains, puis me regardai longuement dans le miroir. Je mentais à Yukiko. Cela m'était déjà arrivé plusieurs fois. Quand j'avais eu des aventures avec d'autres femmes, je lui avais menti aussi. Sans avoir pour autant l'impression de la tromper. Ce n'étaient que de petites distractions inoffensives. Et, cette fois, je n'avais nullement l'intention de coucher avec Shimamoto-san. Ce qui ne changeait rien au fait que je mentais. Pour la première fois depuis longtemps, je me regardai un long moment droit dans les yeux dans le miroir. Mes yeux ne reflétaient en rien l'image de l'homme que j'étais. Je posai les deux mains sur le rebord du lavabo et poussai un profond soupir.

10

La rivière coulait entre les roches, formant de petites cascades par endroits, ou se reposant, sereine, dans des flaques qui renvoyaient faiblement l'éclat aigu du soleil. Un peu plus bas, on apercevait un vieux pont de fer, si étroit qu'une voiture pouvait à peine y passer. Cette arche noircie et sans caractère reposait lourdement dans le silence glacé de février. Les clients des bains thermaux et le personnel de l'auberge locale, ou encore les employés du service forestier, l'empruntaient, mais nous ne croisâmes personne en y passant. Même en nous retournant plusieurs fois un peu plus loin, nous ne vîmes pas âme qui vive. Nous avions fait une halte à l'auberge pour un déjeuner rapide avant de traverser ce pont. Ensuite, nous nous étions mis à longer le fleuve. Le col de l'épais caban que portait Shimamoto-san se dressait tout droit, et une écharpe étroitement serrée autour de son cou lui enveloppait la moitié du visage. Contrairement à son habitude, elle s'était habillée simplement, pour cette escapade en montagne. Elle avait noué ses cheveux en arrière et mis de grosses chaussures de marche ; un petit sac de nylon vert se balançait à son épaule. Dans cette tenue, on aurait dit une lycéenne. Il restait çà et là sur les berges des blocs de neige durcie et immaculée. Deux corbeaux perchés sur les montants du pont regardaient le fond de l'eau. De temps en temps, ils jetaient un cri dur et perçant pareil à un reproche, dont l'écho se répandait comme un frisson glacé sur les feuilles mortes de la forêt, avant de traverser le fleuve pour venir frapper nos tympans.

Un étroit chemin non asphalté serpentait le long du fleuve. J'ignore où il menait, mais il était terriblement désert et silencieux, et paraissait interminable. On n'apercevait pas la moindre habitation dans les environs, seulement un champ à la terre dénudée par endroits. La neige accrochée aux talus formait des lignes blanches, droites et nettes. Les corbeaux, innombrables, lançaient des cris brefs à notre vue, comme pour signaler notre arrivée à leurs camarades. Nous avions beau nous approcher d'eux, pratiquement aucun ne s'envolait. Nous pouvions voir de tout près leurs pattes aux couleurs vives et leurs becs acérés comme des pointes.

— On a encore du temps devant nous ? demanda Shimamoto-san. On peut continuer à marcher encore un peu ?

Je regardai ma montre.

— Ça va, on peut rester dans le coin presque une heure de plus.

— C'est tellement paisible ici, dit-elle en regardant autour d'elle.

Tandis qu'elle parlait, une buée blanche et épaisse s'élevait dans les airs.

— Ce fleuve répond-il à ton attente ? demandai-je.

Elle me regarda en souriant.

— On dirait que tu as compris exactement ce que je désirais, déclara-t-elle.

— Oui, renchéris-je, la couleur, la forme, la dimension. Je suis expert en fleuves depuis mon plus jeune âge, tu sais.

Elle se mit à rire, puis sa main gantée s'empara de la mienne, également protégée par un gant.

— Enfin, je suis bien content. Imagine que nous soyons venus jusqu'ici et que tu m'aies dit que ce fleuve ne te plaisait pas, qu'est-ce que j'aurais pu faire, hein ?

— Tu devrais avoir davantage confiance en toi, répliqua-t-elle. Je ne te crois pas capable d'une erreur aussi grossière... Dis, ça ne te rappelle pas notre enfance, de marcher ainsi tous les deux ? Moi, ça me fait penser au trajet que nous effectuions ensemble pour nous rendre à l'école.

— Sauf que tu ne traînes plus la jambe comme autrefois.

Shimamoto-san me regarda en souriant.

— Quand tu me dis ça, j'ai l'impression que tu regrettes que je ne boite plus.

— Peut-être, répondis-je en souriant moi aussi.

— Tu le penses vraiment ?

— Non, je plaisante. Je suis très heureux que tu aies pu guérir. Mais je ne sais pas, tout d'un coup, j'ai éprouvé une certaine nostalgie de cette époque.

— Écoute, Hajime, je te suis infiniment reconnaissante. Je veux que tu le saches.

— Je n'ai pas fait grand-chose. Juste prendre un avion pour venir déjeuner avec toi.

Shimamoto-san marchait en regardant droit devant elle.

— Pourtant, insista-t-elle, tu as menti à ta femme pour pouvoir m'accompagner, n'est-ce pas ?

— Ma foi...

— Et ça a dû être pénible pour quelqu'un comme toi, j'en suis sûre. Tu n'avais sans doute aucune envie de mentir à ta femme.

Ne sachant que répondre, je gardai le silence. Dans la forêt toute proche, les corbeaux poursuivaient leur concert de cris aigus.

— Je suis en train de te compliquer la vie, constata Shimamoto-san d'une petite voix. Je le sais bien.

— Arrêtons de parler de ça. Puisque nous sommes venus jusqu'ici de toute façon, essayons de parler de choses plus gaies.

— Quoi, par exemple ?

— Tu as l'air d'une lycéenne, habillée comme ça.

— Merci, dit-elle. Je serais bien contente d'en être encore une.

Nous continuâmes à avancer tranquillement vers l'amont, en gardant le silence un moment pour nous concentrer sur la marche. Quand nous allions lentement, à son rythme, Shimamoto-san n'éprouvait aucune difficulté. Elle me tenait fermement par la main. Nos semelles de caoutchouc ne produisaient pas le moindre bruit sur le sol gelé.

Elle avait raison : comme cela aurait été merveilleux, si nous avions pu marcher ainsi quand nous étions adolescents ou jeunes gens. Comme j'aurais été heureux si j'avais pu avancer ainsi avec elle main dans la main sur un chemin désert le long d'un fleuve, par un beau dimanche après-midi. Mais nous n'étions plus des lycéens, j'avais une femme et des enfants, un travail. Pour venir ici, j'avais dû mentir. Et je devrais ensuite me dépêcher de retourner à l'aéroport afin de pouvoir arriver à Tokyo avant six heures du soir, et rentrer chez moi où mon épouse m'attendait.

Au bout d'un moment, Shimamoto-san s'arrêta et observa les alentours en frottant doucement ses mains gantées l'une contre l'autre. Elle regarda vers l'amont, vers l'aval. Sur la rive opposée, des collines s'étageaient ; sur la gauche, il y avait une forêt aux arbres dépouillés de leurs feuilles. Personne à l'horizon. Même l'hôtel où nous avions déjeuné et le vieux pont de fer étaient maintenant cachés par les collines. Le soleil perçait parfois par brefs intervalles entre les nuages. On n'entendait pas un son hormis les cris des corbeaux et le clapotis du courant. En considérant ce paysage, je sentis que j'y reviendrais un jour. Autrement dit, c'était l'inverse d'un sentiment de déjà-vu. Je ne pensais pas avoir déjà contemplé ce paysage, mais je savais qu'un jour ou l'autre je le rencontrerais à nouveau. Cette intuition serrait les bases de ma conscience dans une longue étreinte, je pouvais sentir l'emprise de ses doigts autour de moi, mais cette main qui me pressait n'appartenait à nul autre qu'à moi-même. Un moi situé dans le futur, un moi qui aurait pris de l'âge et que, naturellement, je ne pouvais pas voir.

— Ici, ça conviendra très bien, déclara Shimamoto-san.

— Pour quoi faire ?

Elle me regarda avec son petit sourire habituel.

— Pour ce que je m'apprête à accomplir, dit-elle.

Nous descendîmes alors le talus jusqu'à la berge. Au bord de l'eau, au fond de petites flaques couvertes d'une fine pellicule de glace, flottaient paisiblement des feuilles mortes, pareilles à des poissons morts, ventre à l'air. Je ramassai un galet dans le lit de la rivière, le fis rouler un moment sur ma paume. Shimamoto-san enleva ses gants, les mit dans la poche de son caban. Puis elle ouvrit son sac en bandoulière, en retira une sorte de pochette en beau tissu épais qui contenait une petite urne. Elle dénoua la ficelle qui entourait l'urne, souleva le couvercle, puis resta un moment immobile, à contempler le contenu.

Je la regardai sans bouger, en silence.

Dans l'urne, des cendres blanches. Shimamoto-san les renversa dans sa paume gauche, avec précaution, attentive à ne pas en répandre par terre. Le contenu de l'urne remplissait à peine le creux de sa main. Je me demandai de quoi, de qui, pouvaient bien provenir ces cendres. Comme c'était un après-midi sans vent, elles demeuraient sagement dans sa main. Shimamoto-san replaça l'urne vide dans la pochette en tissu, puis dans son sac, prit un peu de cendre sur le bout de son index, la lécha. Ensuite, elle me regarda et essaya de sourire. Sans succès. Son index était encore posé sur ses lèvres.

Je la vis s'accroupir près du fleuve pour y laisser glisser les cendres. La petite poignée de fine poussière disparut en un clin d'œil au fil de l'eau. Shimamoto-san et moi, debout au bord du fleuve, suivîmes un moment des yeux la direction du courant. Puis ma compagne considéra sa paume quelques instants avant de laver dans la rivière les résidus de cendre encore collés à sa main et de remettre ses gants.

— Tu crois qu'elles vont vraiment couler jusqu'à la mer ? demanda-t-elle.

— Peut-être.

Cependant, je n'avais aucune certitude. La mer n'était pas toute proche. Les cendres pouvaient rester bloquées dans une flaque d'eau avant de l'atteindre, mais sans doute une petite partie, si infime soit-elle, atteindrait-elle le but.

Ensuite, Shimamoto-san entreprit de creuser un trou avec un bout de branche, à un endroit où la terre était assez molle. Je l'aidai à forer une petite cavité, dans laquelle elle déposa l'urne enveloppée de tissu. On entendait des corbeaux croasser au loin. Ils avaient dû nous observer depuis le début. Mais qu'importait après tout ? Nous ne faisions rien de mal. Nous avions seulement jeté dans le fleuve les restes d'une crémation.

— Tu crois que ça finira par donner de la pluie ? lança Shimamoto-san en aplatissant la terre du bout de sa chaussure.

Je levai la tête vers le ciel.

— Non, le temps devrait tenir un moment comme ça, répondis-je.

— Ce n'est pas ce que je voulais dire. Je me demandais si les cendres allaient couler jusqu'à la mer, se mélanger à l'eau qui s'évaporera pour devenir des nuages et retomber sur terre sous forme de pluie.

Je levai à nouveau la tête vers le ciel. Puis je regardai le cours du fleuve.

— Peut-être, dis-je, peut-être que ça donnera de la pluie.

Nous reprîmes le chemin de l'aéroport dans notre voiture de location. Le temps avait brusquement commencé à se gâter : le ciel s'était couvert de gros nuages lourds et les lambeaux de bleu présents jusque-là avaient complètement disparu. Il pouvait se mettre à neiger d'un instant à l'autre.

— C'étaient les cendres de mon bébé, déclara Shimamoto-san comme si elle s'adressait à elle-même. Du seul bébé que j'ai jamais eu.

Je jetai un coup d'œil à son profil, puis fixai à nouveau la route. Devant moi, un camion faisait gicler des gerbes de boue mêlée de neige fondue, si bien que je devais actionner fréquemment les essuie-glaces.

— Il est mort le lendemain de sa naissance, poursuivit-elle. Il n'a vécu qu'une journée. J'ai juste pu le prendre deux ou trois fois dans mes bras. C'était un très beau bébé. À la peau toute douce… Je ne sais pas exactement pourquoi, mais il ne pouvait pas respirer comme il faut. À l'instant de sa mort, il avait déjà changé de couleur…

J'étais incapable de prononcer un mot. Je tendis la main, la posai sur la sienne.

— C'était une petite fille. Elle n'avait pas encore de nom.

— Quand est-elle morte ? demandai-je.

— Il y a tout juste un an. En février.

— Comme c'est triste.

— J'ai refusé de l'enterrer. Je ne voulais pas qu'on l'enferme dans le noir. Je voulais la garder un moment près de moi, et puis la faire voyager sur un fleuve jusqu'à la mer, pour qu'elle se transforme en pluie.

Ensuite, Shimamoto-san se tut. Elle garda le silence un long, très long moment. Moi, je continuai à conduire sans dire un mot. Elle ne devait pas avoir envie de parler, pensais-je. Je voulais la laisser tranquille. Au bout d'un moment, cependant, je m'aperçus qu'il se passait quelque chose de bizarre : elle respirait avec un bruit curieux. On aurait dit une machine. À tel point que je crus d'abord qu'il s'agissait d'un problème de moteur. Mais, sans doute aucun, ce bruit provenait bien du siège à côté de moi. Ce n'était pas un râle, mais on aurait cru que sa trachée était percée, et qu'à chaque inspiration l'air sortait par cette déchirure.

Je profitai d'un arrêt à un feu rouge pour observer son profil. Elle était aussi blanche que du papier. Tout son visage était tendu de façon peu naturelle, comme si sa peau avait été recouverte d'un vernis. La nuque appuyée contre l'appui-tête, elle fixait des yeux le vide droit devant elle. Elle ne faisait pas un mouvement, hormis de petits battement mécaniques des paupières par instants. Je conduisis encore un peu, puis m'arrêtai au premier endroit où cela me parut possible : dans le parking d'un bowling fermé. Sur le toit du bâtiment semblable à un hangar à avion vide se dressait un panneau représentant une énorme boule de bowling. Le lieu avait des allures de paysage désolé du bout du monde. Sur l'immense parking, il n'y avait pas une seule voiture à part la nôtre.

— Shimamoto-san, fis-je, ça va ?

Elle ne répondit rien. Enfoncée dans son siège, elle continuait à respirer avec ce curieux bruit de forge. Je posai une main sur sa joue. Elle était blême et glacée, comme si elle avait absorbé en elle l'atmosphère des lieux. Pas la moindre chaleur sur son front non plus. Je me sentis soudain oppressé. Elle allait peut-être mourir ici ? Ses yeux étaient vides de toute expression. Je plongeai mon regard au fond de ses prunelles. Je n'y distinguai rien. Il n'y avait rien d'autre au fond de ses yeux qu'un froid glacé comme la mort.

— Shimamoto-san ! criai-je à nouveau.

Elle ne répondit pas, n'eut pas la moindre réaction. Ses yeux ne voyaient rien. Je ne savais même pas si elle était consciente ou non. « Il vaut mieux l'emmener aux urgences », pensai-je. Aller jusqu'à l'hôpital le plus proche nous ferait sans doute rater l'avion mais, quoi qu'il arrive, je ne pouvais pas la laisser mourir ici.

Au moment où je redémarrais, je me rendis compte qu'elle essayait de me dire quelque chose. J'éteignis le moteur, approchai mon oreille de ses lèvres, mais ne distinguai pas tout de suite ses paroles. Plutôt que des sons, on aurait dit que des courants d'air lui sortaient de la bouche. Elle répéta plusieurs fois la même phrase dans un souffle, semblant rassembler ses dernières forces pour parler. Je me concentrai pour écouter, reconnaître des bribes de mots. Je crus entendre « médicaments ».

— Tu veux des médicaments ? demandai-je.

Elle hocha faiblement la tête, si faiblement que je n'étais même pas sûr qu'elle eût vraiment fait ce geste. Mais elle n'avait pas la force de faire des mouvements plus amples. Je fouillai dans les poches de son caban. J'y trouvai un porte-monnaie, un mouchoir, quelques clés sur un porte-clés, mais pas de médicaments. J'ouvris alors son sac et découvris dans la poche intérieure une pochette contenant quatre petites capsules, que je lui montrai.

— C'est ça que tu veux ?

Elle hocha de nouveau la tête sans bouger les yeux.

Je basculai son siège en arrière, lui ouvris la bouche, glissai les capsules entre ses lèvres l'une après l'autre. Mais elle avait le gosier trop sec pour les avaler. Je regardai autour de moi, cherchant des yeux un distributeur automatique de boissons. Je n'en vis aucun à proximité, et je n'avais pas le temps de partir en chercher. Le seul liquide à portée de main était la neige. Et de la neige, heureusement, il y en avait partout autour de nous. Je descendis de voiture, recueillis sous l'auvent du toit dans son bonnet de laine un bloc de neige durcie qui ne me semblait pas souillé, puis j'en fis fondre une partie dans ma bouche. Il me fallut du temps pour y parvenir ; au bout de quelques minutes, ma langue était complètement privée de sensation, mais je ne voyais pas d'autre solution. J'ouvris la bouche de Shimamoto-san, fis glisser de l'eau de mes lèvres vers les siennes, lui pinçai le nez pour l'obliger à avaler. Ce qu'elle fit en s'étouffant un peu. Je renouvelai l'opération plusieurs fois, jusqu'à ce qu'elle ait avalé toutes ses capsules.

Je regardai l'enveloppe des médicaments : aucune inscription. Ni le nom du produit, ni son nom à elle, pas de posologie, rien. « Étrange, me dis-je. Normalement, une pochette de médicaments comporte toujours quelques indications sur leur composition ou leur destination, afin d'éviter des erreurs dangereuses. » Je remis la pochette à sa place et observai un moment Shimamoto-san. Je ne savais ni ce qu'elle avait pris pour se soigner ni à quoi correspondaient ses symptômes, mais en tout cas, si elle voyageait avec ces capsules, elles devaient être d'une efficacité certaine. Cela prouvait au moins qu'il ne s'agissait pas d'une crise totalement imprévue, mais d'un malaise auquel elle s'attendait dans une certaine mesure.

Au bout de dix minutes, son visage reprit un peu de couleur. Je posai doucement ma joue contre la sienne : c'était à peine perceptible, mais un soupçon de chaleur commençait à lui revenir. Je poussai un soupir de soulagement, m'adossai au siège. Au moins, elle n'était pas morte. Je la pris par les épaules, mis à nouveau ma joue contre la sienne, vérifiant qu'elle réintégrait bien peu à peu notre monde.

— Hajime, lâcha-t-elle un peu après d'une petite voix sèche.

— Dis, ce ne serait pas mieux d'aller aux urgences ? Je peux trouver un hôpital dans le coin et...

— Ce n'est pas la peine. Je me sens mieux. Ça s'arrête dès que je prends mes médicaments. Dans un petit moment, tout sera rentré dans l'ordre. Ne t'inquiète pas. Mais l'heure, ça va ? Nous avons encore le temps d'aller à l'aéroport ?

— Ça va, ne te fais pas de souci. Restons ici le temps qu'il faut, jusqu'à ce que tu sois vraiment remise.

Je lui essuyai le coin des lèvres avec un mouchoir. Elle me le prit des mains, le regarda un moment.

— Dis, tu es aussi gentil avec tout le monde ?

— Non, seulement avec toi. Je ne peux pas être prévenant avec tout le monde. Et même avec toi, j'aimerais être beaucoup plus gentil, mais c'est la vie qui m'en empêche. Ma vie, avec toutes ses limitations.

Elle tourna la tête vers moi et me regarda fixement.

— Tu sais, Hajime, je n'ai pas fait ça exprès pour qu'on manque l'avion, déclara-t-elle d'une petite voix.

Surpris, je la regardai à mon tour.

— Mais naturellement, cela va sans dire. Tu as eu un malaise, personne n'y peut rien.

— Pardon, fit-elle.

— Tu n'as pas à t'excuser, tu n'as aucun tort.

— Mais je t'encombre, je suis une gêne pour toi.

Je lui caressai les cheveux, me penchai vers elle et déposai un baiser sur sa joue. J'aurais voulu la prendre dans mes bras, vérifier au contact de ma peau que la chaleur revenait bien sur la sienne. Mais je ne pouvais pas. Tout ce que je pouvais faire, c'était poser un baiser sur sa joue. Elle était tiède, douce et humide.

— Ne t'inquiète de rien, dis-je. Tout se passera bien en fin de compte, tu verras.

Quand nous arrivâmes à l'aéroport et rendîmes la voiture de location, l'heure du vol pour Tokyo était passée depuis longtemps, mais heureusement le décollage avait été retardé. L'avion attendait sur la piste d'atterrissage, les passagers n'avaient pas encore embarqué. En l'apprenant, Shimamoto-san et moi poussâmes tous deux un soupir de soulagement. En revanche, il nous fallait patienter une heure. « Des vérifications de moteur », nous dirent les employés au comptoir, qui ne disposaient d'aucune autre information. Ils ignoraient quand ces vérifications techniques se termineraient. La neige qui tombait à petits flocons au moment de notre arrivée à l'aéroport s'était faite plus drue. Dans ces conditions, il se pouvait même que le vol fût purement et simplement annulé.

— Que feras-tu si jamais nous ne pouvons pas rentrer ce soir à Tokyo, Hajime ? me demanda Shimamoto-san.

— Ne t'en fais pas, cet avion va bien finir par décoller, répondis-je.

Mais, naturellement, c'était loin d'être certain et, à l'idée que nous pouvions rester bloqués ici, je me sentais le cœur lourd. Il me faudrait trouver un prétexte plausible pour expliquer à Yukiko ma présence dans la préfecture d'Ishikawa. « Bah, tu y réfléchiras en temps voulu, me dis-je. La seule personne à qui tu doives penser pour l'instant, c'est Shimamoto-san. »

— Et toi ? Que se passera-t-il si tu ne peux pas rentrer ce soir ? demandai-je.

— Oh, moi, fit-elle en secouant la tête, ne t'en fais pas, je me débrouillerai. Le problème, c'est plutôt de ton côté. Ce serait vraiment embêtant que tu ne puisses pas retourner chez toi, n'est-ce pas ?

— Un peu, oui. Mais tu n'as pas à t'inquiéter pour moi. De toute façon, il n'est pas sûr que le vol soit annulé.

— Je savais que ce genre de choses allait arriver, affirma Shimamoto-san d'une voix paisible, comme si elle se parlait à elle-même. Quand je suis dans les parages, il se produit toujours des catastrophes, je porte la poisse. Il suffit d'être en relation avec moi pour que ça aille de travers. Tout se déroule bien, sans aucun problème, et puis soudain ça se met à dérailler.

Assis sur mon banc dans le hall d'embarquement, je réfléchis au coup de téléphone que je devrais donner à Yukiko au cas où le vol serait annulé. Je passai en revue les divers prétextes que je pouvais trouver. Mais finalement, quelle que soit la façon dont je m'y prendrais pour lui expliquer ma présence ici, ça ne marcherait pas. J'avais quitté la maison le dimanche matin en prétextant une réunion du club de natation, et je me retrouvais encerclé par la neige dans un aéroport de la préfecture d'Ishikawa. Rien ne pourrait justifier ça.

Je pouvais toujours lui expliquer : « J'étais à peine sorti de la maison que j'ai été pris d'une envie subite de revoir la mer du Japon et je me suis aussitôt dirigé vers l'aéroport de Haneda », mais comment croire une telle chose ? Mieux valait ne rien dire que proférer des énormités pareilles. Ou alors, mieux valait dire la vérité. Je me rendis compte avec stupéfaction que j'espérais sincèrement l'annulation du vol. Je souhaitais rester bloqué sous la neige dans cet aéroport. Au fond de moi, j'aurais voulu que ma femme apprenne que j'étais venu jusqu'ici seul avec Shimamoto-san. Je ne chercherais aucun prétexte. Je ne mentirais plus. Je resterais ici avec Shimamoto-san. Ensuite, je n'aurais qu'à me laisser porter par le cours des événements.

Finalement, l'avion décolla avec une heure et demie de retard. Pendant toute la durée du vol, Shimamoto-san dormit, appuyée contre mon épaule. Ou peut-être fermait-elle seulement les yeux. J'avais passé un bras autour de ses épaules et la serrais contre moi. De temps en temps, elle semblait pleurer dans son sommeil. Nous ne prononçâmes pas un mot jusqu'à l'atterrissage.

— Dis, Shimamoto-san, tu es sûre que tu vas tout à fait bien maintenant ? demandai-je.

Elle hocha la tête.

— Oui. La crise s'arrête dès que je prends les médicaments, ne t'inquiète pas.

Elle reposa doucement la tête sur mon épaule avant de poursuivre :

— Mais ne me demande rien, je t'en prie. Ni comment ça a commencé, ni rien de ce genre.

— D'accord. Je ne te demanderai rien.

— Merci pour aujourd'hui.

— Pour quoi ?

— Pour m'avoir accompagnée. Pour m'avoir fait boire de l'eau de bouche à bouche. Pour avoir été patient avec moi.

Je la regardai. Ses lèvres étaient juste sous mes yeux. Ces lèvres que j'avais embrassées un peu plus tôt en versant de l'eau dans sa bouche. Ses lèvres entrouvertes sur de jolies dents blanches qui semblaient me désirer. Je me rappelais encore le doux contact avec sa langue, que j'avais effleurée un peu plus tôt en la faisant boire. À la vue de ces lèvres, je me sentis oppressé, incapable de réfléchir à quoi que ce soit. Une brusque chaleur se propagea jusqu'au centre de mon être. « Elle me désire », me dis-je. Et moi aussi, je la désirais. Cependant, quelque chose m'arrêta. Je ne pouvais pas mettre le pied dans cet engrenage. Si j'avançais d'un seul pas, il me serait sans doute impossible de revenir en arrière. Je dus faire un effort insensé pour m'arrêter.

De l'aéroport, je téléphonai chez moi. Il était huit heures et demie.

— Désolé, je suis en retard, mais je n'avais pas de téléphone sous la main ; je serai à la maison dans une heure, dis-je à Yukiko.

— Je t'attends depuis un moment, mais je n'ai pas pu patienter plus longtemps : j'ai déjà dîné. J'avais préparé un ragoût.

Je fis monter Shimamoto-san dans la BMW que j'avais laissée au parking de l'aéroport.

— Où veux-tu que je te dépose ?

— À Aoyama, si tu peux. De là, je me débrouillerai.

— Tu es sûre de pouvoir rentrer toute seule ?

Nous ne parlâmes presque pas pendant le trajet. J'avais mis à faible volume un concerto pour orgue de Haendel. Shimamoto-san avait posé les deux mains sur ses genoux et regardait par la vitre. C'était dimanche soir et dans toutes les voitures on voyait des familles qui rentraient d'une journée de détente.

Je passais les vitesses avec plus de douceur encore que d'habitude.

— Tu sais, Hajime, déclara Shimamoto-san au moment où nous arrivions dans l'avenue Aoyama, en fait, tout à l'heure, je me disais que ce serait bien que cet avion soit annulé.

J'aurais voulu lui répondre que moi aussi j'y avais pensé. Mais finalement, je me tus. Ma bouche était sèche, les mots ne venaient pas. Je hochai la tête en silence et lui serrai doucement la main. J'arrêtai la voiture au coin d'Aoyama-Itchôme comme elle me l'avait demandé, et elle descendit.

— Je pourrai revenir te voir ? demanda-t-elle d'une petite voix au moment de s'en aller. Tu ne me détestes pas encore ?

— Je t'attends, répondis-je. Reviens me voir dès que tu peux.

Elle hocha la tête.

Tout en continuant à rouler dans l'avenue Aoyama, je me dis que si je devais ne jamais la revoir, ça pourrait bien me rendre fou. À l'instant où elle descendait de la voiture, il m'avait semblé que le monde, d'un coup, devenait vide.

11

Quatre jours après mon escapade dans la préfecture d'Ishikawa, je reçus un coup de téléphone de mon beau-père. Il m'invitait à déjeuner avec lui le lendemain pour m'entretenir, dit-il, d'« une affaire un peu compliquée à expliquer au téléphone ». J'acceptai, naturellement, mais je dois avouer que je fus assez surpris. Mon beau-père était un homme très occupé, et il fallait des circonstances exceptionnelles pour qu'il aille au restaurant en semaine avec des personnes extérieures à son travail.

Sa société avait changé de locaux six mois plus tôt : il avait quitté Yoyogi pour s'installer dans un immeuble de sept étages situé à Yotsuya. L'immeuble lui appartenait, bien entendu, mais il ne l'utilisait pour ses bureaux qu'à partir du sixième, les étages inférieurs étant loués à d'autres sociétés ou à des restaurants. C'était la première fois que je m'y rendais. Tout était flambant neuf. Dans le hall d'entrée en marbre, haut de plafond, trônait une énorme décoration florale dans un grand vase artisanal en terre cuite. Je pris l'ascenseur jusqu'au sixième. À la réception, je fus accueilli par une jeune secrétaire dotée d'une magnifique chevelure digne de figurer dans une publicité pour shampooing ; elle annonça mon arrivée à mon beau-père par l'intermédiaire d'un téléphone ultramoderne gris sombre qui me faisait penser à une spatule équipée d'une calculette. Après quoi, elle m'adressa un large sourire et m'annonça que le président m'attendait dans son bureau. Son sourire était magnifique, mais ce n'était rien en comparaison de celui de Shimamoto-san.

Le bureau présidentiel était situé au dernier étage. Une large baie vitrée donnait sur l'ensemble de Tokyo. Ce n'était pas une vue particulièrement harmonieuse ou apaisante, mais la pièce était vaste et très claire. Sur un mur, un tableau impressionniste représentait un bateau et un phare. On aurait dit un Seurat, d'ailleurs c'en était peut-être bien un.

— Les affaires ont l'air de marcher, lançai-je à mon beau-père d'entrée de jeu.

— Oui, pas mal, répondit-il, debout près de la fenêtre, avant de désigner la vue en contrebas. Pas mal, et ça va encore s'améliorer. C'est le moment de faire de l'argent, mon garçon. Pour notre genre de commerce, une occasion comme ça ne se présente que tous les vingt ou trente ans. Si on ne gagne pas d'argent maintenant, on n'en gagnera jamais. Et tu sais pourquoi ?

— Non. Je suis un novice en matière de construction.

— Approche-toi de la fenêtre et regarde Tokyo. Tu vois tous les terrains à construire ici et là, tous ces endroits vides, comme des dents qui manquent. Vu d'en haut, c'est très net. En se baladant dans les rues aussi, on peut s'en rendre compte. Eh bien, tous ces espaces libres, ce sont des maisons anciennes ou de vieux immeubles qui ont été démolis. La valeur des terrains a monté en flèche ces temps-ci, et avec les anciennes constructions on ne peut plus faire de gros bénéfices. Ça ne se loue pas très cher, et il y a peu de demandes. Voilà pourquoi il faut davantage de grands immeubles neufs. Quant aux maisons individuelles, le prix du terrain au centre-ville atteint de tels sommets aujourd'hui que personne ne peut plus payer les droits de succession ni les taxes foncières. Alors on vend. Les gens vendent leurs maisons à Tokyo et déménagent en banlieue. En général, ce sont les promoteurs immobiliers qui rachètent. Ils démolissent la maison ou l'immeuble d'origine et font construire à la place des bâtiments plus fonctionnels. Autrement dit, sur toutes les parcelles vides que tu vois là, des immeubles neufs vont s'élever rapidement. Tu verras, dans deux ou trois ans, Tokyo sera métamorphosée. Il n'y a aucun problème de capitaux. L'économie japonaise est florissante, et ses actions continuent de monter. Les coffres débordent. Si tu possèdes un bout de terrain, ça tient lieu de garantie, et les banques acceptent de te prêter autant d'argent que tu veux. Par conséquent, les immeubles poussent comme des champignons. Et, d'après toi, qui construit tous ces immeubles, hein ? Nous, évidemment !

— Je vois, fis-je. Mais que va devenir Tokyo une fois que cette forêt de buildings sera élevée ?

— Comment ça, ce qu'elle va devenir ?... Mais elle sera de plus en plus florissante, de plus en plus belle, de plus en plus performante ! L'aspect d'une capitale reflète l'état de l'économie d'un pays.

— Plus florissante, plus belle, plus performante, moi aussi je trouve ça magnifique. Seulement, il y a de plus en plus de circulation dans Tokyo. Il y a déjà trop de voitures ; si on construit encore plus d'immeubles, bientôt l'embouteillage sera permanent. C'est comme les conduites d'eau : s'il pleut trop, elles éclatent. Et puis, en été, si tout le monde met la climatisation en même temps, il y aura peut-être pénurie d'électricité. Et cette électricité, elle est produite en brûlant du pétrole du Moyen-Orient. En cas de nouvelle crise du pétrole, que se passera-t-il ?

— Ça, c'est au gouvernement japonais et à la municipalité de Tokyo d'y réfléchir. C'est pour ça qu'on paie autant d'impôts, non ? Les hauts fonctionnaires sortis de la prestigieuse université de Tokyo n'ont qu'à se servir de leurs méninges. Ils se donnent toujours des airs importants, ceux-là, à croire que c'est eux qui font marcher le pays. Eh bien, ils n'ont qu'à utiliser de temps en temps leur intelligence supérieure pour réfléchir à ce genre de problèmes. Ce qu'il faut faire, moi, je n'en sais rien. Je ne suis qu'un entrepreneur, un constructeur d'immeubles. On me passe commande, je construis, voilà. C'est ça le principe du marché. Non ?

Je ne répondis rien. Je n'étais pas venu pour argumenter avec mon beau-père sur les problèmes de l'économie japonaise.

— Bon, ne discutons pas de sujets aussi compliqués ; allons plutôt manger un morceau quelque part, je suis mort de faim, déclara-t-il.

Nous montâmes dans sa grosse Mercedes noire avec téléphone de voiture et nous rendîmes dans un restaurant d'anguilles grillées à Asakasa. Installés seuls tous les deux dans une petite salle particulière au fond, nous dégustâmes des anguilles en buvant du saké. Comme on n'était encore qu'en milieu de journée, je trempais à peine mes lèvres dans ma tasse, tandis que mon beau-père vidait la sienne à un rythme soutenu.

— De quoi vouliez-vous me parler ? attaquai-je.

Si c'était désagréable, je préférais commencer par là.

— En fait, j'ai quelque chose à te demander, annonça mon beau-père. Oh, rien de très important, j'aurais seulement besoin que tu me serves de prête-nom.

— De prête-nom ?

— Je pense créer une nouvelle société, mais il me faut un fondé de pouvoir. Ça ne nécessite aucune qualification particulière, son nom doit juste figurer dans les statuts. Ça ne te causera pas le moindre souci, et en échange je te remercierai comme il se doit.

— Je n'ai pas besoin de « remerciements ». Si vous avez besoin de mon nom, je vous le prête volontiers. Mais de quel genre de société s'agit-il ? Si je dois y participer, autant que je sois au courant.

— Pour être franc avec toi, cette société ne fera rien. Entre nous, elle n'existera que de nom.

— Autrement dit, une entreprise fantôme ? Une compagnie de papier ? Une société fictive ?

— Euh, oui, on peut dire ça comme ça.

— Dans quel but ? Frauder le fisc ?

— Pas exactement, répondit mon beau-père d'un air gêné.

— Des financements occultes ? demandai-je résolument.

— Eh bien, je n'aime pas faire ce genre de choses, mais dans la profession on est un peu obligé, tu comprends ?

— Et si jamais des problèmes surgissaient, quelle serait ma position ?

— C'est le fondateur de la société qui est responsable légalement.

Mon beau-père sortit de sa poche un paquet de cigarettes, en alluma une. Recracha la fumée en l'air.

— Il ne peut pas vraiment y avoir de problème, précisa-t-il. Et quand bien même, il serait facile de vérifier que tu n'as rien fait d'autre que me prêter ton nom par obligation familiale. Personne ne te blâmera d'avoir servi de prête-nom au père de ta femme quand il te l'a demandé.

Je réfléchis un moment.

— Et à quoi doivent servir ces capitaux occultes ?

— Ça, il vaut mieux ne pas le savoir.

— J'aimerais bien en connaître un peu plus sur le principe de marché, insistai-je. C'est pour aider des partis politiques ?

— Euh, ma foi, un peu, oui.

— C'est destiné à des fonctionnaires ?

Mon beau-père fit tomber la cendre de sa cigarette dans le cendrier.

— Allons, allons, tu parles de corruption, là ! Ça mène à la prison, ça.

— Mais c'est une pratique plus ou moins courante dans les milieux industriels, non ?

— Plus ou moins, répondit-il, de nouveau l'air gêné. Dans la mesure où on ne risque pas de se faire arrêter.

— Et les groupes mafieux ? Ils doivent être bien utiles pour intimider les gens et les persuader de vendre leurs terrains, non ?

— Absolument pas. Chez moi, on n'a jamais aimé ces gens-là ni leurs méthodes. Moi, je ne m'occupe pas d'achats de terrain. Ça rapporte, mais je me contente de construire les immeubles.

Je poussai un profond soupir.

— Cette conversation ne te plaît pas, hein ?

— Qu'elle me plaise ou non, vous avez monté ce projet en me comptant dedans, n'est-ce pas ? Vous étiez sûr d'avance que j'allais accepter.

— À vrai dire, oui, avoua-t-il avec un faible sourire.

Je soupirai à nouveau.

— Écoutez, père, pour être franc, les affaires de cette sorte ne me plaisent pas du tout. Je ne dis pas que je ne peux accepter aucune irrégularité, mais comme vous le savez je ne suis qu'un type ordinaire, qui mène une vie ordinaire. Si possible, je préfère ne pas être impliqué dans ce genre d'histoires occultes.

— Ça, je le comprends très bien. Mais fais-moi confiance. Je te promets que tu n'auras absolument aucun ennui. Si ça arrivait, cela voudrait dire pour moi causer des problèmes à Yukiko et à mes petites-filles. Hors de question. Tu sais à quel point je tiens à ma fille et à mes petits-enfants, non ?

Je hochai la tête. Je n'étais pas en position de repousser sa demande. Cette idée me déprima. J'étais de plus en plus impliqué dans cette société. C'était un premier pas dans l'engrenage. D'abord, j'acceptais cette offre-là et, plus tard, qui sait ce qu'il me proposerait ?

Nous poursuivîmes notre repas. J'étais passé au thé, mais mon beau-père buvait toujours du saké en quantités impressionnantes.

— Quel âge as-tu maintenant ? me demanda-t-il soudain.

— Trente-sept ans.

Il me regarda fixement.

— Trente-sept ans. C'est le bel âge, on a envie de s'amuser. Tu travailles énergiquement, tu as confiance en toi. Ça attire les femmes, non ? Je me trompe ?

— Pas tellement malheureusement, répondis-je avec un sourire.

Puis j'observai son expression. Je me demandai un instant si mon beau-père n'était pas au courant pour Shimamoto-san, et si ce n'était pas à cause de cela qu'il m'avait fait venir. Mais aucun écho dans sa voix ne me permit de pousser plus avant sur le sujet. C'était une banale conversation entre hommes, tout simplement.

— Moi aussi, je prenais du bon temps à cet âge-là, poursuivit-il. Ce n'est pas moi qui vais te faire la morale. Je serais mal placé pour dire à mon gendre : Attention, pas question de tromper ma fille, hein ! Au contraire, je te conseillerais presque de t'amuser tant que tu le peux. C'est préférable, parfois. Quand on a résolu ce genre de problèmes, ça marche mieux à la maison, et on se concentre mieux sur son travail aussi. Alors, ce n'est pas moi qui te reprocherais d'avoir des aventures, tu vois. En revanche, il est préférable de bien choisir sa partenaire, pas vrai ? Si on se trompe, l'erreur peut avoir de graves répercussions sur toute la vie. Je connais quelques exemples de ce genre.

Je hochai la tête en signe d'assentiment. Je me souvenais de ce que Yukiko m'avait raconté : le ménage de son frère aîné battait de l'aile. Mon beau-frère – qui était mon cadet d'un an – avait apparemment une maîtresse et rentrait de moins en moins souvent chez lui. J'imaginai que mon beau-père se faisait du souci pour son fils, ce qui l'avait poussé à choisir ce sujet de conversation.

— Ne prends pas une maîtresse trop ennuyeuse, hein ! Quand on choisit des femmes ennuyeuses, on finit par le devenir soi-même. Avec une femme stupide, on devient stupide. Mais il ne faut pas qu'elle soit trop brillante non plus, pas vrai ? Si on la choisit trop brillante, on finit par ne plus pouvoir revenir en arrière. Et c'est là qu'on commence à s'égarer. Tu vois ce que je veux dire ?

— En gros, oui.

— Il faut faire attention à deux ou trois petites choses. Primo, ne jamais évoquer ta vie de famille devant une femme. Ça, c'est fatal. Secundo, toujours rentrer à la maison avant deux heures du matin. C'est l'heure limite au-delà de laquelle on s'attire les soupçons de sa légitime. Tertio, ne pas utiliser les amis comme prétexte pour couvrir ses infidélités. Peut-être qu'on sera percé à jour, c'est le risque à courir ; mais rien ne vaut la peine qu'on se fâche avec ses amis.

— Vous semblez avoir une certaine expérience en la matière.

— Exact. C'est la seule façon d'apprendre, tu sais. Et certaines personnes n'apprennent jamais, même avec l'expérience. Mais je sais que ce n'est pas ton cas. Tu sais reconnaître à qui tu as affaire, tu cernes bien les gens, et ça, seuls ceux qui savent tirer des leçons de leurs expériences sont capables de le faire. Je ne suis allé que deux ou trois fois dans tes bars, mais je l'ai compris au premier coup d'œil : tu sais t'entourer des gens qu'il faut, et les utiliser selon leurs talents.

J'attendais en silence de voir où il voulait en venir.

— Tu as su choisir ta femme. Tu as bien mené ta vie conjugale jusqu'à présent. Yukiko est heureuse avec toi, vos deux filles sont bien mignonnes. Je te suis reconnaissant de tout ça.

« Il est vraiment soûl aujourd'hui », pensai-je, attendant toujours la suite sans rien dire.

— Je ne crois pas que tu le saches, mais Yukiko a fait une tentative de suicide autrefois. Elle a pris des cachets. Elle a été hospitalisée et est restée deux jours dans le coma. J'ai vraiment cru qu'on allait la perdre. Elle était toute froide, on aurait dit qu'elle ne respirait plus. J'ai vraiment pensé qu'elle allait mourir, et j'ai eu l'impression que le monde s'effondrait autour de moi.

Je levai la tête pour le regarder.

— Quand était-ce ?

— Elle avait vingt-deux ans. Elle venait de finir l'université. C'était à cause de son fiancé, un type vraiment ennuyeux. À première vue, Yukiko est plutôt discrète, mais c'est une fille profonde et solide, intelligente. Je n'ai jamais compris comment elle avait pu s'amouracher d'un type aussi peu intéressant.

Mon beau-père avait calé son dos contre le pilier du tokonoma [1]. Il alluma une nouvelle cigarette et poursuivit :

— Enfin, c'était son premier homme et, au début, tout le monde se trompe plus ou moins. Mais dans le cas de Yukiko le choc a été rude. Elle a voulu se tuer. Après, elle ne s'est pas approchée d'un homme pendant longtemps. Jusque-là, c'était une enfant assez positive, mais après cette histoire elle est devenue renfermée, elle ne sortait plus, se montrait taciturne. Ce n'est qu'après t'avoir rencontré qu'elle a retrouvé sa joie de vivre. On aurait dit une autre personne... Vous vous êtes rencontrés en voyage, c'est bien ça ?

— Oui. À Hachigatake.

---

1. Renfoncement destiné à recevoir des objets décoratifs dans une pièce de style japonais, et qui marque la place d'honneur. *(NdT)*.

— Je l'y ai envoyée presque de force, je me rappelle. Je lui avais conseillé : « Fais donc un petit voyage pour une fois, ça te fera du bien. »

Je hochai la tête.

— Je n'étais pas au courant, pour la tentative de suicide.

— J'estimais que ça valait mieux comme ça, mais là, je me suis dit qu'il était temps que tu le saches. Vous allez vivre ensemble encore longtemps, mieux vaut connaître le bon et le mauvais. Et puis, ça fait un bout de temps, c'est loin maintenant, tout ça.

Le père de Yukiko ferma les yeux, recracha un jet de fumée en l'air.

— Je ne dis pas ça parce que je suis son père, mais c'est une fille bien. Je le pense vraiment. J'ai connu beaucoup de femmes, je sais les juger. Qu'il s'agisse de ma fille ou d'une autre, je suis capable de reconnaître leurs qualités et leurs défauts. La cadette est plus belle que Yukiko, mais intérieurement elles sont très différentes… Toi aussi, tu sais voir les gens.

Je ne répondis pas.

— Tu n'as pas de frères et sœurs, pourtant.

— C'est vrai.

— Moi, j'ai trois enfants. Tu crois que je les aime tous de la même façon ?

— Je l'ignore.

— Et toi, tes deux filles, tu les aimes autant l'une que l'autre ?

— Il me semble, oui, à peu près.

— C'est parce qu'elles sont encore petites. Quand les enfants grandissent, on se met à préférer l'un ou l'autre. Eux aussi, leurs goûts s'affirment. Tu verras, tu comprendras bientôt.

— Ah bon ? fis-je.

— Moi, je te le dis, la préférée de mes enfants c'est Yukiko. Je suis désolé pour les autres, mais je n'y peux rien. Avec Yukiko on se comprend, et puis j'ai confiance en elle.

Je hochai la tête.

— Tu sais juger les gens, toi, et ça, c'est un grand talent. Essaie de le conserver. Moi-même, je ne suis pas quelqu'un de bien intéressant, mais je n'ai pas donné naissance qu'à des choses ennuyeuses.

J'aidai mon beau-père, passablement éméché, à monter dans sa Mercedes. Une fois installé sur le siège arrière, il écarta les jambes, ferma les yeux et s'assoupit. De mon côté, je rentrai chez moi en taxi. J'étais à peine arrivé que Yukiko commençait à me questionner : elle voulait savoir de quoi son père m'avait parlé.

— De pas grand-chose, déclarai-je. Ton père avait surtout envie de boire avec quelqu'un. Il avait l'air assez soûl en repartant, je doute qu'il soit capable de travailler cet après-midi.

— C'est toujours pareil, fit remarquer Yukiko en riant. Il boit à midi et s'endort ensuite. Il va faire la sieste pendant une heure sur le canapé de son bureau. Sa société n'est pas encore en faillite, donc ça va, il faut le laisser faire.

— Pourtant, il me semble qu'il tient moins bien l'alcool qu'avant.

— Oui. Tu l'ignores, mais avant la mort de maman il pouvait boire comme un trou sans que ça se voie sur son visage. Il tenait vraiment bien le coup… Enfin, on n'y peut rien. Tout le monde vieillit.

Elle prépara du café, nous le bûmes dans la cuisine. J'avais décidé de ne pas parler à Yukiko de ce projet de société fictive. Je pensais qu'elle ne serait pas contente que son père me mêle à ce genre de combines. Elle me dirait sans doute :

— Tu as emprunté de l'argent à mon père, c'est sûr. Mais ça n'a rien à voir, tu ne lui dois rien. Après tout, tu le rembourses avec des intérêts, pas vrai ?

Cependant ce n'était pas si simple.

Ma fille cadette était dans sa chambre, profondément endormie. Après avoir bu le café, j'invitai Yukiko à venir au lit avec moi. Nous nous déshabillâmes tous les deux, nous enlaçâmes tendrement dans la claire lumière de ce début d'après-midi. Je réchauffai son corps un long moment avant de la pénétrer. Ce jour-là, tandis que j'étais en elle, je pensai à Shimamoto-san. Je fermai les yeux, m'imaginai que c'était Shimamoto-san que j'avais dans les bras, et que j'étais en train de la pénétrer. Puis j'éjaculai violemment.

Après avoir pris une douche, je me recouchai dans l'intention de faire un petit somme. Yukiko s'était rhabillée, mais en me voyant me remettre au lit elle revint s'allonger près de moi, m'embrassa le dos. Je ne dis rien. J'avais encore un arrière-goût bizarre, pour avoir évoqué Shimamoto-san en faisant l'amour avec ma femme.

— Je t'aime vraiment, tu sais, déclara Yukiko.

— Je te rappelle qu'on est mariés depuis sept ans et qu'on a deux enfants, répliquai-je. Tu devrais commencer à en avoir assez de moi.

— Oui. Pourtant, je t'aime.

Je la serrai dans mes bras. Entrepris de la déshabiller. Je lui enlevai son pull, sa jupe, ses sous-vêtements.

— Ne me dis pas que tu veux... ? fit-elle, surprise.

— ... recommencer ? Bien sûr que si.

— Hmm, il faudra que je note ça dans mon journal intime.

Cette fois, je m'efforçai de ne pas penser à Shimamoto-san. J'enlaçai Yukiko, la regardai, ne songeai qu'à elle. J'embrassai les lèvres, le cou, les seins de Yukiko. J'éjaculai en elle. Ensuite, je la gardai dans mes bras.

— Quelque chose ne va pas ? me demanda-t-elle en plongeant son regard dans le mien. Mon père t'a dit quelque chose ?

— Ce n'est rien, rien du tout, j'ai juste envie de rester ainsi un moment.

— Comme tu veux, dit-elle, en me serrant fort contre elle.

J'étais toujours en elle. Les yeux fermés, je m'agrippai à son corps pour ne pas dériver et me retrouver ailleurs.

Ce faisant, je me remémorai la tentative de suicide dans sa jeunesse dont son père m'avait parlé. (« J'ai vraiment cru qu'on allait la perdre… J'ai vraiment pensé qu'elle allait mourir. ») Une toute petite erreur, et ce corps aurait pu disparaître à jamais. Je caressai doucement ses épaules, ses cheveux, ses seins. C'était doux, c'était chaud, c'était sûr. Je pouvais sentir son existence sous ma paume. Mais personne ne pouvait dire combien de temps cela durerait. Tout ce qui a une forme peut disparaître à tout moment. Yukiko, la pièce où nous nous trouvions, ces murs, ce plafond, cette fenêtre, tout pouvait disparaître avant que j'aie eu le temps de m'en rendre compte. Je pensai soudain à Izumi. Peut-être l'avais-je blessée aussi profondément que ce garçon, qui avait blessé Yukiko au point qu'elle avait voulu se suicider. Ensuite, Yukiko m'avait rencontré. Mais Izumi, elle, n'avait sans doute rencontré personne.

J'embrassai tendrement Yukiko dans le cou.

— Je vais dormir un peu. Après, j'irai chercher la petite à la maternelle.

— Dors bien, dit-elle.

Je ne fis qu'un très bref somme. Quand je me réveillai, il était trois heures de l'après-midi. La fenêtre de notre chambre donnait sur le cimetière d'Aoyama. Je m'assis sur le fauteuil près de la fenêtre, et regardai les tombes en contrebas un long moment. Tant de paysages me semblaient différents maintenant : il y avait un avant mes retrouvailles avec Shimamoto-san et un après. J'entendais Yukiko s'activer aux préparatifs du dîner dans la cuisine. Tous ces sons me paraissaient vides. On aurait dit les bruits lointains d'un autre monde me parvenant à travers un conduit.

Ensuite, je sortis ma BMW du parking souterrain et partis chercher ma fille aînée à la maternelle. Ce jour-là, à cause d'une réunion spéciale l'après-midi, elle sortait avant quatre heures. Comme toujours, de somptueuses voitures aux carrosseries bien astiquées étaient alignées devant l'école : des Saab, des Jaguar, des Alfa Romeo. De jeunes mères vêtues de manteaux luxueux descendaient de leurs véhicules, récupéraient leur progéniture et repartaient chez elles. J'étais le seul père à venir prendre son enfant. Dès que j'aperçus ma fille, je l'appelai en lui faisant un grand signe de la main. Elle aussi agita sa menotte et commença à courir vers moi. Mais, en cours de route, elle aperçut une fillette installée sur le siège passager d'une Mercedes 260E bleue, et se précipita vers elle en criant quelque chose. La fillette, coiffée d'un bonnet de laine rouge, avait passé la tête à travers la vitre de la voiture arrêtée. Sa mère portait un manteau de cachemire rouge et de grosses lunettes de soleil. Alors que je m'avançai vers la voiture pour prendre la main de ma fille, elle me sourit. Je lui rendis son sourire : avec son manteau et ses lunettes, elle me faisait penser à Shimamoto-san. À la Shimamoto-san que j'avais suivie autrefois de Shibuya à Aoyama.

— Bonjour, fis-je.

— Bonjour.

Elle avait de beaux traits et paraissait n'avoir guère plus de vingt-cinq ans. La stéréo de sa voiture jouait *Burning down the House*, des Talking Heads. Sur la plage arrière, j'aperçus deux sacs en papier de la boutique Kinokuniya. Elle avait un joli sourire. Nos deux filles discutèrent un moment à voix basse, puis se dirent au revoir. La fillette appuya sur un bouton, et la vitre remonta doucement. Tenant ma fille par la main, je me dirigeai vers ma BMW.

— Alors, tu t'es bien amusée aujourd'hui ? demandai-je.

Elle secoua vigoureusement la tête.

— Pas du tout. Il ne s'est pas passé une seule chose amusante. C'était nul.

— Bon, on a eu une rude journée tous les deux, alors.

Je me penchai et déposai sur son front un baiser qu'elle reçut avec l'expression d'un maître d'hôtel de restaurant français de luxe acceptant une carte American Express pour régler l'addition.

— Demain, ce sera mieux, j'en suis sûr, ajoutai-je.

C'est du moins ce que j'aurais aimé croire. « Demain, quand je me réveillerai, le monde aura des couleurs plus douces, tout deviendra plus facile à vivre. » En vérité, j'étais plutôt persuadé que le lendemain les choses seraient encore un peu plus compliquées que la veille. Mon problème, c'est que j'étais amoureux. Et que j'avais une femme et des enfants.

— Dis, papa, j'aimerais bien monter à cheval. Tu m'achèteras un cheval un jour, dis ?

— Ah, oui, si tu veux. Un jour.

— Et c'est quand, un jour ?

— Quand j'aurai économisé assez d'argent, je t'achèterai un cheval avec.

— Toi aussi, tu as une tirelire ?

— Oui, une grosse tirelire. Aussi grosse que cette voiture, là, tu vois. Et pour acheter un cheval, il faut qu'elle soit pleine.

— Si je demande à grand-père, tu crois qu'il m'achètera un cheval ? Il est riche grand-père, non ?

— Oui. Lui, il a une tirelire aussi grosse que l'immeuble que tu vois là-bas. Mais quand une tirelire est trop grosse, on ne peut plus en retirer d'argent.

Elle réfléchit un moment.

— Mais je pourrais essayer de lui demander quand même ? Lui dire que j'ai envie d'un cheval ?

— Bien sûr que tu peux. Il t'en achètera peut-être un.

Nous parlâmes de son futur cheval jusqu'au parking de l'immeuble. De quelle couleur elle le voulait. Comment elle l'appellerait. Où elle irait avec lui. Où il dormirait. Je la déposai dans l'ascenseur du parking, et de mon côté repartis directement au bar. Je me demandais de quoi demain serait fait. Les mains posées sur le volant, je fermai les yeux. J'avais l'impression de ne pas être dans mon corps. J'avais l'impression que mon corps n'était qu'un récipient emprunté temporairement. Qu'allait-il se passer demain ? Si j'avais pu, j'aurais acheté tout de suite un cheval à ma fille. Avant que de nombreuses choses de ma vie ne sombrent à jamais. Avant que je ne perde tout et que tout soit définitivement gâché.

12

Au cours des deux mois qui suivirent, jusqu'au printemps, je vis Shimamoto-san chaque semaine. De temps en temps elle passait dans l'un de mes clubs à l'improviste, le plus souvent au *Robin's Nest*. Elle arrivait après neuf heures. Elle s'installait au comptoir, buvait deux ou trois cocktails et repartait vers onze heures. Je venais m'asseoir à côté d'elle pour bavarder. J'ignore ce que mes employés pensaient de notre relation. Mais je ne m'en inquiétais pas outre mesure. Exactement comme à l'école primaire : je me souciais toujours aussi peu de l'opinion des autres.

Parfois, elle m'appelait au bar et me proposait de déjeuner avec elle le lendemain. En général, nous nous donnions rendez-vous dans un café sur l'avenue Omote-sandô, et après un repas sur le pouce nous allions flâner dans le quartier. Nous ne restions jamais plus de deux ou trois heures ensemble. Quand venait le moment de nous séparer, elle jetait un coup d'œil à sa montre, me souriait et déclarait : « Bon, il va falloir que j'y aille. » Elle avait son magnifique sourire habituel, mais je ne parvenais pas à déceler les sentiments qu'il exprimait. Était-elle heureuse ou malheureuse de devoir s'en aller ? Était-elle soulagée de me quitter ? Je n'avais aucun moyen de vérifier si elle était attendue quelque part.

En tout cas, pendant ces brefs moments passés ensemble, nous parlions passionnément. Mais jamais je ne mettais un bras autour de ses épaules, jamais elle ne prenait ma main. Par une sorte d'accord tacite, nous ne nous touchions plus.

Dans les rues de Tokyo, elle retrouvait le sourire plein de charme et de décontraction qu'elle avait avant. Je ne revis jamais sur son visage les émotions violentes qui l'avaient agitée lors de notre voyage dans la préfecture d'Ishikawa, par un froid dimanche de février. La chaude intimité qui était née spontanément entre nous ce jour-là ne se renouvela pas non plus. Sans que cela ait été décidé explicitement, nous n'évoquions ni l'un ni l'autre l'étrange petit voyage que nous avions effectué ensemble.

Tout en marchant côte à côte avec elle, je me demandais quelles pensées s'agitaient dans son esprit. Où elles l'entraînaient. Par instants, je plongeai mes yeux au fond des siens. Et je n'y distinguais rien d'autre qu'un silence serein. La petite ligne sur ses paupières supérieures m'évoquait toujours un horizon lointain. Il me semblait maintenant comprendre quelque peu ce sentiment d'isolement qu'Izumi éprouvait auprès de moi à l'époque du lycée. Shimamoto-san possédait un monde intérieur indépendant auquel elle avait seule accès. Elle était seule à le connaître, seule à l'assumer. Je ne pouvais pas y pénétrer. La porte s'était entrouverte une fois, une seule, mais depuis elle s'était hermétiquement refermée.

Dès que je réfléchissais à tout cela, je ne savais plus ce qui était juste, ce qui ne l'était pas. Il me semblait être redevenu l'adolescent de douze ans, impuissant et perdu, que j'avais été. Il suffisait qu'elle soit là devant moi pour que je ne sache plus ce que je devais faire ou dire. J'essayais de recouvrer mon sang-froid. J'essayais de réfléchir. En vain. Il me semblait que je lui avais dit ou fait quelque chose que je n'aurais pas dû, que je commettais des erreurs. Cependant, quels que soient mes paroles ou mes actes, elle ravalait toujours ses émotions et continuait à me regarder avec ce sourire charmant et indéchiffrable. Comme pour me signifier : « Peu importe, va, tout va bien. »

J'ignorais presque tout de sa situation actuelle. Je ne savais même pas où elle habitait. Ni avec qui. D'où tirait-elle ses revenus ? Était-elle mariée ? Peut-être l'avait-elle été. Elle avait eu un enfant, qui était mort le lendemain de sa naissance. Et cela s'était passé en février, une année plus tôt. Elle n'avait jamais travaillé de sa vie. Pourtant, elle portait des vêtements de luxe, des bijoux et des accessoires hors de prix. L'argent devait bien venir de quelque part. C'était tout ce que je savais d'elle. Elle devait être mariée quand elle avait eu cet enfant. Quoique je ne puisse en être sûr. C'était juste une supposition, je ne la voyais pas avoir un enfant hors mariage, simplement.

Cependant, petit à petit, au fil de nos rencontres, elle se mit à évoquer ses années de collège, puis de lycée. Sans doute se disait-elle que, cette période n'ayant aucun lien avec sa vie présente, elle ne courait aucun risque à m'en parler. J'appris ainsi à quel point elle s'était sentie seule durant ces années-là. Elle s'efforçait tant qu'elle pouvait d'être à égalité avec les autres. Quelles que soient les circonstances, elle ne se cherchait jamais d'excuses. « Je ne voulais pas utiliser mon handicap comme une justification, dit-elle. Quand on commence à se chercher des excuses, on garde cette attitude toute la vie, moi, je ne voulais pas vivre de cette façon. » Mais, pendant cette période de son existence, cette attitude la desservit plus qu'autre chose. Cela donna lieu à de nombreux malentendus avec les autres, malentendus qui la blessèrent profondément. Elle se referma de plus en plus sur elle-même. Le matin, quand elle se levait, il lui arrivait souvent d'être prise de vomissements parce qu'elle ne voulait pas aller à l'école.

Elle me montra un jour une photo datant de l'époque du lycée : on la voyait assise dehors sur une chaise de jardin, entourée de tournesols en fleur. C'était l'été, elle portait un short en jean, un tee-shirt blanc. Et elle était vraiment belle. Elle souriait, face à l'objectif, d'un sourire un peu plus contraint qu'aujourd'hui, mais tout aussi magnifique. Le léger manque d'assurance de son sourire le rendait d'autant plus touchant. Elle n'avait pas l'expression d'une jeune fille solitaire coulant des jours malheureux.

— Tu sembles assez heureuse, si on se fie à cette photo, constatai-je.

Elle secoua lentement la tête. De charmantes petites rides d'expression apparurent au coin de ses yeux, comme si elle se rappelait ces jours-là.

— Tu sais, Hajime, les photos, ça ne veut rien dire, ce n'est qu'une sorte d'ombre sans aucune profondeur. Le véritable moi d'alors n'est pas visible sur cette photo, il est ailleurs. Ce n'est pas quelque chose qu'on peut graver sur la pellicule.

Cette photo me serra le cœur. En la regardant, je pris conscience de tout le temps que j'avais perdu. Un temps précieux qui ne reviendrait jamais. Un temps que je ne retrouverais jamais, même avec tous les efforts du monde. Un temps qui n'avait existé qu'alors. Je fixai longuement le cliché.

— Pourquoi regardes-tu cette photo si intensément ? demanda Shimamoto-san.

— Pour rattraper tout ce temps perdu, dis-je. Je ne t'ai pas vue pendant plus de vingt ans, je voudrais combler ce vide, ne serait-ce qu'un minimum.

Elle me regarda avec un petit sourire étrange, comme si j'avais quelque chose sur la figure.

— C'est curieux, tu sais. Tu voudrais combler le vide de cette période, mais moi je voudrais la réduire à néant.

Du collège à la fin du lycée, elle n'avait pas eu un seul petit ami. Non pas qu'aucun garçon n'eût recherché sa compagnie, car elle était jolie, mais elle refusait de les fréquenter. Elle fit quelques essais, qui ne durèrent pas longtemps.

— Je crois que je n'aimais pas les garçons de mon âge. Tu sais comment ils sont à cette période – grossiers, égoïstes, obsédés par une seule idée : mettre la main sous la jupe des filles. Ça me décevait beaucoup. Ce que je cherchais, moi, c'était une relation comme celle qui existait entre toi et moi autrefois.

— Tu sais, Shimamoto-san, moi aussi, à seize ans, je crois bien que j'étais égoïste et ne pensais qu'à mettre la main sous la jupe des filles. Je ne crois pas, j'en suis sûr.

— Alors, il vaut peut-être mieux que nous ne nous soyons pas revus à cette époque, dit-elle avec un grand sourire. Nous quitter à douze ans et nous retrouver à trente-sept, c'est peut-être ce qui pouvait nous arriver de mieux.

— Tu crois ?

— Aujourd'hui, tu dois être capable de penser un peu à autre chose qu'à ce qu'il y a sous les jupes des filles, non ?

— Un peu, répondis-je, un tout petit peu. Mais si tu t'inquiètes de mes pensées, tu ferais mieux de venir en pantalon la prochaine fois qu'on se voit.

Shimamoto-san posa les deux mains sur la table, les regarda en souriant. Comme toujours, elle n'avait pas de bagues aux doigts. Elle portait une montre différente à chacune de nos rencontres, mettait souvent des bracelets, des boucles d'oreilles aussi, mais des bagues jamais.

— Et puis je détestais gêner la liberté de mouvement des garçons. Tu comprends, il y avait tellement de choses que je ne pouvais pas faire : pique-niquer, nager, skier, faire du patin à glace, aller en discothèque, tout ça m'était impossible. Même pour se promener avec moi, il fallait marcher très lentement. Tout ce que je pouvais faire sans embarras, c'était rester assise à côté de quelqu'un, à parler et écouter de la musique. À cet âge, les garçons ne supportent pas ce genre d'activité très longtemps. Moi, je ne voulais être une gêne pour personne.

Elle but une gorgée de son Perrier citron. C'était une tiède après-midi de mars. On voyait même quelques jeunes gens en chemise à manches courtes, dans la foule qui déambulait sur Omote-sandô.

— Si nous nous étions fréquentés à cette époque, j'aurais fini par te gêner toi aussi. Tu en aurais eu assez de moi. Tu aurais eu envie de plonger dans un monde plus vaste, plus actif, et moi j'en aurais souffert.

— Non, Shimamoto-san, je ne pense pas que j'aurais pu en avoir assez de toi. Parce que, tu vois, il y a ce lien particulier entre toi et moi. Je le sais. Je ne peux pas l'expliquer par des mots, mais je sais que ce lien est là et qu'il est important et précieux. Je suis sûr que tu le sais, toi aussi.

Elle me regardait fixement, sans changer d'expression.

— Je suis un être humain ordinaire, poursuivis-je, je n'ai rien de spécial dont je puisse me vanter. Et quand j'étais jeune j'étais encore plus grossier, arrogant et dépourvu de tact, aussi je n'aurais sans doute pas été le partenaire le plus approprié pour toi. Mais je peux te dire une seule chose : jamais je ne me serais lassé de toi. Sur ce point, je suis différent des autres. Par rapport à toi, je suis quelqu'un de spécial, j'en ai le sentiment.

Shimamoto-san regarda à nouveau ses mains posées sur la table. Elle écarta légèrement les doigts, comme si elle étudiait leur forme.

— Écoute, Hajime, c'est vraiment dommage mais certaines choses ne peuvent pas aller à reculons. Une fois qu'on est allé de l'avant, on a beau faire tous les efforts possibles, on ne peut plus retourner en arrière. S'il y a ne serait-ce qu'un petit rouage qui se dérègle, ensuite tout se fige et reste comme ça, de travers.

Une fois, nous allâmes écouter ensemble les *Concertos pour piano* de Liszt tous les deux. Shimamoto-san m'avait appelé pour me proposer de l'accompagner au concert. Le musicien était un célèbre pianiste sud-américain. Je me rendis donc avec elle à la salle de concerts du parc d'Ueno. Le récital fut magnifique. La technique du soliste était sans faille, la musique à la fois délicate et profonde, l'émotion du pianiste tangible. Cependant, j'avais beau fermer les yeux et essayer de me concentrer, je ne parvenais pas à m'immerger dans ce monde musical. Un fin rideau se dressait entre ce concert et moi. Un rideau si fin qu'on ne pouvait même pas être sûr qu'il existe vraiment ; toujours est-il qu'en dépit de tous mes efforts il m'était impossible de le traverser. Lorsque je racontai cela à Shimamoto-san en sortant du concert, elle m'expliqua qu'elle avait éprouvé à peu près la même sensation.

— À ton avis, d'où venait le problème avec ce concert ? demanda-t-elle. Le pianiste était pourtant excellent.

— Tu te rappelles ? Le disque que nous écoutions enfants était un peu rayé à la fin du deuxième morceau, on entendait un petit grésillement. Crr, crr, crr. Quand je n'entends pas ça, il me manque quelque chose.

Shimamoto-san se mit à rire.

— Elle ne respire pas vraiment le sens artistique, ton idée !

— Au diable l'art et le sens artistique ! Je les jette en pâture aux vautours chauves ! Moi, j'aimais ce bruit, je n'en démordrai pas.

— Peut-être, admit-elle. Mais qu'est-ce que c'est que les vautours chauves ? Je connais les vautours ordinaires, mais pas les vautours chauves.

Dans le métro du retour, je lui expliquai la distinction entre les vautours ordinaires et les vautours chauves. Leur différence d'habitat, de cri, leurs périodes de rut, tout.

— Le vautour chauve se nourrit d'art, le vautour ordinaire dévore des cadavres anonymes. Ça n'a rien à voir.

— Quel drôle de type tu es ! s'exclama-t-elle en riant, puis elle serra un peu son épaule contre la mienne, sur le siège où nous étions assis. Ce fut la seule fois au cours de ces deux mois que nos corps se rapprochèrent.

Le mois de mars s'écoula ainsi. En avril, ce fut la rentrée des classes et ma fille cadette alla dans la même maternelle que l'aînée. Yukiko, qui disposait désormais d'un peu plus de temps pour elle, adhéra à un groupe de bénévoles du quartier qui proposait son aide à des établissements pour enfants handicapés. En général, c'était moi qui amenais les filles à l'école et les ramenais. Quand je n'avais pas le temps, Yukiko s'en chargeait. En voyant mes filles grandir peu à peu, je me rendais compte que je vieillissais. Indépendamment de ce qui occupait mes pensées, les filles grandissaient. Je les aimais, bien sûr. Les voir pousser était un grand bonheur pour moi. Mais, par moments, en constatant leur changement si rapide, de mois en mois, je me sentais oppressé. C'était comme si un arbre poussait à l'intérieur de moi, étendait ses branches, ses racines, s'enfonçait dans ma peau, mes os, ma chair et mes entrailles pour assurer sa propre croissance, et se faire une place de force. Parfois, cette pensée m'accablait tellement que j'en avais des insomnies.

Je voyais Shimamoto-san une fois par semaine et avais de longues conversations avec elle. J'amenais mes filles à l'école, les ramenais. Et plusieurs fois par semaine, je faisais l'amour à ma femme. Je crois que je faisais davantage l'amour avec elle depuis que j'avais retrouvé Shimamoto-san. Mais ce n'était pas par sentiment de culpabilité. Quand je l'enlaçais, ou que je me blottissais dans ses bras, c'était pour essayer de me raccrocher à quelque chose.

— Dis, qu'est-ce qui se passe ? s'enquit un jour Yukiko. Tu es bizarre depuis quelque temps. (C'était un après-midi, et nous venions de faire l'amour.) Je n'ai jamais entendu dire que le désir sexuel des hommes connaît un brusque accroissement après trente-sept ans.

— Je n'ai rien, affirmai-je, je suis comme d'habitude.

Elle me regarda un long moment puis secoua la tête.

— Je me demande vraiment ce qu'il y a dans ta tête, déclara-t-elle.

Je passai mes moments de loisir à écouter de la musique classique en regardant d'un œil vague le cimetière d'Aoyama par la fenêtre du salon. Je ne lisais plus tellement. J'avais du mal à me concentrer sur un livre.

J'avais revu plusieurs fois la jeune mère de famille en Mercedes 260E. Nous bavardions parfois de choses et d'autres, en attendant nos filles respectives à l'entrée de la maternelle. Des informations pratiques telles que peuvent en échanger les habitants du quartier d'Aoyama : les heures auxquelles le parking de tel ou tel supermarché était le moins encombré, le restaurant italien qui était devenu nettement moins bon depuis que le chef avait changé, la foire aux vins d'importation le mois suivant au magasin Meiji-ya. « Allons bon, voilà que je me transforme en commère discutant au bord du lavoir », me dis-je, mais de toute façon c'était là les seuls sujets de conversation que nous avions en commun tous deux.

Vers la mi-avril, Shimamoto-san disparut à nouveau. La dernière fois que je l'avais vue, nous avions bavardé un moment au *Robin's Nest*, mais un coup de téléphone de l'autre bar nous avait interrompus : il fallait absolument que j'aille régler un problème sur place.

— Je serai de retour dans trois quarts d'heure au plus tard, lui avais-je assuré.

— Mais oui, vas-y, ne t'inquiète pas, je t'attendrai ici en lisant un livre, m'avait-elle répondu en souriant.

Je m'étais dépêché de revenir, mais le siège de Shimamoto-san était déjà vide. Il était un peu plus de onze heures. Elle avait laissé un message pour moi, au dos d'une pochette d'allumettes posée sur le comptoir. « Je ne pourrai peut-être pas venir pendant quelque temps. Il faut que j'y aille. Au revoir. Porte-toi bien. »

Je me sentis désœuvré pendant un bon moment, après ça. Je ne savais plus quoi faire. Je tournais en rond à la maison, déambulais en vain dans les rues, arrivais devant l'école bien avant l'heure pour chercher mes filles. Ce qui me laissait le temps de bavarder avec la jeune femme à la Mercedes. Il nous arriva même d'aller boire un café ensemble. Nos conversations portaient invariablement sur les légumes de Kinokuniya, sur les œufs biologiques de la boutique de produits naturels, ou sur les soldes chez Miki-House. Elle me confia qu'elle adorait les vêtements de chez Inaba Yoshie et qu'elle choisissait ceux qui lui plaisaient dans le catalogue pour les commander avant la saison. Et puis elle me parla du délicieux restaurant d'anguilles, près du poste de police d'Omote-sandô, qui avait malheureusement fermé. À force de bavarder de la sorte, nous devînmes bons amis. Elle avait un caractère agréable et était plus ouverte qu'elle ne le semblait au premier abord. Mais je n'éprouvais aucune attirance sexuelle pour elle. Simplement, j'avais besoin de quelqu'un à

qui parler. Parler de choses légères et sans conséquences. Je recherchais des conversations où rien ne
risquait de me faire penser à Shimamoto-san.

Quand je n'avais vraiment plus rien à faire, j'allais
dans les grands magasins. Une fois, j'achetai six che-
mises d'un coup. Je fis aussi l'acquisition de jouets,
de poupées pour mes filles, d'accessoires pour
Yukiko. Je me rendis au salon d'exposition des
BMW, regardai longuement la M5 et, bien que je
n'aie pas eu la moindre intention de l'acquérir,
demandai diverses explications au vendeur.

Cependant, après plusieurs semaines passées dans
cet état d'agitation intérieure, je réussis à me concentrer de nouveau sur mon travail. Je ne pouvais pas
indéfiniment vivre ainsi, me disais-je. Je convoquai
un designer et un décorateur d'intérieur, discutai
avec eux d'un éventuel remaniement du décor de
mes bars. Le moment me semblait venu d'opérer
quelques transformations dans la décoration des
lieux comme dans ma stratégie commerciale. Il y a
un temps pour le faire. Pour les bars ou pour les
humains, c'est pareil. Si rien ne change jamais dans
l'environnement, l'énergie dépérit peu à peu.

Depuis quelque temps, je sentais vibrer en moi un
besoin de changement. On peut se lasser même des
jardins imaginaires. Je décidai donc de commencer
par modifier en partie la décoration du bar. Il fallait
rendre les lieux plus fonctionnels, éliminer le matériel trop compliqué à utiliser, améliorer le design.
Les installations de son et la climatisation étaient
bonnes pour une révision complète. Il fallait changer
le menu aussi. Je mis au point une liste détaillée de
tout ce qui pouvait être amélioré, en consultant
chacun des employés. Cela donna une liste assez
longue. J'expliquai précisément aux décorateurs

l'image du bar rénové telle qu'elle se dessinait maintenant dans mon esprit, leur demandai de tracer des plans, passai ma commande, leur fis corriger les plans à maintes reprises. Je choisis personnellement tout le matériel, fis faire des devis, réajustai mon budget. Rien que pour trouver le porte-savon des toilettes, je passai trois semaines à écumer les boutiques de Tokyo, à la recherche du porte-savon idéal. Je m'épuisai littéralement à cette tâche, ce qui était exactement le but recherché.

Le mois de mai passa, juin arriva. Shimamoto-san ne réapparaissait toujours pas. Je commençais à me dire qu'elle avait définitivement quitté la ville. « Je ne pourrai peut-être pas venir pendant quelque temps », avait-elle écrit : c'était surtout l'ambiguïté de ce « peut-être » et de ce « quelque temps » qui me faisait souffrir. Peut-être reviendrait-elle un jour. Mais je ne pouvais rester indéfiniment assis au bar à attendre « peut-être » et « quelque temps ». Si je continuais à vivre de la sorte, je finirais par devenir un parfait imbécile. Je me consacrais pour l'instant à me maintenir le plus occupé possible. Je fréquentais la piscine encore plus assidûment qu'avant. Je nageais chaque matin deux mille mètres d'affilée. Après quoi, je montais au club de gym à l'étage au-dessus et faisais des haltères. Au début, j'eus des courbatures pendant toute une semaine. Tandis que j'attendais à un feu rouge, j'eus une crampe si violente à la jambe gauche que je ne pus appuyer sur l'embrayage. Cependant, ma musculature ne tarda pas à s'habituer à l'exercice que je lui imposais. Ces efforts physiques intensifs m'empêchaient de penser à autre chose, et cette gymnastique quotidienne m'aidait à trouver la concentration nécessaire aux diverses tâches que je m'imposais. J'évitais tout moment de désœuvrement, m'efforçant d'être concentré en permanence. Quand je me lavais les cheveux, j'étais concentré. Quand j'écoutais de la musique, j'étais concentré. En fait, sans cela, je n'aurais pas été capable de survivre.

En été, Yukiko, les filles et moi allions souvent passer le week-end dans notre résidence secondaire de Hakone. Loin de la capitale, en pleine nature, les filles et Yukiko semblaient heureuses et décontractées. Elles cueillaient des fleurs, observaient les oiseaux à la jumelle, jouaient à chat perché, pataugeaient dans la rivière. Ou bien encore nous restions tous les quatre allongés dans le jardin à ne rien faire. Seulement, elles ignoraient tout. Elles ne savaient pas que si le vol retour sur Tokyo avait été annulé certain jour de neige en février je les aurais peut-être abandonnées pour partir n'importe où avec Shimamoto-san. Ce jour-là, j'aurais pu tout laisser tomber : mon travail, ma famille, ma fortune, tout. Et maintenant encore, je pensais sans cesse à elle. Je me rappelais avec précision la sensation que j'avais éprouvée en passant mon bras autour de ses épaules puis en posant un baiser sur sa joue. Et ensuite, j'avais été incapable de chasser de mon esprit l'image de Shimamoto-san, même en faisant l'amour avec ma femme. Personne ne savait ce que j'avais vraiment en tête. Tout comme j'ignorais moi-même ce que Shimamoto-san avait en tête.

Je décidai d'occuper l'été à rénover le bar. Laissant mes filles et ma femme à Hakone, je rentrai seul à Tokyo, m'attelai aux travaux de rénovation, donnai des instructions détaillées à l'équipe. Le reste du temps, je continuai à aller à la piscine et à soulever des haltères. Le week-end, je rejoignais ma famille à Hakone, nous allions nager dans la piscine de l'hôtel

Fujiya et y dînions ensuite. La nuit venue, je faisais l'amour à Yukiko.

J'approchais de la quarantaine ; pourtant, je n'avais pas encore un gramme de trop, et mes cheveux ne semblaient pas vouloir se raréfier. Grâce à ma pratique continue du sport, je ne sentais absolument pas mon corps vieillir. Je menais une vie bien réglée, évitais les excès, surveillais mon alimentation. Je n'avais jamais été malade. J'avais l'apparence d'un homme de trente ans.

Ma femme aimait caresser mon corps nu. Elle posait la main sur mes pectoraux, caressait mon ventre plat, aimait palper mon pénis et mes testicules. Elle aussi allait dans un club de sport et s'entraînait sérieusement. Mais ses quelques kilos en trop refusaient de s'en aller quoi qu'elle fît.

— Malheureusement, c'est l'âge qui veut ça, disait-elle en soupirant. Même quand je perds du poids, je garde les kilos sur les hanches.

— Mais moi, ton corps me plaît comme ça. Tu es bien comme tu es, pas la peine de te torturer avec de la gymnastique et des régimes. Tu n'es pas grosse, de toute façon.

Je ne mentais pas. J'aimais son corps doux et un peu dodu. J'aimais caresser son dos nu.

— Tu ne comprends pas, répliquait-elle en secouant la tête. Ne dis pas si facilement que je suis bien comme je suis : tu n'as pas idée des efforts que je fais pour me maintenir ainsi.

Vue de l'extérieur, notre vie était sans doute idéale. Moi-même, parfois, je me disais que c'était une vie parfaite, je n'avais pas à me plaindre. Mon travail me passionnait et me rapportait des revenus confortables. Nous avions un appartement de quatre pièces à Aoyama, une petite maison dans la montagne à Hakone, une BMW et une jeep Cherokee. Nous formions une famille unie. Ma femme et moi adorions nos filles. Que demander de plus à la vie ? Même si ma femme et mes filles m'avaient supplié de leur dire sans retenue ce qu'elles pourraient faire pour être une meilleure épouse, de meilleurs enfants, et pour que je les aime davantage encore, je n'aurais pas su quoi dire : je n'avais vraiment rien à leur reprocher. Ma vie familiale était parfaite. Je ne pouvais imaginer existence plus agréable que celle-là.

Pourtant, depuis que Shimamoto-san avait disparu, j'avais l'impression de vivre sur la lune, privé d'oxygène. Sans Shimamoto-san, je n'avais plus un seul lieu au monde où ouvrir mon cœur. Pendant mes nuits d'insomnie, allongé dans mon lit, immobile, je pensais encore et encore à l'aéroport de Komatsu sous la neige. Ce serait bien si les souvenirs finissaient par s'user à force de les voir et de les revoir, me disais-je. Mais celui-là ne s'effaçait pas, loin de là. Au contraire, il renaissait chaque fois de plus en plus fort : le tableau d'affichage des départs annonçant un retard sur tous les vols à destination de Tokyo, la neige qu'on voyait tomber sans discontinuer... Une neige si dense qu'on ne distinguait rien à un mètre. Shimamoto-san était assise sur un banc, les bras croisés serrés contre elle. Elle portait un caban bleu marine, une écharpe autour du cou. Un parfum de larmes et de détresse flottait autour d'elle. Maintenant encore, en me remémorant la scène, je pouvais le sentir. Ma femme respirait paisiblement à côté de moi dans le lit. Je fermai les yeux, secouai la tête. *Elle ne savait rien.*

Je me rappelais comment j'avais fait boire à Shimamoto-san, de lèvres à lèvres, de la neige fondue, dans le parking de ce bowling fermé. Je la revoyais blottie dans mes bras dans l'avion du retour. Ses yeux fermés, ses lèvres entrouvertes comme si elle allait pousser un soupir. Son corps doux, abandonné entre mes bras. À ce moment-là, elle me désirait vraiment. Son cœur s'était ouvert à moi. Mais je m'étais retenu, je m'étais retenu pour rester dans un monde inanimé, désert comme la surface de la lune. Et peu après, elle était partie, et ma vie avait été perdue une fois de plus.

Ces souvenirs vivaces me tenaient en éveil presque toute la nuit. Tiré du sommeil sur le coup de deux ou trois heures du matin, je ne pouvais plus me rendormir. Alors, je me levais, allais à la cuisine, me versais un verre de whisky. Mon verre à la main, je regardais par la fenêtre, en contrebas, le cimetière tout sombre, et les phares des voitures glissant sur la chaussée. Le temps qui séparait ces profondes ténèbres nocturnes de l'aube s'écoulait lentement, sombrement. Parfois, il m'arrivait de me dire que si j'avais pu pleurer les choses auraient été plus faciles. Mais sur quoi aurais-je dû pleurer ? Sur moi-même ? J'étais trop égoïste pour pleurer sur les autres, et trop vieux pour pleurer sur moi-même.

Puis l'automne arriva. À ce moment-là, mon cœur avait trouvé l'apaisement. J'étais finalement parvenu à cette conclusion : il m'était impossible de continuer à vivre comme ça.

13

Ce matin-là, après avoir emmené mes deux filles à l'école, j'allai à la piscine et nageai comme d'habitude mes deux mille mètres. Je m'imaginai que j'étais un poisson. Simplement un poisson, je n'avais besoin de penser à rien. Pas même de penser que je nageais. Simplement être là, être moi-même, un poisson. En sortant de la piscine, je pris une douche, enfilai un tee-shirt et un short, puis allai soulever des haltères.

Ensuite, je me rendis dans le studio que je louais tout près et qui me servait de bureau, mis à jour les livres de comptes de mes deux bars, calculai les salaires de mes employés, étudiai les plans de rénovation du *Robin's Nest*, où les travaux devaient commencer en février. À une heure, je rentrai à la maison et déjeunai comme chaque jour avec Yukiko.

— Au fait, mon père a téléphoné ce matin, m'annonça-t-elle. Il n'avait pas beaucoup de temps, à son habitude, mais il voulait juste te prévenir à propos d'actions qu'il faut absolument acheter en ce moment, parce que d'après lui ça va rapporter. Toujours ses fameuses informations secrètes de la Bourse, tu sais. Enfin, il paraît que cette fois c'est vraiment, vraiment spécial, une occasion à ne pas laisser passer. Il a dit : Ce n'est pas comme d'habitude, ce n'est pas une simple information, c'est un fait avéré.

— Si vraiment ça doit rapporter à ce point-là, je ne comprends pas pourquoi il ne se contente pas de tout acheter lui-même sans en parler à personne. Pourquoi fait-il ça ?

— Pour te remercier. Il a dit qu'il te devait quelque chose, que c'était personnel, et que tu comprendrais. C'est pour ça qu'il te propose sa part. Il a dit que tu devais rassembler tout l'argent que tu pouvais et acheter le maximum maintenant, et de ne pas te faire de souci : ça rapporterait, sans l'ombre d'un doute. Si jamais ça ne marche pas, il s'engage à te rembourser les pertes, de sa poche.

Je posai ma fourchette sur mon assiette de spaghettis et levai la tête.

— Et alors ? fis-je.

— Comme cela semblait urgent, j'ai appelé la banque pour résilier deux comptes d'épargne, viré cet argent à M. Nakayama, de la société d'investissements, en lui demandant de réserver les valeurs indiquées par papa. Je n'ai pu débloquer que huit millions de yens en tout, tu crois qu'il aurait fallu en acheter davantage ?

Je bus une gorgée de mon verre d'eau. Cherchai mes mots.

— Peux-tu m'expliquer pourquoi tu ne m'as pas appelé pour me demander mon avis ?

Un air d'incompréhension totale apparut sur le visage de Yukiko.

— Mais d'habitude, tu achètes toujours les actions que papa t'indique, non ? J'ai déjà fait ce genre de démarche plusieurs fois à ta place, sur ta demande. Chaque fois, tu m'as recommandé de

194

suivre exactement les instructions de mon père. Je n'ai pas agi autrement cette fois. Mon père m'a dit qu'il fallait investir sans perdre une minute, alors je m'en suis occupée. Tu étais à la piscine, je ne pouvais pas te joindre. Je n'aurais pas dû ?

— Tant pis, c'est fait maintenant. Seulement, tu ne voudrais pas me rendre un service ? Téléphone à Nakayama pour revendre tout de suite ce que tu viens d'acheter.

— Revendre ? répéta Yukiko, puis elle me regarda fixement en plissant les yeux comme si quelque chose l'éblouissait.

— Oui. Tu revends les actions que tu as achetées aujourd'hui, et tu remets l'argent sur les comptes d'épargne.

— Mais entre les commissions de vente des actions et celles de la banque, tu te rends compte, on va y perdre pas mal d'argent !

— Ça m'est égal. Il n'y a qu'à payer les commissions, je m'en moque de perdre de l'argent ; ce que je veux, c'est que tu revendes tout ce que tu as acheté aujourd'hui.

Yukiko soupira.

— Tu t'es disputé avec papa, l'autre jour ? Il s'est passé quelque chose ?

Je ne répondis pas.

— Vous vous êtes brouillés, c'est ça ?

— Écoute, Yukiko, j'en ai marre de tout ça, simplement. Je n'ai pas envie de m'enrichir en jouant à la Bourse. Je gagne de l'argent en travaillant de mes mains. C'est ce que j'ai toujours fait jusqu'à présent, non ? As-tu manqué de quoi que ce soit depuis que tu es avec moi ?

— Mais non, bien sûr. Je le sais parfaitement. Tu as beaucoup travaillé, je n'ai jamais eu à me plaindre de quoi que ce soit. Je t'en suis reconnaissante et j'ai beaucoup de respect pour ce que tu as fait. Mais ça n'a rien à voir. Papa te tient au courant des opérations boursières par sympathie, il essaie de te rendre service, c'est tout.

— Je le sais. Mais de quoi crois-tu qu'il s'agit ? Ses informations ultra-secrètes, sa certitude que ça va rapporter, d'où crois-tu qu'il les tient, hein ?

— Je l'ignore.

— De manipulations boursières. Tu comprends ? On manipule volontairement les actions à l'intérieur d'une société, on fabrique artificiellement de gros bénéfices, et on se partage le gâteau entre amis. Ensuite, cet argent va droit aux partis politiques, ou à des sociétés, pour des financements occultes. Je pense que ce n'était pas du même ordre pour les actions que ton père m'a recommandé d'acheter jusqu'ici. Il s'agissait d'actions qui allaient *probablement* rapporter. C'étaient de simples fuites. En général, elles ont rapporté, mais ce n'était pas systématique. Cette fois, c'est différent. Cette opération a une odeur qui ne me plaît pas. Je ne veux pas être mêlé à ça, si je peux l'éviter.

Yukiko réfléchit un moment, sa fourchette suspendue dans les airs.

— Tu crois vraiment qu'il s'agit de manœuvres illégales ?

— Si tu veux t'en assurer, tu n'as qu'à demander directement à ton père. Mais écoute, Yukiko, voilà tout ce que je peux te dire : des actions qui rapportent à coup sûr, ça n'existe pas en ce monde. S'il en existe, elles sont le fruit de manipulations. Mon père a été courtier dans une compagnie d'investissements en Bourse pendant près de quarante ans, jusqu'à sa retraite. Il a travaillé du matin au soir, jour après jour.

Tout ce qu'il m'a laissé comme héritage, c'est une maison minuscule. Il n'était peut-être pas très doué. Chaque soir, ma mère vérifiait le carnet de comptes et se prenait la tête entre les mains quand ça ne tombait pas juste à cent ou deux cents yens près. Voilà dans quel genre de famille j'ai été élevé. Et toi, tu me dis : Je n'ai pu débloquer *que* huit millions de yens… Mais c'est de l'argent pour de vrai, Yukiko. Ce ne sont pas des billets de Monopoly. Les gens ordinaires se lèvent tôt le matin pour aller au bureau dans des métros bondés, et même en faisant autant d'heures supplémentaires que possible tout au long de l'année, ils ont bien du mal à amasser huit millions de yens. Moi aussi, j'ai travaillé comme ça pendant huit ans de ma vie. Mais, évidemment, je n'avais pas huit millions de yens de revenu annuel. Même au bout de huit ans de travail, un revenu pareil restait du domaine du rêve. Je ne crois pas que tu puisses comprendre ce qu'est une vie de ce genre.

Yukiko ne répondit pas. Elle serrait les lèvres, regardait fixement son assiette sur la table. Je me rendis compte que je parlais plus fort que d'habitude, et baissai un peu le ton pour poursuivre :

— Tu parles comme si c'était normal de doubler l'investissement de base sans risques en six mois. Mais pour moi, il y a quelque chose qui ne va pas là-dedans. Et je me suis laissé entraîner sans m'en rendre compte dans ce système perverti. J'y participe peut-être même directement. Depuis quelque temps, j'ai l'impression de devenir vide, petit à petit.

Yukiko me jeta un coup d'œil par-dessus la table. Je me tus et me remis à manger. Quelque chose vibrait au fond de moi, mais je ne savais pas si c'était de la colère ou une simple irritation. Quoi qu'il en soit, je ne parvenais pas à arrêter ce tremblement intérieur.

— Excuse-moi, dit Yukiko d'une voix sereine au bout d'un long moment. Je ne voulais pas me mêler de ce qui ne me regarde pas.

— Ça ne fait rien. Je ne te reproche rien. Je ne reproche rien à personne.

— Je vais téléphoner tout de suite et revendre toutes les actions. Alors, ne sois plus en colère.

— Je ne suis pas en colère.

Je continuai à manger en silence.

— Tu n'as rien d'autre à me dire ? demanda Yukiko en me regardant fixement. Si quelque chose te préoccupe, tu peux m'en parler franchement. Même si c'est difficile à formuler. Je ferai tout ce que je peux pour t'aider. Je ne suis pas une personne de grande valeur, et je ne suis pas très au courant de ce qui se passe dans la société, ni de la façon de gérer les finances, mais je n'ai pas envie de te voir malheureux. Je n'ai pas envie de te voir souffrir tout seul dans ton coin. Il n'y a pas quelque chose en ce moment qui te rend malheureux ?

Je secouai la tête.

— Non. J'aime mon travail, je pense qu'il en vaut la peine. Et je t'aime aussi, bien sûr. De temps en temps, je n'arrive pas à suivre les procédés de ton père, c'est tout. Je l'aime bien en tant que personne. Je comprends que, cette fois aussi, il a agi uniquement par sympathie pour moi, ce qui fait que je ne suis pas en colère contre lui, je ne lui en veux pas. Simplement, par moments, je ne me comprends pas moi-même. Je ne sais plus si j'agis correctement ou non. Je suis en pleine confusion, mais pas en colère le moins du monde.

— Pourtant tu as l'air fâché.

Je poussai un soupir.

— Et tu soupires tout le temps comme ça. Tu as l'air souvent agacé ces temps-ci. Et plongé dans tes pensées, aussi.

— Je ne m'en rends pas compte.

Yukiko ne me quittait pas des yeux.

— Tu réfléchis à quelque chose, j'en suis sûre. Seulement, je ne sais pas ce que c'est. J'aimerais pouvoir t'aider mais…

Je fus soudain saisi d'une violente impulsion de tout lui avouer. Comme je me serais senti soulagé si j'avais pu lui dire tout ce que je gardais pour moi. Je n'aurais plus besoin de me dissimuler. Je n'aurais plus à jouer la comédie, ni à mentir. Écoute Yukiko, en fait, j'aime une autre femme, et je n'arrive pas à l'oublier. J'ai essayé plusieurs fois de tout arrêter. J'ai essayé de m'arrêter pour préserver notre monde, le tien et celui de nos enfants. Mais il m'est impossible de continuer à attendre. Je ne peux plus arrêter ce qui est en marche. Si elle apparaissait maintenant, j'aurais envie de la prendre aussitôt dans mes bras, malgré les conséquences. C'est devenu insupportable. Il m'arrive de te faire l'amour en pensant à elle, vois-tu ? Et même de me masturber en pensant à elle.

Mais naturellement, je ne dis rien de tout ça à Yukiko. À quoi cela aurait-il servi ? À rien. Sinon à nous rendre tous malheureux.

Le déjeuner terminé, je retournai au bureau et essayai de me remettre au travail. Mais je ne parvenais pas à me concentrer. Je me sentais très mal à l'aise d'avoir parlé à Yukiko d'une façon aussi autoritaire. Le contenu n'était pas faux, loin de là. Mais je ne me sentais pas autorisé à tenir un tel discours. Moi, j'avais menti à ma femme, j'avais vu Shimamoto-san en cachette. Qui étais-je pour tenir des propos aussi vertueux ? Yukiko s'interrogeait sur moi, sur notre couple, avec beaucoup de sérieux, c'était évident, et tout à fait en accord avec sa personnalité. Mais y avait-il dans ma vie actuelle une conviction, une cohérence suffisantes pour me permettre de parler ainsi ? Tandis que je réfléchissais, l'envie de changer quoi que ce soit me quitta.

Je posai les pieds sur mon bureau, et regardai longtemps par la fenêtre, les yeux perdus dans le lointain, mon stylo à la main. De mon bureau, on apercevait un parc. Il faisait beau, et de nombreux enfants s'y promenaient avec leurs mères. Ils jouaient dans le bac à sable, faisaient du toboggan, tandis que les mères discutaient par petits groupes tout en surveillant leur progéniture du coin de l'œil. Ces enfants qui jouaient dans le parc me faisaient penser à mes filles. J'avais une folle envie de les voir. De marcher dans la rue avec elles en les tenant par la main, comme cela m'arrivait souvent. J'avais envie de sentir la chaleur de leurs corps près du mien. Puis mon esprit passa de mes filles à Shimamoto-san. Son image était plus puissante encore que celle de mes enfants. Quand je pensais à elle, je ne pouvais plus penser à rien d'autre.

Je quittai mon bureau, me mis à marcher dans l'avenue Aoyama, entrai dans un bar où nous nous étions souvent donné rendez-vous, commandai un café. Je me mis à lire, m'interrompant parfois pour penser à Shimamoto-san. Des bribes des conversations que nous avions eues dans ce lieu me revenaient. Je la revoyais tirer de son sac son paquet de Salem et en allumer une. Je la revoyais repousser machinalement sa frange de la main, pencher la tête et me sourire. Au bout d'un moment, j'en eus assez d'être tout seul dans ce café, je sortis et avançai en direction de Shibuya. J'aimais marcher ainsi dans les rues en observant les immeubles et les boutiques, des gens de toutes sortes qui vaquaient à des occupations diverses. J'aimais la sensation de me promener dans la ville. Pourtant, ce jour-là, tout ce que je voyais autour de moi me paraissait lugubre et vain. Les immeubles menaçaient de s'écrouler, les arbres qui bordaient la rue avaient perdu leurs couleurs, les passants avaient renoncé à la fraîcheur de leurs émotions, leurs rêves étaient morts.

J'entrai dans un cinéma peu fréquenté, regardai vaguement l'écran. Quand le film fut terminé, je ressortis : la nuit tombait. Je pénétrai dans le premier restaurant venu, fis un repas léger. La gare de Shibuya était encombrée d'une foule d'employés rentrant du travail. On aurait dit un film en accéléré : les rames se succédaient, des fournées de gens qui attendaient sur les quais s'y engouffraient. « C'est ici que j'ai aperçu un jour Shimamoto-san par hasard », pensai-je soudain. Près de dix ans s'étaient écoulés depuis. À l'époque, j'avais vingt-huit ans, j'étais célibataire. Et Shimamoto-san boitait encore. Vêtue d'un long manteau rouge, portant de grosses lunettes noires, elle se dirigeait vers Aoyama. Tout cela semblait s'être déroulé dans un très, très lointain passé.

Je me remémorai dans l'ordre toutes les scènes que j'avais vues ce jour-là. La foule en cette fin d'année, la démarche particulière de Shimamoto-san, tous les coins de rue, le ciel nuageux, le sac de grand magasin qu'elle tenait à la main, le café qu'elle avait laissé sur la table sans y toucher, les chants de Noël. Une fois de plus, je regrettai de ne pas avoir osé l'aborder ce jour-là. À cette époque, je n'avais aucune contrainte, ni rien à quoi renoncer. J'aurais pu la serrer dans mes bras tout de suite, nous aurions pu partir ensemble n'importe où. Quelles qu'aient été alors les circonstances de sa vie à elle, il y aurait sûrement eu un moyen de résoudre les problèmes, je m'y serais employé de toutes mes forces. Mais j'avais définitivement perdu la moindre occasion de lui parler, quand cet étrange quadragénaire m'avait attrapé par le bras tandis qu'elle disparaissait à l'intérieur d'un taxi.

Je pris un métro bondé et regagnai Aoyama en début de soirée. Le temps s'était dégradé pendant que j'étais au cinéma, et le ciel s'était couvert de gros nuages gris gonflés d'humidité. L'averse menaçait d'éclater à tout moment. J'étais sorti sans parapluie, simplement vêtu d'un jean et d'une parka, chaussé de tennis, et je n'avais pas changé de tenue depuis mon départ pour la piscine le matin. J'aurais pu rentrer à la maison me changer et aller au bar en costume comme chaque soir. Mais je n'avais pas envie de rentrer chez moi. « Bah, tant pis, me dis-je. Je n'ai rien à perdre à aller au *Robin's Nest* sans cravate, une fois dans ma vie. »

La pluie commença à tomber dès sept heures, une petite pluie fine, mais qui s'installait pour longtemps, un vrai temps d'automne. Comme d'habitude, je fis d'abord un tour à mon premier bar, observai un moment les allées et venues des clients. J'avais fait moi-même les plans de rénovation en étudiant chaque détail et avais surveillé les travaux du début à la fin, si bien que tout correspondait exactement à mes souhaits. Le bar avait gagné en fonctionnalité, l'atmosphère était plus feutrée. Les lumières étaient douces, la musique se fondait dans le décor.

J'avais fait installer une cuisine indépendante à l'arrière et engagé un vrai cuisinier, qui préparait des plats simples mais raffinés. Mon principe de base en mettant au point la carte de la maison était : pas d'artifices superflus, mais des recettes impossibles à réaliser par un novice. Il fallait garder la simplicité, ces plats étant uniquement destinés à servir d'accompagnement aux boissons alcoolisées. En outre, la carte changeait radicalement d'un mois sur l'autre. Trouver un cuisinier capable de préparer des menus à mon idée n'avait pas été facile. Après, il fallut lui payer un salaire en conséquence. Il me demanda beaucoup plus que je n'avais prévu au départ. Cependant, son travail le méritait, et j'étais content du résultat. Les clients semblaient eux aussi parfaitement satisfaits.

À neuf heures, j'empruntai un parapluie au bar et pris la direction du *Robin's Nest*. Et, à neuf heures et demie, je vis arriver Shimamoto-san. Étrangement, c'était toujours les soirs de pluie qu'elle apparaissait.

14

Shimamoto-san portait une robe blanche d'une extrême simplicité, très élégante sur elle, et une large veste bleu marine au col orné d'une petite broche d'argent en forme de poisson. Elle avait bronzé depuis notre dernière rencontre.

— J'ai cru que tu ne reviendrais plus, lui lançai-je d'entrée de jeu.

— Tu dis chaque fois la même chose, rétorqua-t-elle en riant.

Elle s'assit sur un tabouret à côté de moi, comme d'habitude, et posa ses deux mains sur le comptoir.

— Je t'avais écrit que je ne pourrais pas venir pendant quelque temps.

— « Quelque temps », ça peut paraître très long à quelqu'un qui attend, tu sais.

— Mais, selon les circonstances, il est parfois nécessaire d'utiliser ce mot-là. Il y a des cas où on ne peut pas s'exprimer autrement.

— Et le mot « peut-être » pèse aussi d'un poids incommensurable.

— Oui, reconnut-elle, et son habituel petit sourire vint flotter sur ses lèvres, comme une brise légère soufflant du large. Tu as raison. Pardonne-moi. Je ne cherche pas à me justifier, mais je ne pouvais vraiment pas faire autrement. Je ne pouvais pas m'exprimer autrement.

— Tu n'as pas à t'excuser. Je te l'ai déjà dit : ici, c'est un bar, les clients sont libres de venir quand ils veulent. Je suis habitué. Ne fais pas attention, disons que je parlais tout seul, voilà.

Shimamoto-san commanda un cocktail. Puis elle me regarda longuement, comme si elle cherchait quelque chose sur mon visage.

— Tu es habillé de façon plutôt décontractée ce soir, c'est rare chez toi.

— Je suis allé à la piscine ce matin, dans cette tenue, et je n'ai pas eu le temps de me changer. Mais ça me plaît bien, j'ai l'impression d'être redevenu celui que j'étais autrefois.

— Ça te rajeunit. On ne te donnerait pas trente-sept ans.

— Toi non plus, tu ne fais pas trente-sept ans.

— Mais je n'ai plus l'air d'avoir douze ans.

— Non, tu ne fais pas douze ans, dis-je.

Le cocktail fut servi. Elle en but une gorgée, ferma les yeux comme si elle tendait l'oreille à un bruit ténu. Quand elle baissait les paupières, il y avait toujours cette petite ligne droite au-dessus.

— Tu sais, Hajime, j'ai souvent pensé à ces cocktails avec nostalgie. Nulle part ailleurs, ils n'ont le même goût que chez toi.

— Tu étais partie loin ?

— Qu'est-ce qui te fait penser ça ?

— C'est l'impression que tu donnes. Une aura de voyage qui flotte autour de toi. On dirait que tu es partie très longtemps, très loin.

Elle releva le visage. Me regarda. Hocha la tête.

— Tu sais, Hajime, pendant longtemps..., commença-t-elle, puis elle fit une pause comme si elle réfléchissait.

Je la regardai en silence chercher ses mots. Apparemment elle ne les trouvait pas, car elle se mordit les lèvres avant de sourire à nouveau.

— Excuse-moi, j'aurais dû au moins te donner signe de vie. Mais je ne voulais pas toucher à ça. Je voulais préserver les choses telles qu'elles étaient, dans une sorte de perfection. Je viens, ou je ne viens pas. Quand je viens, je suis ici avec toi. et quand je ne viens pas, je suis... ailleurs.

— Pas de demi-mesures, hein ?

— C'est ça, répondit-elle. Parce qu'il n'y a *pas* de demi-mesures.

— Quand il n'y a pas de lieu intermédiaire entre deux endroits, il ne peut pas y avoir de demi-mesure.

— Oui.

— Pas de chien, pas de riche.

— Exactement, fit-elle, puis elle me regarda d'un air amusé et ajouta : Tu as un curieux sens de l'humour.

Le trio de musiciens se mit à jouer comme d'habitude *Star-Crossed Lovers*. Shimamoto-san et moi écoutâmes le morceau un moment sans parler.

— Hajime, je peux te poser une question ?

— Je t'en prie.

— Ce morceau a un rapport avec toi ? Il me semble que les musiciens le jouent toujours quand tu viens ici. C'est une règle de la maison ou quoi ?

— Pas spécialement. C'est une simple marque de sympathie à mon égard, parce qu'ils savent que j'aime bien cet air. Voilà pourquoi ils le jouent toujours quand je suis là.

— C'est joli.

Je hochai la tête.

— Oui, une très belle musique. Mais aussi très complexe, on s'en rend compte à force de l'écouter. Tout le monde ne peut pas la jouer. C'est Duke Ellington et Billy Strayhorn qui l'ont créée. En 1957, si je me souviens bien.

— *Star-Crossed Lovers*, dit Shimamoto-san. Qu'est-ce que ça signifie ?

— Des amants nés sous une mauvais étoile. Des amants au destin malheureux. Tu vois, en anglais il existe un mot exprès pour exprimer ça. Il s'agit de Roméo et Juliette, en fait. Ellington et Strayhorn avaient composé cette musique pour le festival Shakespeare de l'Ontario. Dans la bande originale, le saxo alto de Johnny Hodges joue le rôle de Juliette, et le saxo ténor de Paul Gonsalves celui de Roméo.

— Des amants nés sous une mauvaise étoile, répéta Shimamoto-san. On dirait que ce morceau a été composé pour nous, non ?

— Nous sommes des amants ?

— Tu ne crois pas ?

Je la regardai. Elle ne souriait plus, seule une petite lumière scintillait au fond de ses prunelles.

— Écoute, Shimamoto-san, je ne sais rien de ta vie. Chaque fois que je regarde tes yeux, cette pensée me revient. Je ne sais rien de toi. Je connais la petite fille de douze ans que tu étais, c'est tout. Ma petite voisine qui était dans la même classe que moi. Mais ça fait vingt-cinq ans que c'est passé. Le twist était à la mode, il y avait des tramways. Les cassettes n'existaient pas, ni les tampons hygiéniques, ni le train à grande vitesse, ni les produits de régime. L'Antiquité, quoi ! Et je ne sais rien d'autre de toi que ce que je savais à cette époque.

— Tu lis ça dans mes yeux ? Mes yeux te disent :
« Tu ne connais rien de moi ? »

— Il n'y a rien d'inscrit dans tes yeux. C'est dans
les miens qu'il est écrit : « Je ne sais rien de toi. » Et
cette phrase se reflète dans tes pupilles. Ne fais pas
attention.

— Écoute, Hajime, je suis vraiment désolée de ne
rien pouvoir te dire. Mais je ne peux pas faire autrement. Je ne peux rien y changer. Alors, cesse de
m'en parler, s'il te plaît.

— Je te l'ai déjà dit tout à l'heure. Ne fais pas
attention, considère que je parle tout seul.

Elle posa une main sur le col de sa veste et se mit
à caresser du bout des doigts sa broche en forme de
poisson tout en écoutant la musique en silence. Elle
applaudit à la fin du morceau, but une nouvelle
gorgée de son cocktail. Puis elle poussa un long
soupir et me regarda.

— C'est vrai que c'était long, six mois, admit-
elle. En tout cas, maintenant, je crois que je vais
peut-être pouvoir venir quelque temps.

— Encore la bonne vieille formule magique,
remarquai-je.

— La formule magique ?

— « Peut-être » et « quelque temps ».

Elle me regarda, un sourire aux lèvres. Ensuite,
elle sortit de son petit sac une cigarette et un briquet,
se mit à fumer.

— Quand je te regarde, j'ai parfois l'impression
de contempler une étoile lointaine, ajoutai-je. Une
étoile très brillante, mais dont la lumière vient de
milliers d'années-lumière d'ici. Peut-être que je
contemple l'éclat d'un astre qui n'existe plus
aujourd'hui, mais à mes yeux il est plus réel que
n'importe quoi d'autre.

Shimamoto-san se taisait toujours.

— Tu es là, poursuivis-je. Tu as l'air d'être là. Mais qui sait si tu es là en réalité ; c'est seulement ton ombre. Le véritable « toi » est peut-être ailleurs. Peut-être même qu'il a disparu il y a longtemps. Je finis par ne plus rien y comprendre. Même quand je tends la main pour vérifier si tu es vraiment là, tu te dissimules derrière tes formules magiques : « peut-être », « quelque temps ». Tu crois que ça va durer longtemps comme ça ?

— Quelque peu. Entre-temps.

Je souris.

— Tu as un curieux sens de l'humour, observai-je.

Shimamoto-san sourit elle aussi. On aurait dit que des nuages s'entrouvraient sans bruit pour laisser percer les premiers rayons de soleil après la pluie. Les tendres petites rides au coin de ses yeux me faisaient une adorable promesse.

— Tiens, Hajime, j'ai un cadeau pour toi, déclara-t-elle en me tendant un paquet enveloppé d'un joli papier cadeau et d'un ruban rouge.

— On dirait un disque, fis-je en le soupesant.

— Oui, c'est un disque de Nat King Cole. Celui que nous écoutions quand nous étions enfants. Ça doit te rendre nostalgique, non ? Je te l'offre.

— Merci. Mais toi ? C'est un souvenir de ton père…

— Il me reste plusieurs autres disques ; celui-ci est pour toi.

Je regardai fixement le paquet enveloppé de ruban rouge. Le brouhaha des conversations, la musique jouée par le trio, tous les sons s'étaient éloignés comme une marée qui se retire soudain. Il n'y avait plus que Shimamoto-san et moi, tout le reste n'était que des ombres illusoires. Rien d'autre n'avait de nécessité ni de réalité, ce n'était que des décors de papier mâché sur une scène. Tout ce qui existait vraiment à cet instant, c'était nous deux, Shimamoto-san et moi.

— Dis, allons quelque part écouter ce disque ensemble, rien que nous deux.

— Ce serait merveilleux si c'était possible, répondit-elle.

— J'ai une petite maison de campagne à Hakone. Elle est inoccupée en ce moment, et il y a une chaîne stéréo. On peut y être en une heure et demie en roulant vite.

Shimamoto-san regarda sa montre. Me regarda.

— Tu voudrais y aller maintenant ? demanda-t-elle.

— Oui.

Les yeux plissés, elle me fixait comme si j'étais un paysage lointain.

— Mais il est dix heures passées. Si on partait maintenant, on ne pourrait revenir que tard dans la nuit. Ça ne fait rien ?

— Pour moi, non. Et pour toi ?

Elle consulta à nouveau sa montre. Ferma les yeux dix secondes. Quand elle les rouvrit, son visage avait pris une expression nouvelle. On aurait dit qu'en fermant les yeux elle était partie déposer un fardeau, très loin, et qu'elle était revenue sans.

— D'accord. Allons-y, lança-t-elle.

J'appelai le manager, le prévins que je m'en allais et lui confiai le soin de tout diriger pour le reste de la soirée : il lui incomberait de fermer la caisse, classer les reçus, porter la recette au coffre de nuit à la banque. Je me rendis au parking souterrain, sortis ma BMW, puis m'arrêtai devant une cabine téléphonique pour appeler Yukiko.

— Je vais à Hakone, lui annonçai-je.

— À Hakone ? répéta-t-elle, surprise. À cette heure-ci ? pour quoi faire ?

— J'ai besoin de réfléchir, répondis-je.

— Ça signifie que tu ne rentres pas ce soir ?

— Sans doute pas.

— Dis, excuse-moi pour tout à l'heure. J'ai beaucoup pensé à ce qui s'est passé et je crois que j'ai eu tort d'agir ainsi. C'est toi qui avais raison. J'ai revendu toutes les actions, comme tu m'as dit. Alors, rentre à la maison, s'il te plaît.

— Écoute, Yukiko, je ne suis pas fâché contre toi. Absolument pas. Ne t'en fais pas pour tout à l'heure. Je veux juste réfléchir à diverses choses. Laisse-moi réfléchir juste une nuit.

Elle garda le silence un moment.

— Entendu, fit-elle d'une voix lasse. D'accord, va à Hakone. Mais fais attention sur la route, avec la pluie...

— Je serai prudent.

— Il y a beaucoup de choses qui m'échappent. Est-ce que je suis un fardeau pour toi ?

— Pas du tout. Le problème ne vient pas de toi, tu n'es en rien responsable. S'il y a un problème, c'est uniquement de mon côté. Ne t'inquiète pas. Je veux juste réfléchir un peu, c'est tout.

Je raccrochai, retournai au *Robin's Nest* en voiture. Yukiko avait dû passer l'après-midi à réfléchir à l'incident du déjeuner et à notre conversation : elle avait pensé et repensé à ce que j'avais dit, à ce qu'elle m'avait répondu. Je l'avais senti au ton de sa voix : elle était fatiguée et perturbée. Cette constatation me rendit mélancolique. Il pleuvait toujours. Je fis monter Shimamoto-san dans ma voiture.

— Tu n'as pas besoin de prévenir quelqu'un ? demandai-je.

Elle secoua la tête en silence. Puis elle colla son visage contre la vitre et regarda dehors, comme au retour de l'aéroport de Haneda, après notre escapade à Ishikawa.

La route jusqu'à Hakone était déserte. Je quittai l'autoroute à Atsugi et me dirigeai droit sur Odawara par la voie rapide. L'aiguille du compteur oscilla tout le long du trajet entre cent trente et cent quarante. Par moments, la pluie redoublait de violence, mais le trajet m'était familier. Je connaissais chaque tournant, chaque côte. Une fois engagés sur l'autoroute, ni Shimamoto-san ni moi ne parlâmes plus. J'avais mis un quartet de Mozart très bas et l'écoutais tout en me concentrant sur la conduite. De temps à autre, Shimamoto-san tournait la tête vers moi et observait mon profil. Ma bouche se desséchait quand je me sentais ainsi exposé à son regard. Je fus obligé de déglutir plusieurs fois pour recouvrer mon calme.

Nous étions aux alentours de Kôzu quand elle se mit à parler :

— Dis, Hajime, en dehors du bar, tu n'écoutes pas beaucoup de jazz ?

— C'est vrai, j'écoute plutôt du classique.

— Pourquoi ?

— Peut-être parce que le jazz fait partie de ma vie professionnelle. Quand je quitte le travail, j'ai envie d'entendre autre chose comme musique. Il m'arrive d'écouter du rock, mais du jazz, jamais.

— Et avec ta femme, quel genre de musique écoutes-tu ?

— Elle n'apprécie pas spécialement la musique. Elle écoute ce que je choisis moi, mais elle ne met jamais un disque de sa propre initiative. Je me demande même si elle sait comment faire marcher la chaîne stéréo.

Shimamoto-san tendit la main vers la boîte où étaient rangées les cassettes et en regarda quelques-unes. Parmi elles, il y avait des cassettes de comptines que je chantais en voiture avec mes filles. *Toutou le Gendarme*, ou *Tulipe*. Nous les chantions ensemble au retour de l'école. Shimamoto-san contempla un long moment ces cassettes, recouvertes d'un dessin de Snoopy, comme si elle n'avait jamais rien vu de pareil. Puis ses yeux se dirigèrent à nouveau vers moi.

— Hajime, déclara-t-elle au bout d'un moment, quand je regarde ton profil comme ça pendant que tu conduis, j'ai parfois une folle envie de prendre le volant et de le tourner violemment. Si je faisais ça, nous mourrions sans doute tous les deux.

— À cent trente kilomètres-heure, c'est fort probable, oui.

— Tu n'aimerais pas mourir ici avec moi ?

— Il y a de plus belles façons de mourir, dis-je en souriant. Et puis, nous n'avons pas encore écouté le disque. On est partis pour ça, non ?

— Ne t'inquiète pas, je ne toucherai pas au volant. C'est juste une idée qui parfois me traverse l'esprit.

On était seulement au début d'octobre, mais les nuits étaient déjà glaciales à Hakone. Une fois arrivés à la maison, je commençai par remettre l'électricité en marche, puis allumai le poêle à gaz du salon. Ensuite, je sortis du placard une bouteille de cognac et deux verres. Quand la pièce se fut un peu réchauffée, nous nous assîmes côte à côte sur le canapé comme autrefois, et je posai le disque de Nat King Cole sur la platine. Le feu rougeoyait dans le poêle, la lueur se reflétait dans nos verres. Shimamoto-san avait replié ses jambes sous elle, sur le canapé. Elle avait posé une main sur le dossier, l'autre sur ses genoux. Exactement comme autrefois. Autrefois, elle s'asseyait ainsi pour que je ne voie pas ses jambes, et peut-être cette habitude lui était-elle restée, même maintenant qu'une opération l'avait guérie de son handicap. Nat King Cole chantait *South of the Border*, « Au sud de la frontière ». Il y avait bien longtemps que je n'avais pas entendu ce morceau.

— Tu sais, quand on était petits, je me demandais toujours ce qu'il pouvait y avoir *au sud de la frontière*, remarquai-je.

— Moi aussi. En grandissant, quand j'ai pu comprendre les paroles en anglais, j'ai été très déçue de m'apercevoir que c'était seulement une chanson sur le Mexique. Je pensais qu'au sud de la frontière se trouvait quelque chose de bien plus merveilleux.

— Comme quoi, par exemple ?

Shimamoto-san avait ramené ses cheveux en arrière et les retenait légèrement de la main.

— Je ne sais pas. Quelque chose de très joli, de grand, de doux.

— Quelque chose de très joli, de grand, de doux ? Quelque chose qui se mange ?

Elle sourit. J'aperçus ses dents blanches entre ses lèvres.

— Non, je ne crois pas, peut-être pas.

— Quelque chose qui se touche ?

— Oui, peut-être bien quelque chose qu'on peut toucher.

— Il y a trop de « peut-être » dans tes phrases.

— C'est un pays où il y a beaucoup de « peut-être ».

Je tendis la main, effleurai ses doigts posés sur le dossier. Cela faisait vraiment longtemps que je ne l'avais pas touchée. Depuis notre retour en avion de Komatsu à Haneda. Elle releva la tête, me regarda. Puis elle baissa à nouveau les yeux.

— Au sud de la frontière, à l'ouest du soleil, dit-elle.

— Qu'est-ce que c'est, l'ouest du soleil ?

— C'est un endroit qui existe. As-tu entendu parler d'une maladie nommée *Hysteria siberiana* ?

— Non.

— J'ai lu ça quelque part il y a longtemps, je devais être au collège. Je ne sais plus dans quel livre c'était, en tout cas, c'est une maladie qui frappe des paysans sibériens. Imagine que tu es un paysan sibérien et que tu vis seul dans la steppe. Et tous les jours, tous les jours, tu laboures ton champ. À perte de vue, le désert. Il n'y a rien, absolument rien autour de toi. Au nord, la ligne d'horizon, au sud, la ligne d'horizon, à l'est, la ligne d'horizon, et à l'ouest, toujours la ligne d'horizon. C'est tout. Chaque matin, quand le soleil se lève au-dessus de la ligne d'horizon à l'est, tu pars travailler aux champs, et quand le soleil est au zénith, tu fais une pause pour déjeuner. Quand le soleil disparaît derrière la ligne d'horizon à l'ouest, tu rentres te coucher.

— Ça me paraît une vie très différente de celle d'un patron de club de jazz dans le quartier d'Aoyama.

216

— Ça, oui, fit Shimamoto-san en souriant, puis elle pencha un peu la tête. C'est très différent, en effet. Et donc, c'est comme ça tous les jours, toute l'année.

— Mais, en hiver, on ne peut pas labourer les champs en Sibérie.

— En hiver, tu te reposes, bien sûr. Tu passes l'hiver à accomplir des tâches domestiques : puis, le printemps venu, tu repars travailler aux champs. Voilà la vie que tu mènes. Mets-toi dans la peau d'un paysan de Sibérie.

— C'est fait, dis-je.

— Un beau jour, quelque chose meurt au fond de toi.

— Meurt ? Quoi donc ?

Shimamoto-san secoua la tête.

— Je ne sais pas. Quelque chose. Quelque chose se casse en toi et meurt, à force de passer ta vie à regarder le soleil se lever au-dessus de la ligne d'horizon de l'est, accomplir sa courbe et se coucher derrière la ligne d'horizon de l'ouest. Alors, tu jettes ta houe par terre, et sans penser à rien tu te mets à marcher vers l'ouest. Vers l'ouest du soleil. Et tu marches ainsi pendant des jours et des jours sans boire et sans manger, comme si tu étais envoûté, et pour finir tu t'effondres à terre et tu meurs. C'est ça, l'hystérie sibérienne.

J'imaginai le paysan sibérien s'effondrant à terre et mourant.

— Mais qu'est-ce qu'il y a donc, à l'ouest du soleil ? demandai-je.

— Je l'ignore. Peut-être rien. Peut-être quelque chose. En tout cas, c'est très différent du sud de la frontière.

Nat King Cole se mit à chanter *Pretend*, et Shima-moto-san commença à l'accompagner, comme elle faisait si souvent autrefois.

Pretend you're happy when you're blue
it isn't very hard to do...

— Tu sais, Shimamoto-san, déclarai-je, pendant ces six mois où je ne t'ai pas vue, je n'ai fait que penser au passé. Chaque jour, pendant la moitié d'une année, du matin au soir, je n'ai fait que penser à toi. J'essayais d'arrêter, mais impossible. Et, à la fin, je me suis dit : « Je ne veux plus que tu partes de ma vie. » Quand tu n'es pas là, je suis incapable de continuer. Je ne veux plus te perdre. Je ne veux plus entendre des mots comme « quelque temps », et je déteste l'expression « peut-être ». Tu as disparu, m'écrivant que tu ne pourrais pas me voir pendant quelque temps, mais comment pouvais-je savoir si tu allais revenir un jour ou non ? Je n'avais aucune cer-titude. Tu aurais pu ne jamais revenir. J'aurais pu finir ma vie sans jamais te revoir. À cette idée, je me sentais complètement découragé ; tout ce qui m'entourait, toute ma vie avait perdu son sens.

Shimamoto-san me regardait en silence. Elle avait toujours ce léger sourire aux lèvres. Un sourire serein, que rien ne pouvait troubler. Mais moi, je ne parvenais pas à lire ses sentiments dans ce sourire. Il ne me donnait pas la moindre indication sur le monde dissimulé derrière. Quand j'avais ce sourire en face de moi, j'en arrivais à ne plus comprendre mes propres sentiments. Je ne comprenais plus où j'étais, ni avec qui. Je me mis tout de même à chercher, en prenant mon temps, les mots que je devais prononcer :

— Je t'aime. De cela, je suis sûr. Le sentiment que j'ai pour toi ne changera jamais, quoi qu'il arrive. C'est quelque chose de particulier, quelque chose que je ne veux plus perdre. Je t'ai déjà perdue de vue plusieurs fois dans ma vie. Mais cela n'aurait pas dû être, cela n'aurait jamais dû arriver, jamais. Au cours de ces derniers mois, j'ai eu tout le loisir de le comprendre. Je t'aime vraiment, et je ne peux plus supporter une vie d'où tu es absente. Je ne veux plus que tu t'en ailles.

Quand j'eus fini de parler, elle ferma les yeux un moment sans répondre. Le poêle rougeoyait, et Nat King Cole chantait sa vieille chanson. Je cherchai quelque chose à ajouter. Mais j'avais dit tout ce que j'avais à dire.

— Écoute bien, Hajime, fit Shimamoto-san au bout d'un long moment. Écoute bien, parce que ce que je vais dire est très important. Je te l'ai dit tout à l'heure, je ne connais pas les demi-mesures. Il n'y a pas d'intermédiaire en moi : le juste milieu, je ne sais pas ce que c'est. Tu as le choix entre me prendre totalement telle que je suis, ou ne pas me prendre du tout. C'est le principe de base. Si tu veux qu'on continue comme on l'a fait jusqu'à présent, on peut le faire. Je ne sais pas combien de temps ça peut durer ainsi, mais je ferai tout ce qui est en mon pouvoir pour que ça dure. Quand je pourrai venir te voir, je viendrai. Je ferai en sorte que ce soit possible. Mais quand je ne pourrai pas venir, je ne viendrai pas. C'est clair et net. Cependant, si ça t'est désagréable, si vraiment tu ne veux plus que je reparte, alors il faut que tu me prennes tout entière. Tout entière, tu comprends ? Avec tout ce que je traîne derrière moi, avec tous les fardeaux que je porte. Et moi aussi, peut-être, je te prendrai tout entier. Tout entier, tu comprends ? Tu comprends ce que cela signifie ?

— Oui, parfaitement, dis-je.

— Et tu veux quand même qu'on soit ensemble tous les deux ?

— Ma décision est déjà prise. Pendant ton absence, j'ai mûrement réfléchi à tout ça. Et j'ai pris ma décision, du fond du cœur.

— Mais ta femme, tes deux enfants, Hajime ? Tu les aimes, non ? Ils comptent pour toi ?

— Oui, je les aime. Je les aime énormément. Et ils comptent beaucoup pour moi. Tu as raison. Mais je sais que ça ne me suffit pas. J'ai une famille, un travail intéressant, je n'ai aucune insatisfaction dans ma vie. Tout a fonctionné parfaitement jusqu'à présent. Je pense même pouvoir dire que j'étais heureux. Mais ça ne me suffit pas. Ça, je le sais. Depuis que je t'ai retrouvée voilà près d'un an, je m'en suis bien rendu compte. Tu vois, Shimamoto-san, le principal problème, c'est qu'il me manque quelque chose. Il y a un grand vide dans ma vie. Et je suis toujours assoiffé, affamé, de cette part que j'ai perdue. Ni ma femme ni mes enfants ne peuvent combler ce manque. Tu es la seule personne au monde qui puisse le faire. Quand tu es près de moi, je sens ce vide se remplir. Et c'est comme ça que j'ai réalisé à quel point j'avais été assoiffé et affamé pendant des années. Je ne peux plus retourner dans ce monde d'avant.

Shimamoto-san passa ses deux bras autour de mon torse, prit légèrement appui dessus. Elle avait posé sa tête contre mon épaule. Je pouvais sentir la douceur de sa chair, son corps tiède pesait sur moi.

— Moi aussi, je t'aime, Hajime. Je n'ai jamais aimé personne d'autre que toi. Je crois que tu ne sais pas à quel point je t'aime. Je t'aime depuis que j'ai douze ans. Même dans les bras d'un autre homme, je pensais toujours à toi. C'est pour ça que je ne voulais pas te revoir. Il me semblait que si je te revoyais ne serait-ce qu'une fois, je serais perdue. Bien sûr, je n'ai pas pu m'en empêcher. Je voulais juste te voir et m'en aller tout de suite après. Seulement, une fois que je t'ai vu, je n'ai bien sûr pas pu me retenir de te parler. Depuis que j'ai douze ans, j'ai envie de faire l'amour avec toi. Mais tu ne l'as jamais su, n'est-ce pas ?

Sa tête reposait toujours légèrement sur mon épaule.

— Non, je ne savais pas, dis-je.

— Depuis que j'ai douze ans, j'ai envie d'être nue dans tes bras. Tu ne le savais pas…

Je la serrai dans mes bras et l'embrassai. Elle resta immobile, les yeux fermés. Nos langues se mêlèrent, je sentais les battements de son cœur dans sa poitrine. Des battements violents et tièdes. Je pensai au sang rouge qui coulait dans ses veines. Je caressai sa chevelure souple, humai son parfum. Ses deux mains erraient le long de mon dos, comme à la recherche de quelque chose. Le disque s'acheva, le plateau s'arrêta de tourner, le bras s'immobilisa, revint à sa place. De nouveau, on n'entendit plus que le bruit de la pluie autour de nous.

Au bout d'un moment, Shimamoto-san rouvrit les yeux, me regarda.

— Hajime, murmura-t-elle d'une toute petite voix, tu es sûr ? Tu me veux vraiment, tout entière ? Tu es prêt à tout abandonner pour moi ?

Je hochai la tête.

— Ma décision est déjà prise.

— Mais si tu ne m'avais pas revue, tu aurais continué à vivre sereinement sans ressentir la moindre insatisfaction. Tu ne crois pas ?

— Peut-être. Mais dans la réalité, je t'ai rencontrée. Et je ne peux pas revenir en arrière. Tu me l'as dit toi-même : il y a des choses qui ne peuvent pas aller à reculons, seulement continuer à aller de l'avant. Partons ensemble, Shimamoto-san. N'importe où. Là où nous pourrons. Et recommençons tout depuis le début, ensemble.

— Hajime, fit-elle, tu veux bien te déshabiller pour que je te voie nu ?

— Tu veux que je me déshabille ?

— Oui, je voudrais te voir nu la première. Ça te déplaît ?

— Non. Pourquoi pas, si tu en as envie.

Je me déshabillai devant le poêle, enlevai ma veste, mon polo, mon jean, mes chaussettes, mon tee-shirt, mon slip. Ensuite, Shimamoto-san me fit mettre à genoux par terre. Mon pénis avait durci, et j'avais un peu honte de cette violente érection. Assise à une légère distance de moi, Shimamoto-san me regardait. Elle n'avait même pas enlevé sa veste.

— Ça me fait bizarre d'être tout nu alors que tu es toujours habillée, dis-je en souriant.

— Moi, ça me plaît beaucoup.

Elle s'approcha de moi, prit doucement mon sexe dans sa main, posa un baiser sur mes lèvres. Puis elle mit son autre main sur ma poitrine. Pendant long-temps, elle lécha le bout de mes seins, caressa mes poils pubiens. Plaça son oreille sur mon nombril, prit mes testicules dans sa bouche. Elle m'embrassa partout, jusque sur la plante des pieds. Elle semblait cajoler le temps lui-même. C'était le temps qu'elle caressait, qu'elle suçait, qu'elle léchait.

— Tu ne te déshabilles pas ? demandai-je.

— Plus tard. Je veux d'abord te regarder et te toucher à ma guise. Une fois que je serai nue, tu auras envie de me caresser à ton tour, n'est-ce pas ? Et même si je te dis de ne pas le faire, tu ne pourras peut-être pas te contrôler ?

— Oui, peut-être.

— Je n'ai pas envie que ça se passe ainsi. Je ne veux pas me presser. Ça m'a pris tellement de temps pour en arriver là ! Je veux d'abord te regarder, te caresser, te lécher. Je veux vérifier que tu es bien là en prenant tout mon temps. Je ne pourrai pas aller plus loin si je ne fais pas ça avant. Ne t'inquiète pas, même si ce que je fais te paraît bizarre. C'est seulement que j'en ai vraiment *besoin*. Ne dis rien, laisse-moi faire comme je veux.

— Ça m'est égal. Fais tout ce dont tu as envie. Mais c'est tout de même drôle d'être regardé comme ça !

— Mais tu es à moi, non ?

— Oui.

— Alors tu n'as pas à avoir honte.

— Non, bien sûr. Je n'ai pas encore l'habitude, c'est tout.

— Patiente juste encore un peu. Tu sais, j'en rêve depuis si longtemps !

— Tu rêvais de regarder mon corps en détail comme ça ? De me caresser et de me regarder nu tandis que tu resterais habillée ?

— Oui. J'ai toujours essayé d'imaginer comment tu étais nu. D'imaginer la forme de ton pénis en érection.

— Mais pourquoi pensais-tu à ça ?

— Pourquoi ? répliqua-t-elle. Tu me demandes pourquoi ? Je t'ai dit que je t'aimais, non ? Pourquoi

223

une femme ne penserait-elle pas au corps nu de l'homme qu'elle aime ? Toi, tu ne m'as jamais imaginée toute nue ?

— Je crois bien que si.

— Tu ne t'es jamais masturbé en pensant à moi toute nue ?

— Si. Au collège et au lycée, je crois, répondis-je, puis je corrigeai : Ce n'est pas tout, ça m'est arrivé tout récemment aussi.

— J'ai fait de même. En pensant à toi. Les femmes aussi font ça, il n'y a pas de raison.

Je la serrai une fois de plus contre moi et l'embrassai doucement. Sa langue s'enfonça dans ma bouche.

— Je t'aime, Shimamoto-san, déclarai-je.

— Moi aussi, je t'aime, Hajime. Je n'ai jamais aimé personne d'autre que toi. Dis, je peux regarder ton corps encore un petit moment ?

— Si tu veux.

Elle prit mon pénis et mes testicules dans ses mains.

— C'est beau, remarqua-t-elle. J'aurais envie de les manger.

— Ça m'ennuierait beaucoup, dis-je.

— J'aimerais bien, pourtant.

Elle soupesa longuement mes testicules dans sa paume comme pour vérifier leur poids. Puis elle se mit à lécher et à sucer mon sexe lentement, avec précaution. Ensuite, elle leva la tête vers moi.

— Dis, tu me laisseras faire comme je veux au début ? Tu me laisseras faire ce dont j'ai envie ?

— Fais tout ce qui te plaira. La seule chose qui me dérangerait vraiment, ce serait que tu les manges pour de bon.

224

— Je vais faire quelque chose d'un peu bizarre, mais n'y prête pas attention, hein ? Et pas de commentaires, parce que j'ai un peu honte.

— Je ne dirai rien, promis.

J'étais toujours à genoux par terre. Elle passa son bras gauche autour de ma taille. Puis, de l'autre main, souleva sa robe blanche pour enlever ses bas et sa culotte. Elle prit alors mon sexe dans sa main gauche et se mit à le lécher. Ensuite, elle glissa son autre main sous sa jupe. Tout en me suçant, cette main commença à remuer.

Je ne dis rien. Elle avait sa propre façon de faire. Je regardai ses lèvres et sa langue, et le lent mouvement de sa main sous sa jupe. Puis je me rappelai tout à coup son visage blême dans la voiture de location arrêtée sur le parking du bowling, l'hiver passé. Je me souvenais encore très nettement de ce que j'avais vu à ce moment-là dans ses prunelles : un espace sombre et froid comme un glacier du fond des âges. Un profond silence qui absorbait tous les échos, les empêchait à jamais de remonter à la surface. Il n'y avait rien d'autre que ce silence. Un espace glacé qui étouffait tous les sons.

C'était la première fois de ma vie que je contemplais ainsi le spectacle de la mort. Je n'en avais jamais fait l'expérience dans mon entourage proche. Je n'avais jamais vu personne trépasser sous mes yeux. Je ne pouvais donc pas imaginer concrètement ce qu'était la mort. Pourtant, à cet instant, c'est elle que j'avais découverte dans les prunelles de Shimamoto-san. Elle s'étalait là, à quelques centimètres de mon visage. « Voilà le visage de la mort », avais-je songé alors, devant ces yeux qui me disaient : Toi aussi, un jour, tu devras venir en ce lieu. Tout le monde, tôt ou tard, sombre dans cette solitude infinie où le silence a perdu toute résonance, au cœur de ces ténèbres. Face à ce monde, la peur m'avait oppressé, comme si je contemplais l'obscurité d'un puits sans fond.

Penché sur ce gouffre noir et glacé, j'avais crié son nom. « Shimamoto-san ! » Mais ma voix avait été absorbée par un néant infini. J'avais eu beau l'appeler, cette chose tapie dans ses prunelles restait profondément immobile. Shimamoto-san continuait de respirer avec un bruit étrange, comme si l'air passait par une déchirure. Ce souffle régulier m'indiquait qu'elle était toujours là. Mais, au fond de ses yeux, elle était déjà passée de l'autre côté, dans le monde de la mort.

Pendant que je contemplais le gouffre obscur de ses yeux en criant son nom, peu à peu je m'étais senti aspiré moi aussi à l'intérieur. Ces ténèbres m'attiraient vers elle, comme un vide qui absorbe l'air alentour. Je me rappelai encore très nettement la prégnance de cette force qui m'aspirait, qui me voulait.

Je fermai les yeux. Chassai ce souvenir de mon esprit.

J'étendis la main, caressai les cheveux de Shimamoto-san. J'effleurai ses oreilles, posai la main sur sa joue. Son corps était doux et tiède. Elle suçait toujours mon pénis, comme si elle aspirait la vie elle-même, tout en caressant son propre sexe sous sa jupe, comme si elle essayait de transmettre un message dans un langage secret. Au bout d'un moment, j'éjaculai dans sa bouche, sa main s'immobilisa sous sa jupe, elle ferma les yeux. Elle avala et lécha jusqu'à la dernière goutte de mon sperme.

— Pardon, fit-elle.

— Tu n'as pas à t'excuser.

— Depuis le début, j'avais envie de faire ça. J'ai honte, mais il fallait que je le fasse. Une sorte de rituel, tu comprends.

Je la serrai contre moi. Mis doucement ma joue contre la sienne. Je soulevai ses cheveux, l'embrassai dans l'oreille. Puis je regardai au fond de ses yeux. Mon visage s'y reflétait. Bien au-delà, il y avait toujours ce puits sans fond, mais la petite lueur qui y scintillait me parut être la lumière de la vie. Elle allait peut-être s'éteindre un jour, mais pour l'instant elle était bel et bien là. Shimamoto-san me sourit, et, comme toujours, de petites rides apparurent au coin de ses yeux. Je posai mes lèvres dessus.

— À présent, déshabille-moi. C'est à ton tour de faire ce que tu veux. Moi, je t'ai fait ce que je voulais, à toi maintenant.

— Ce sera plutôt ordinaire, rien de spécialement original. Ça ne te dérange pas ? Je dois manquer d'imagination…

— Aucun problème, dit Shimamoto-san. J'aime le manque d'originalité.

Je lui enlevai sa robe, son soutien-gorge. Puis je la fis allonger par terre et l'embrassai sur tout le corps. Je posai mes mains, mes lèvres, partout. Je m'imprégnais de son corps, en prenant tout mon temps. Nous avions mis si longtemps pour arriver à cet instant. Comme elle, je ne voulais rien précipiter. Je me contrôlai tant que je pus puis, quand je fus incapable d'attendre davantage, je la pénétrai lentement.

Nous nous endormîmes enfin à l'approche de l'aube. Nous avions fait l'amour plusieurs fois, par terre, parfois tendrement, parfois violemment. Une fois, au moment où je la pénétrais, elle avait éclaté en sanglots, comme si la corde qui retenait ses émotions avait cédé. Elle m'avait frappé le dos et les épaules de ses poings. Pendant ce temps, je la serrais très fort contre moi. J'avais peur qu'elle ne se brise en mille morceaux si je ne la maintenais pas ainsi contre moi. Je caressai son dos pour l'apaiser. Je l'embrassai dans le cou, peignai ses cheveux avec mes doigts. Ce n'était plus la Shimamoto-san sûre d'elle, toujours sereine. Le noyau dur, si longtemps gelé au fond d'elle-même, s'était mis à fondre peu à peu et remontait à la surface. Je pouvais en sentir les mouvements lointains, le souffle. Je serrai Shimamoto-san dans mes bras, accueillis ces balbutiements. « Voilà comment, petit à petit, elle se donne à moi, songeai-je. Désormais je ne pourrai plus m'éloigner d'elle. »

— Je veux que tu me dises tout, déclarai-je. Comment tu as vécu jusqu'ici, où tu habites, ce que tu fais. Si tu es mariée ou pas. Je veux tout savoir de toi. Quelles qu'en soient les raisons, je ne peux plus supporter ce secret dont tu t'es entourée.

— Demain, répondit-elle. Demain, je te raconterai tout. Ne me demande rien d'ici là, je t'en prie. Reste une dernière journée dans l'ignorance. Si je te révélais tout maintenant, tu ne pourrais plus jamais redevenir comme avant.

— Mais c'est déjà fait, je ne peux plus redevenir comme avant. Et peut-être que demain ne viendra jamais. Si demain ne venait pas, je ne saurais jamais ce secret que tu gardes au fond de toi.

— J'aimerais bien que demain n'arrive jamais, dit-elle. Comme ça, tu pourrais rester dans l'ignorance.

Je voulus répliquer, mais elle me ferma la bouche d'un baiser.

— J'aimerais tellement qu'un vautour chauve vienne dévorer demain. Les vautours chauves dévorent bien les lendemains, n'est-ce pas ?

— Oui, ça paraît logique. Les vautours chauves se nourrissent d'art et de lendemains.

— Et les vautours ordinaires se nourrissent de quoi, déjà ?

— Seulement de cadavres anonymes. Les vautours chauves, c'est très différent.

— Ils se nourrissent d'art et de lendemains ?

— C'est ça.

— Ça fait une jolie combinaison !

— En dessert, ils mangent les catalogues des éditions Iwanami.

Shimamoto-san se mit à rire.

— Demain, assura-t-elle, demain tu sauras tout.

Le lendemain arriva, bien entendu. Mais quand je me réveillai, j'étais seul. La pluie avait cessé, et la lumière claire et transparente du matin pénétrait par la fenêtre de la chambre à coucher. Ma montre indiquait neuf heures passées. Shimamoto-san n'était plus auprès de moi. Sa tête avait laissé un creux sur l'oreiller, mais elle n'était pas là. Je me levai, la cherchai au salon, dans la cuisine, jetai un coup d'œil dans la chambre des enfants, dans la salle de bains. Je ne la trouvai nulle part. Ses vêtements avaient également disparu, ses chaussures n'étaient plus dans l'entrée. Je poussai un profond soupir, tentai de m'immerger dans le monde de la réalité. Mais cette réalité avait quelque chose d'inhabituel, de curieux, elle avait pris une forme trop différente de la réalité que j'avais imaginée. Cette réalité-là ne pouvait pas être.

Je m'habillai, sortis dans le jardin. Ma BMW était toujours garée au même endroit. Peut-être Shimamoto-san s'était-elle réveillée très vite et était-elle partie se promener seule à pied ? Je fis le tour de la maison à sa recherche. Puis je pris la voiture et roulai un peu dans les environs. Je quittai la route principale, poussai jusqu'aux alentours du bourg le plus proche. Je ne vis Shimamoto-san nulle part. Je rentrai à la maison, espérant qu'elle serait de retour. Elle ne l'était pas. Je fouillai toutes les pièces, à la recherche d'un mot qu'elle aurait pu laisser quelque part. Je ne trouvai rien. Il ne restait pas la moindre trace de son passage.

Privée de sa présence, la maison me paraissait maintenant déserte, oppressante. L'air avait quelque chose de rêche, comme si des particules y flottaient, je les sentais se coincer dans ma gorge à chaque inspiration. Soudain, je repensai au disque de Nat King Cole qu'elle m'avait offert. Je le cherchai partout, en vain. Elle avait dû l'emporter.

Shimamoto-san avait disparu de ma vie. Et, cette fois, ce n'était pas « peut-être », ni seulement pour « quelque temps ».

15

Je rentrai à Tokyo à quatre heures de l'après-midi. J'avais attendu jusqu'à midi à Hakone dans le vague espoir de voir Shimamoto-san revenir. Comme il m'était pénible de rester assis à attendre sans rien faire, j'avais nettoyé la cuisine pour tuer le temps, puis rangé tous les vêtements de la maison. Le silence était oppressant ; seul un cri d'oiseau ou un pot d'échappement pétaradant venait le troubler de temps à autre, de façon peu naturelle, mal synchronisée. J'attendais qu'il se passe quelque chose. Il *fallait* qu'il se passe quelque chose. Cela ne pouvait pas se terminer ainsi.

Rien ne se passa, pourtant. Shimamoto-san n'était pas du genre à revenir sur une décision, à se raviser au bout d'un moment. Si elle me téléphonait – ce qui était, je le savais, totalement improbable –, ce serait au club de jazz. Rester plus longtemps à Hakone n'avait aucun sens.

Tout le long du trajet, je dus me forcer à reporter mon attention sur la route. À plusieurs reprises, je brûlai des feux rouges, manquai des tournants, me trompai de voie. Quand je fus enfin garé dans le garage du club de jazz, je commençai par aller droit à une cabine téléphonique et appelai chez moi.

J'annonçai à Yukiko que j'étais rentré, mais que je me rendais directement au travail. Elle se garda de tout commentaire sur ce point, mais me fit remarquer d'un ton sec qu'il était tard et qu'elle s'était inquiétée en ne me voyant pas revenir le matin comme promis.

— Tu aurais pu au moins téléphoner, dit-elle.

— Tout va bien, tu n'as pas à t'inquiéter, répondis-je, tout en me demandant à quoi pouvait ressembler le son de ma voix. Je n'ai pas le temps de repasser par la maison, je vais au bureau vérifier les comptes puis au club.

Je me rendis en effet au bureau, où je restai assis sans rien faire jusqu'à la tombée de la nuit. Je réfléchis aux événements de la veille. Moi, j'avais fini par m'endormir, mais Shimamoto-san n'avait sans doute pas fermé l'œil. Elle avait dû se lever et quitter la maison à l'aube. Mais comment était-elle rentrée à Tokyo ? La maison était relativement éloignée de la route principale, cela avait dû être assez compliqué, depuis les montagnes de Hakone, d'atteindre la route principale et de trouver un taxi ou un bus si tôt le matin. Qui plus est, elle portait des talons hauts.

Qu'est-ce qui l'avait poussée à s'enfuir ainsi ? J'y avais repensé tout au long du trajet de retour. Je lui avais dit que je la prenais tout entière, elle avait affirmé la même chose. Nous avions fait l'amour sans la moindre retenue. Et pourtant, elle m'avait laissé, elle était partie seule sans le moindre mot d'explication. Elle avait même emporté le disque qu'elle m'avait offert. Je tentai d'échafauder quelques hypothèses sur la signification de ses actes. Il devait bien y avoir un sens, une raison à tout cela. Shimamoto-san n'était pas du genre à agir sur une impulsion. Je n'arrivais plus à étudier à fond la question. Le fil de mes pensées s'était coupé, sans bruit. Une migraine revenait, lancinante, dès que je me forçais à réfléchir. Je me rendis compte que j'étais épuisé. Je m'assis par terre, m'adossai au mur, fermai les yeux. Une fois mes paupières closes, je fus incapable de les soulever à nouveau. Tout ce que je pouvais faire, c'était me souvenir. Je renonçai à réfléchir, me remémorai plusieurs fois tous les événements de la veille, comme une cassette vidéo repassée en boucle. Je repensai au corps de Shimamoto-san. Son corps nu allongé près du poêle. Son cou, ses seins, ses hanches, sa toison pubienne, son sexe, son dos, sa taille, ses jambes. Toutes ces images étaient trop proches, trop nettes. Par moments, elles me paraissaient plus proches, plus nettes que la réalité qui m'entourait.

Je finis par ne plus supporter les hallucinations hurlantes de vérité qui me cernaient dans ce minuscule bureau. Je sortis de l'immeuble, me mis à marcher au hasard. Puis je me rendis au bar, allai me raser dans les toilettes. Je ne m'étais même pas lavé la figure depuis le matin. En outre, je portais toujours la parka de la veille. Les employés ne firent aucune remarque, mais ils me jetaient par moments de petits coups d'œil pleins de curiosité. Je n'avais pas envie de rentrer à la maison me changer. Si je croisais Yukiko, j'étais capable de tout lui raconter : que j'aimais Shimamoto-san, que j'avais passé la nuit avec elle, que j'avais été sur le point de tout abandonner pour elle, ma famille, mes enfants, mon travail, tout.

Devais-je vraiment avouer à Yukiko ce qui s'était passé ? J'en étais bien incapable. Je n'étais pas en état de juger ce qu'il convenait de faire ou pas. Je n'étais même pas en mesure de comprendre ce qui m'arrivait. Je ne retournai donc pas chez moi. Je me rendis au club de jazz, et attendis Shimamoto-san. Je savais très bien qu'il n'y avait pas la moindre chance qu'elle vienne, mais je ne pouvais rien faire d'autre qu'attendre. Je m'installai au comptoir, et attendis en vain jusqu'à l'heure de la fermeture. Je bavardai un peu, comme à l'accoutumée, avec quelques habitués. Mais je n'écoutais pas un mot de ce qu'ils me disaient. Je hochais la tête, acquiesçant brièvement tout en pensant au corps de Shimamoto-san. Je me rappelais avec quelle tendresse son sexe m'avait accueilli, la façon dont elle avait prononcé mon nom à ce moment-là. Et, chaque fois que le téléphone sonnait, mon cœur faisait un bond dans ma poitrine.

Même quand le club eut fermé ses portes et que tout le monde eut quitté les lieux, je restai assis au comptoir et continuai à boire. Malgré les quantités d'alcool que j'avais absorbées, je ne sombrai pas dans l'ivresse. Au contraire, j'avais l'esprit de plus en plus clair. Ma montre indiquait deux heures du matin passées. Je rentrai à la maison, trouvai Yukiko debout, en train de m'attendre. Au lieu d'aller me coucher, je m'installai à la table de la cuisine devant un whisky ; Yukiko me rejoignit avec un verre et se mit à boire avec moi.

— Mets de la musique, dit-elle.

Je pris la première cassette qui me tomba sous la main, la mis à tout petit volume pour ne pas réveiller les enfants. Ensuite, nous bûmes un moment en silence tous les deux, chacun à un bout de la table de la cuisine.

— Tu aimes une autre femme, c'est ça ? demanda Yukiko en me regardant fixement.

Je hochai la tête. « Yukiko a dû se répéter cette phrase des centaines de fois avant de la prononcer », me dis-je. Ces mots avaient un poids et des contours précis. Je le sentais dans l'écho de sa voix.

— Et tu l'aimes vraiment, ce n'est pas une passade, n'est-ce pas ?

— En effet. Ce n'est pas une passade. Mais c'est un peu différent de ce que tu penses.

— Tu sais ce que je pense ? rétorqua-t-elle. Tu crois *vraiment* savoir ce que je pense ?

Je ne répondis rien. Je ne pouvais rien dire. Yukiko retomba dans le silence elle aussi. Seule la musique continuait. Vivaldi ou Telemann, quelque chose comme ça. Je n'arrivais pas à me rappeler exactement la mélodie.

— Je suis - persuadée - que - tu ne sais - pas - ce que je pense, finit par lancer Yukiko, en détachant lentement les mots ainsi qu'elle faisait quand elle donnait une explication aux enfants.

Elle ne me quittait pas des yeux, mais quand elle fut certaine que je ne répondrais rien, elle prit son verre et but une gorgée de whisky. Puis elle secoua lentement la tête.

— Je ne suis pas si bête, tu sais. Je vis avec toi, je dors avec toi. Je l'avais compris depuis un moment, qu'il y avait une autre femme.

Je la regardai sans répondre.

— Je ne te reproche rien. Quand on se met à aimer quelqu'un, c'est comme ça, on n'y peut rien. On aime qui on aime. Je ne te suffisais pas, voilà tout. Je peux le comprendre, à ma façon. Ça a bien marché entre nous jusqu'à présent, tu m'as toujours bien traitée. J'étais très heureuse avec toi. Et je pense que, même maintenant, tu m'aimes encore. Mais je ne te suffisais pas. Je le savais, en un sens. Je savais qu'un jour ou l'autre quelque chose de ce genre arriverait. Que personne n'y pouvait rien. C'est pour ça que je ne te reproche pas d'en aimer une autre. Je ne suis même pas en colère, à vrai dire. C'est étrange, ça ne m'irrite même pas. C'est pénible à supporter, c'est tout. Affreusement pénible. Je m'étais bien imaginé que ce serait dur à vivre quand ça arriverait, mais là ça dépasse mon imagination.

— Je suis désolé, tout est ma faute, dis-je.

— Tu n'as pas à t'excuser. Si tu désires me quitter, tu peux. Sans un mot. Tu veux qu'on se sépare ?

— Je ne sais pas. Tu veux bien écouter mes explications ?

— Des explications ? À propos de cette femme ?

— Oui.

Yukiko secoua la tête.

— Je ne veux rien entendre sur cette femme. Ne me rends pas la situation plus pénible encore. Je me moque de savoir quel genre de relation tu as avec elle, ce que vous avez fait ensemble. Tout ce qui m'importe, c'est si tu as l'intention de me quitter ou pas. Je ne veux rien, ni la maison ni de l'argent. Si tu veux les enfants, je te les laisse aussi. C'est vrai, je parle sérieusement, tu sais. Alors, si tu désires me quitter, dis-moi seulement : « Je te quitte. » C'est tout ce qui m'importe. Veux-tu qu'on se sépare, oui ou non ?

— Je ne sais pas, répétai-je.

— Tu ne sais pas si tu désires me quitter ou non ?

— Non, je ne sais pas si je suis capable de te répondre.

— Quand le sauras-tu ?

Je secouai la tête.

— Bon, lâcha Yukiko en soupirant, prends ton temps pour réfléchir. J'attendrai, ne t'en fais pas. Prends ton temps avant de décider.

À partir de cette nuit-là, je dormis sur le canapé du salon. Il arrivait que les enfants se réveillent la nuit ; la première fois qu'elles me trouvèrent là, elles me demandèrent ce que je faisais là. Je leur expliquai que je ronflais trop fort depuis quelque temps et que je préférais m'installer là pour ne pas déranger le sommeil de leur maman. Parfois, l'une ou l'autre de mes filles venait se glisser près de moi sous la couette. Je la serrais contre moi. Parfois aussi, j'entendais Yukiko pleurer à côté, dans la chambre.

Pendant deux semaines environ, je vécus dans mes souvenirs. Je revivais indéfiniment l'une après l'autre les scènes vécues avec Shimamoto-san lors de notre première et dernière nuit ensemble, essayant d'y découvrir un indice significatif, un message quelconque. Je revoyais Shimamoto-san dans mes bras. Je repensais à la main qu'elle avait glissée sous sa robe blanche. Je me rappelais la chanson de Nat King Cole, la lueur du poêle. Je me remémorais un à un tous les mots qu'elle avait prononcés.

« Je te l'ai dit tout à l'heure, je ne connais pas les demi-mesures, disait Shimamoto-san dans mon souvenir. Il n'y a pas d'intermédiaire en moi ; le juste milieu, je ne sais pas ce que c'est…

— Ma décision est déjà prise, disais-je dans mon souvenir. Pendant ton absence, j'ai mûrement réfléchi à tout ça. Et j'ai pris ma décision, du fond du cœur. »

Je me rappelais son regard fixé sur moi pendant que je conduisais. Je sentais ce regard, imprégné d'une sorte de violence, gravé sur ma joue encore maintenant. Je sentais clairement que c'était bien plus qu'un regard, c'était comme un signe de la mort qui flottait autour d'elle à ce moment-là. À ce moment-là, elle avait vraiment l'intention de mourir.

Elle était venue jusqu'à Hakone avec moi pour que nous y mourions ensemble.

« Et moi aussi, peut-être, je te prendrai tout entier. Tout entier, tu comprends ? *Tu comprends ce que cela signifie ?* »

En disant cela, c'était ma vie qu'elle réclamait. Je le comprenais parfaitement à présent. Tout comme j'étais parvenu à une décision finale à propos de nous deux, elle était parvenue à sa propre conclusion. Pourquoi ne l'avais-je pas compris plus tôt ? Elle avait sûrement l'intention de donner un brusque coup de volant pour nous expédier dans le décor au retour, sur l'autoroute, après notre nuit d'amour à Hakone. Mourir avec moi était la seule possibilité. Elle n'avait sans doute pas d'alternative. Mais quelque chose l'avait empêchée de mettre son projet à exécution. Elle avait tout ravalé au fond d'elle-même, puis disparu.

Quelles circonstances de sa vie avaient fait qu'elle n'avait d'autre choix que celui-là ? me demandais-je sans cesse. Au fond de quelle impasse était-elle acculée ? Comment, pour quelle raison, dans quel dessein, quoi et surtout *qui* l'avait poussée dans de pareils retranchements ? Pourquoi la mort était-elle la seule issue à cette situation ? J'y avais réfléchi un nombre incalculable de fois. J'avais mis à plat tous les éléments dont je disposais. J'avais fait toutes les suppositions possibles et imaginables. Sans aboutir nulle part. Elle avait disparu en emportant son secret avec elle. Sans « peut-être » et sans « quelque temps » : totalement, silencieusement. Cette pensée m'était insupportable. Finalement, elle avait refusé de partager son secret avec moi. Malgré l'entente parfaite dont nos corps avaient fait l'expérience.

« Il y a des choses qui ne peuvent qu'aller de l'avant, on ne peut pas revenir en arrière, Hajime », aurait-elle sans doute dit.

La nuit, sur mon canapé, je croyais entendre sa voix prononcer cette phrase. Je l'entendais distinctement marteler ces mots.

« Comme ce serait merveilleux si on pouvait partir tous les deux ainsi que tu le dis et tout recommencer de zéro ! Malheureusement, moi, je ne peux pas m'enfuir d'ici. C'est impossible, *physiquement* impossible. »

Shimamoto-san se transformait soudain en jeune fille de seize ans, souriant avec gaucherie, debout dans un jardin, devant des tournesols.

« En fin de compte, je n'aurais pas dû te revoir. Je le savais depuis le début. J'aurais dû me douter que ça se passerait comme ça. Bien sûr, je n'ai pas pu m'en empêcher. Je voulais juste te voir et m'en aller tout de suite après. Mais, évidemment, une fois que je t'ai vu, je n'ai pas pu m'y résoudre. Je suis ainsi, tu sais, Hajime. Je n'en ai pas l'intention, mais je finis toujours par créer un beau gâchis. »

J'étais certain que je ne la reverrais jamais. Elle n'existait plus que dans mon souvenir. Elle avait disparu de ma vie. Elle avait été là, et maintenant elle s'était volatilisée. Il n'y avait aucune demi-mesure. Pas d'intermédiaire, pas de juste milieu, aucune place pour les compromis. Au sud de la frontière, il existait des « peut-être ». Mais pas à l'ouest du soleil.

Je lisais les journaux chaque jour, à la recherche d'un article relatant le suicide d'une femme dans la région de Hakone. Mais je n'en découvris aucun. Tous les jours, un tas de gens se suicidaient, mais jamais, à ma connaissance, une belle femme de trente-sept ans au sourire plein de charme. Elle avait disparu de ma vie, seulement de ma vie.

En apparence, rien n'avait changé. J'amenais mes filles à l'école tous les matins, j'allais les chercher tous les après-midi. Je chantais avec elles dans la voiture. De temps en temps, je croisais la jeune femme en Mercedes devant la maternelle et nous bavardions longuement. Cela me permettait d'oublier mes soucis un moment. Comme toujours, nous ne parlions que de boutiques ou de restaurants à la mode. À chacune de nos rencontres, nous échangions allégrement nos dernières informations sur les magasins de produits naturels et le quartier d'Aoyama.

Au travail, je continuais d'accomplir mes tâches, sans la moindre défaillance. Je me rendais au club de jazz tous les soirs, bavardais avec les habitués, écoutais les avis et les plaintes des employés, faisais des cadeaux aux serveuses pour leur anniversaire. J'offrais à boire aux musiciens de passage, goûtais les cocktails. Vérifiais si le piano était bien accordé, faisais attention à ce que les clients éméchés ne dérangent personne. Dès qu'un problème se présentait, je m'y attaquais, et trouvais une solution. La gestion de mes affaires se passait on ne peut mieux, trop bien, presque.

Tout marchait à la perfection. Seulement, je ne me passionnais plus comme avant pour mes clubs de jazz. Je ne crois pas que mon entourage s'en rendait compte, car mon attitude n'avait absolument pas changé. Je m'entendais même mieux qu'avant avec tout le monde, j'étais aimable, discutais volontiers. Mais moi, je savais bien en faisant le tour de la salle du regard que plus rien n'était comme avant : le décor me paraissait plat, terne. Ce n'était plus mon jardin imaginaire d'autrefois, avec ses couleurs vives, ses nuances délicates. C'était juste un de ces bars bruyants comme on en trouve partout. Tout était artificiel, superficiel, minable. Ce n'était qu'un décor de théâtre, construit dans le but non avoué de dépouiller des ivrognes de leur argent. Toutes les illusions qui emplissaient jadis mon esprit étaient parties d'un coup en fumée. Parce que je savais que Shimamoto-san ne reviendrait jamais dans ce décor. Plus jamais je ne la verrais s'asseoir sur un tabouret du bar, et sourire en commandant un cocktail.

À la maison aussi, j'avais retrouvé ma vie habituelle. Je prenais mes repas en famille, emmenais mes filles en promenade le dimanche, les accompagnais au zoo. Yukiko et moi avions, du moins en apparence, la même relation qu'auparavant. Nous discutions toujours beaucoup, nous étions de vieux compagnons de route, vivant sous le même toit. Certains mots n'étaient jamais prononcés, certaines vérités n'étaient jamais dites. Mais aucune animosité ne régnait entre nous. Simplement, nous ne nous touchions jamais. La nuit, nous faisions chambre à part : je continuais à dormir sur le canapé du salon, et Yukiko dans la chambre. Sans doute était-ce là l'unique changement visible dans notre vie.

Il m'arrivait de me demander si tout cela n'était pas seulement une comédie. Ne nous contentions-nous pas l'un et l'autre de jouer les rôles qui nous étaient dévolus ? N'avions-nous pas perdu quelque chose d'essentiel ? Vivions-nous désormais chaque jour comme de simples automates ? Cette idée m'était pénible. Yukiko devait souffrir profondément de cette vie creuse et artificielle. Pourtant, je ne me sentais pas encore capable de répondre à sa question. Naturellement, je ne souhaitais pas la quitter, cela, j'en étais sûr. Mais je n'étais pas en droit de le lui dire. J'avais bel et bien été sur le point de l'abandonner, elle et les enfants. Shimamoto-san avait disparu et ne reviendrait pas, mais je ne pouvais pas pour autant reprendre mon ancienne vie comme si rien ne s'était passé. Ce n'était pas si simple. Cela ne pouvait pas être si simple. En outre, mon esprit était encore obsédé par l'image de Shimamoto-san. Son image était trop nette, trop réelle, pour que je puisse la chasser. Il me suffisait de fermer les yeux pour voir apparaître son corps dans les moindres détails. Je sentais encore sur mes doigts le contact de sa peau, sa voix résonnait à mes oreilles. Comment aurais-je pu prendre Yukiko dans mes bras alors que j'étais en proie à pareille obsession ?

J'aurais voulu être seul le plus souvent possible et, ne sachant pas quoi faire d'autre, j'allais tous les matins sans exception à la piscine, puis au bureau, où je passais le plus clair de mon temps à regarder le plafond en rêvant à Shimamoto-san. J'aurais voulu y mettre fin d'une façon ou d'une autre. Je vivais dans une sorte de vide, aux côtés de Yukiko mais sans être vraiment là, réservant toujours ma réponse à sa question. Cela ne pouvait pas durer indéfiniment. Quelque chose là-dedans n'était pas juste. En tant qu'homme, en tant que mari, en tant que père, il fallait que je prenne mes responsabilités. Mais, en réalité, j'en étais incapable : l'illusion était toujours là, elle me maintenait pieds et poings liés. Les jours de pluie, c'était pire encore. Parce que, quand il pleuvait, j'étais assailli par l'illusion que Shimamoto-san allait apparaître d'un instant à l'autre. Elle allait ouvrir la porte, apportant avec elle l'odeur de la pluie. J'imaginais le sourire qu'elle aurait. Quand elle n'était pas d'accord moi, elle secouait tranquillement la tête avec ce même sourire aux lèvres. Alors mes mots perdaient leur pouvoir et, comme des gouttes de pluie au carreau d'une fenêtre, glissaient lentement hors du domaine de la réalité. Les soirs de pluie, j'étais toujours oppressé. La réalité se déformait, le temps s'affolait.

Quand j'étais fatigué de contempler mes fantasmes, je me mettais debout devant la fenêtre et regardais le paysage. De temps en temps, il me semblait que j'avais été abandonné dans un désert privé de vie. Mes hordes de visions avaient aspiré toutes les couleurs du monde autour de moi, ne laissant que le vide. Tous les objets, tous les paysages, paraissaient plats et vides comme des décors éphémères en carton-pâte, poussiéreux, couleur de sable. Je repensais à cet ancien camarade de lycée qui m'avait un jour donné des nouvelles d'Izumi. Il m'avait dit : « Il y a différentes façons de vivre, et différentes façons de mourir. Mais c'est sans importance. La seule chose qui reste en fin de compte, c'est le désert. »

La semaine suivante, il y eut une succession d'événements étranges. Le lundi matin, en arrivant au bureau, j'ouvris sans raison particulière, sur une impulsion subite, le tiroir où je conservais l'enveloppe contenant les cent mille yens. Depuis des années, elle était rangée dans un tiroir de mon bureau fermé à clé, le deuxième à partir du haut. Je n'avais jamais touché à cet argent depuis, mais j'avais eu à plusieurs reprises, en ouvrant ce tiroir pour y ranger d'autres objets de valeur, l'occasion de vérifier que l'enveloppe était toujours là. Or, ce jour-là, je constatai qu'elle n'y était plus. C'était vraiment surprenant, car je n'avais aucun souvenir de l'avoir déplacée. Je ne l'avais pas rangée ailleurs, j'en étais absolument certain. J'ouvris cependant tous les tiroirs du bureau l'un après l'autre, vérifiai leur contenu par acquit de conscience : l'enveloppe n'était nulle part.

J'essayai de me rappeler quand je l'avais vue pour la dernière fois. Je ne pus retrouver aucune date précise. Cela ne faisait pas très longtemps, mais ce n'était pas non plus particulièrement récent. Un mois auparavant, deux peut-être. Ou même trois, qui sait ? En tout cas, j'avais eu cette enveloppe en main dans un passé proche, et j'avais pu vérifier sa présence dans ce tiroir.

Abasourdi, je m'assis sur une chaise devant le bureau et fixai un moment le tiroir d'un œil vague. Quelqu'un était-il entré ici en mon absence pour subtiliser cette enveloppe ? Cela paraissait peu probable (le tiroir contenait encore de l'argent liquide et d'autres objets de valeur), mais enfin je ne pouvais négliger cette possibilité. Ou alors, j'aurais commis un acte manqué et l'aurais jetée sans en garder le moindre souvenir ? C'était envisageable également. Bah, cela importe peu, finis-je par me dire. De toute façon, je comptais m'en débarrasser un jour ou l'autre, cet incident m'épargnait la peine de m'en occuper moi-même.

Une fois que j'eus accepté le fait que cette enveloppe avait disparu, je me mis à douter de son existence, et à force de peser le pour et le contre je perdis rapidement la certitude de sa réalité. Une sensation étrange, vertigineuse, prit possession de moi. J'eus beau essayer de me persuader du contraire, l'idée de la non-existence de cette enveloppe enfla très vite dans ma conscience, jusqu'à l'envahir complètement. La sensation d'absence repoussa, l'engloutissant tout à fait, celle d'une existence que j'avais pourtant vérifiée de mes yeux autrefois.

Pour certains faits, on détient la preuve tangible qu'ils ont eu lieu. Notre mémoire et nos impressions sont trop incertaines, trop générales pour prouver à elles seules leur réalité. Jusqu'où des faits que nous tenons pour certains le sont-ils ? À partir d'où deviennent-ils seulement des faits que nous tenons pour « réels » ? Dans la plupart des cas, il est impossible de faire la différence. Pour nous assurer que ce que nous considérons comme la réalité l'est bien, nous avons besoin d'une autre réalité qui nous permette de relativiser et qui, elle-même, a besoin d'une autre réalité pour lui servir de base. Et ainsi de suite, jusqu'à créer dans notre conscience une chaîne qui se poursuit indéfiniment. Il n'est sans doute pas exagéré de dire que c'est dans le maintien de cette chaîne que nous puisons le sentiment de notre existence réelle. Mais que cette chaîne vienne à être brisée, et immédiatement nous sommes perdus. La véritable réalité est-elle du côté du chaînon brisé, ou du côté où la chaîne se poursuit ?

C'est la sensation d'une semblable cassure dont je fis l'expérience à ce moment-là. Je refermai le tiroir, tentai de tout oublier. J'aurais dû jeter cet argent dès le départ. Ma principale erreur avait été de le garder si longtemps.

Le mercredi après-midi de la même semaine, tandis que je roulais en voiture non loin de l'avenue Gaien Higashidôri, je remarquai une femme qui, de dos, ressemblait fort à Shimamoto-san. Elle portait un pantalon de coton bleu et un imperméable beige, était chaussée de tennis blanches. Elle boitait. Sitôt que je l'aperçus, tout le paysage autour de moi parut se figer. Même l'air que j'étais en train de respirer me remonta comme un bloc dans la gorge. « C'est elle », me dis-je. Je dépassai la femme, essayai de distinguer son visage dans mon rétroviseur, mais l'ombre des autres piétons me le dissimulait. Je freinai brutalement, la voiture qui me suivait klaxonna violemment. Cette femme avait la même allure, la même longueur de cheveux que Shima-moto-san. Je voulus me garer aussitôt, mais il n'y avait pas une seule place libre le long du trottoir. J'en trouvai une au bout de deux cents mètres, m'y insérai tant bien que mal, puis repartis en courant en direction de l'endroit où j'avais aperçu la femme. Elle n'était plus là. Je la cherchai désespérément aux alentours. Elle boitait, elle ne pouvait pas être allée bien loin, me disais-je. Fendant la foule, je traversai la rue, montai sur la passerelle pour piétons, observai les passants d'en haut. Ma chemise était trempée de sueur. Soudain, la pensée que cette femme ne pouvait pas être Shimamoto-san me traversa : elle ne boitait pas du même pied qu'elle. Et d'ailleurs, *Shima-moto-san ne boitait plus*.

Je secouai la tête, poussai un profond soupir. Déci-dément, je n'étais pas dans mon état normal. Je fus pris d'un étourdissement, toutes mes forces m'aban-donnèrent. Je m'appuyai au poteau de signalisation, regardai mes pieds un moment. Le feu passa du rouge au vert, puis de nouveau au rouge. Les piétons traversèrent, attendirent, traversèrent encore. Pen-dant ce temps, je restai adossé au poteau, m'efforçant de reprendre mon souffle.

Quand je relevai enfin les yeux, je vis Izumi en face de moi. Assise sur le siège arrière d'un taxi arrêté au feu rouge, juste devant moi, elle me regardait fixement à travers la vitre. Son visage était à un mètre à peine du mien. Elle n'avait plus dix-sept ans, certes. Cependant, je la reconnus au premier coup d'œil. Il ne pouvait s'agir de personne d'autre. Là, sous mes yeux, se trouvait la femme que j'avais tenue dans mes bras vingt ans plus tôt, la première fille que j'avais embrassée, celle que, à l'âge de dix-sept ans, par un bel après-midi d'automne, j'avais déshabillée, égarant même une de ses jarretelles. Vingt ans vous changent une personne, c'est certain, pourtant j'aurais reconnu ce visage entre mille.

« Elle fait peur aux enfants », m'avait avoué mon ancien camarade de classe. Sur le moment, je n'avais pas compris ce qu'il voulait dire. Je ne pouvais pas digérer ce qu'il essayait de m'expliquer. Maintenant, je comprenais parfaitement. *Le visage d'Izumi n'avait pas la moindre expression.* Ou plutôt non, ce n'est pas juste, je devrais dire : *Toute forme d'expression avait déserté son visage.* Il m'évoquait une pièce vidée de ses meubles. Sur ce visage, tout était mort et silencieux comme le fond de l'océan. Et elle me regardait fixement, avec cette physionomie totalement inexpressive. Du moins, je croyais qu'elle me regardait. Ses yeux étaient tournés vers moi ; mais ils n'exprimaient rien, ne me délivraient aucun message. Si elle essayait de me transmettre quoi que ce soit, ce n'était qu'un vide sans fond.

Je restais figé sur place. J'en avais oublié l'usage de la parole. Je respirais lentement, j'avais le plus grand mal à me maintenir debout. À cet instant, j'avais littéralement perdu conscience de ma propre existence. Pendant un moment, je ne sus même plus qui j'étais. Les contours de ma personne s'étaient effacés, je me sentais devenu une sorte de liquide dégoulinant. Machinalement, sans avoir le temps de réfléchir à une intention précise, je tendis la main vers Izumi, touchai la vitre de la voiture, que je me mis à caresser du bout des doigts. J'ignore ce que signifiait ce geste. Quelques passants s'étaient arrêtés et me regardaient d'un air intrigué. Mais il fallait que je fasse ce geste. Le long de la vitre, je continuai à caresser le visage sans visage d'Izumi. Elle ne fit pas un mouvement, ne cligna même pas des paupières. Était-elle morte ? Non, impossible. Elle vivait toujours, sans un geste, sans un cillement de paupières. Elle vivait toujours, dans ce monde, derrière la vitre. Et ses lèvres muettes me parlaient d'un néant sans fond.

Le feu passa enfin au vert, et le taxi démarra. Le visage d'Izumi demeura privé d'expression jusqu'au bout. Pétrifié, je regardai le taxi disparaître dans la cohue des voitures.

Je revins à l'endroit où j'avais garé mon véhicule, me laissai tomber sur le siège. « Il faut que je m'éloigne d'ici », me dis-je. J'avais à peine tourné la clé de contact qu'une violente nausée me saisit. Pourtant, j'étais incapable de vomir, j'avais seulement cette terrible sensation de malaise. Je posai les deux mains sur le volant, attendis un quart d'heure sans bouger. La sueur coulait sous mes aisselles. Il me semblait qu'une odeur nauséabonde flottait autour de moi. Ce n'était plus mon corps, ce n'était plus le corps que Shimamoto-san avait doucement léché. C'était le corps d'un quadragénaire qui répandait une odeur désagréable et acide.

Au bout d'un moment, un agent de police se dirigea vers ma voiture, vint frapper à la vitre. Je la baissai aussitôt.

— Il est interdit de stationner ici, déclara-t-il en me regardant d'un air inquisiteur. Veuillez dégager votre véhicule immédiatement.

Je fis un signe de tête, tournai la clé de contact.

— Vous avez mauvaise mine, vous vous sentez bien ?

Je hochai la tête en silence puis démarrai.

Il me fallut plusieurs heures pour recouvrer mes esprits. J'avais l'impression d'être une coquille vide, un son creux résonnait en moi. Je compris que j'étais réellement devenu vide. Tout ce qui était encore à l'intérieur de mon corps jusqu'à un instant plus tôt s'était envolé. J'arrêtai la voiture dans le cimetière d'Aoyama, me mis à regarder vaguement le ciel à travers le pare-brise. Izumi m'attend là-bas, me disais-je. Elle m'avait sans doute toujours attendu quelque part. Au coin d'une rue, derrière une fenêtre, elle attendait ma venue. Elle me regardait fixement. C'est moi qui ne l'avais pas vue jusque-là, voilà tout.

Pendant quelques jours, je fus incapable d'adresser la parole à quiconque. Chaque fois que j'ouvrais la bouche, les mots s'évanouissaient. Comme si le néant qui émanait d'elle s'était glissé en moi.

Cependant, après cette étrange rencontre avec Izumi, les souvenirs obsédants de Shimamoto-san commencèrent à relâcher leur emprise. Les paysages que j'avais sous les yeux reprirent graduellement leurs couleurs, les sensations d'instabilité et d'irréalité, comme si je marchais sur la lune, disparurent peu à peu. Le poids qui m'oppressait se transforma subtilement, les fantasmes dont j'étais le jouet desserrèrent par étapes leur étreinte. Je regardais d'un œil vague ces phénomènes s'opérer en moi, il me semblait observer quelqu'un d'autre à travers une vitre.

À n'en pas douter, cette rencontre avec Izumi avait dénoué quelque chose à l'intérieur de moi, une corde avait lâché. Sans bruit, définitivement toutefois.

Je profitai de la pause du trio de musiciens pour m'approcher du pianiste et lui demander aimablement, en souriant, de ne plus jouer *Star-Crossed Lovers*.

— J'ai entendu ce morceau tant de fois, je m'en suis lassé.

Il me regarda un moment, semblant peser le pour et le contre. J'étais en excellents termes avec ce pianiste, qui était presque un ami pour moi. Il nous arrivait de boire un verre ensemble et de parler de sujets intimes.

— Je ne comprends pas bien : veux-tu que je joue moins souvent cette musique, ou bien que je ne la joue plus du tout ? Ça fait une grande différence, et j'aimerais autant que ce soit clair.

— Je n'ai plus envie que tu joues cet air, voilà, répondis-je.

— Mais ce n'est pas mon interprétation qui te déplaît, n'est-ce pas ?

— Non. Tu joues ce morceau merveilleusement bien, il n'y a pas tellement de pianistes capables de le jouer comme il convient.

— Alors, tu ne veux plus entendre cette chanson, c'est ça ?

— Ça doit être ça.

— Ça me fait penser à *Casablanca*, ton histoire.

— C'est tout à fait ça, répondis-je.

À partir de ce soir-là, il se mit à jouer de temps en temps les premières notes de *As Time Goes by* quand j'étais là, en manière de clin d'œil.

Si je ne voulais plus entendre ce morceau, ce n'était pas parce qu'il me rappelait Shimamoto-san. C'est parce qu'*il ne touchait plus mon cœur comme avant*. Ce que je lui trouvais de particulier autrefois avait disparu. L'émotion qu'il m'avait longtemps procurée s'était complètement évanouie. La musique était toujours magnifique. Mais c'était tout. Et je ne voulais plus écouter une musique qui, si belle fût-elle, n'était plus pour moi qu'une carcasse vide.

— À quoi penses-tu ? me demanda Yukiko en s'approchant de moi.

Il était deux heures du matin. Allongé sur le canapé, incapable de dormir, j'avais les yeux grands ouverts, fixés sur le plafond.

— Au désert, répondis-je.

— Au désert ?

Elle s'assit à mes pieds, leva la tête vers moi.

— Quel désert ?

— Le désert ordinaire. Le désert, avec des dunes, des cactus qui poussent ici et là. Le désert contient beaucoup de choses, beaucoup de vie.

— Moi aussi, j'en fais partie, de ce désert ?

— Naturellement. Tout le monde en fait partie, tout le monde vit dedans. Seulement, en réalité, c'est le désert lui-même qui vit. Comme dans le film.

— Quel film ?

— *Le Désert vivant*, tu sais, le film de Disney. C'est une sorte de chronique sur le désert. Tu ne l'as jamais vu quand tu étais petite ?

— Non.

Cela me fit un peu drôle de l'entendre répondre
« non ». Je me rappelais qu'à l'école primaire le
maître avait emmené toute la classe voir ce film.
Mais, à la réflexion, Yukiko avait cinq ans de moins
que moi. Elle était peut-être trop jeune au moment de
sa sortie.

— J'irai le louer au vidéo-club. Nous pourrons le
regarder en famille dimanche prochain. C'est un bon
film. Les paysages sont magnifiques, on y voit beaucoup de fleurs, des animaux. Même de très jeunes
enfants peuvent l'apprécier.

Yukiko me regarda en souriant. Cela faisait vraiment longtemps que je ne l'avais pas vue sourire.

— Tu veux me quitter ? demanda-t-elle.

— Écoute, Yukiko, je t'aime, tu le sais.

— Peut-être, mais ma question est : « Veux-tu
encore me quitter ? » La réponse est « Oui » ou
« Non », il n'y a pas d'autre alternative.

Je secouai la tête.

— Je ne veux pas te quitter. Je n'ai sans doute pas
le droit de dire ça, mais je ne veux pas te quitter. Si
je te quittais maintenant, je serais complètement
perdu. Je ne veux pas me retrouver seul. Je préfère
encore mourir que d'être seul à nouveau.

Yukiko tendit la main, effleura ma poitrine, puis
me regarda de nouveau droit dans les yeux.

— Oublie ces histoires d'avoir le droit ou non.
Personne n'a spécialement droit à quoi que ce soit, tu
sais, dit-elle.

Je sentais la tiédeur de sa paume sur ma poitrine et
je pensais à la mort. J'aurais pu mourir sur l'autoroute ce fameux soir avec Shimamoto-san. Si c'était
arrivé, mon corps ne serait plus là à cet instant, je me
serais évanoui, j'aurais définitivement disparu.
Comme beaucoup d'autres choses. Pourtant, j'étais

là à cette minute, j'existais. Et la paume tiède de Yukiko posée sur ma poitrine était bien réelle elle aussi.

— Écoute, Yukiko, je t'aime énormément ; je t'ai aimée depuis le jour où je t'ai rencontrée et aujourd'hui je t'aime encore. Si je ne t'avais pas rencontrée ma vie aurait été horrible, insupportable. Je te suis profondément reconnaissant, à un point que je ne peux exprimer en paroles. Pourtant, en ce moment, je te fais du mal. Je pense que c'est parce que je suis un type égoïste, bon à rien, sans valeur. Je fais du mal à ceux qui m'entourent et, du même coup, à moi aussi. Quand je fais souffrir quelqu'un, je me fais souffrir moi-même. Pas de façon délibérée, mais parce que je ne peux faire autrement.

— C'est certain, répliqua Yukiko d'un ton paisible, tandis qu'une trace de sourire s'attardait sur ses lèvres. Tu es égoïste, bon à rien, et tu me fais du mal, aucun doute là-dessus.

Je regardai son visage un moment. Il n'y avait pas l'ombre d'un reproche dans ses paroles. Elle n'était pas fâchée, elle n'était pas triste. Elle exposait un fait, sans plus.

Je cherchai mes mots lentement, en prenant mon temps.

— Il me semble que j'ai toujours essayé d'être quelqu'un d'autre. Il me semble que j'ai toujours voulu aller vers des gens et des lieux nouveaux et différents, pour m'inventer une vie nouvelle, devenir un être au caractère différent. J'ai répété ça à plusieurs reprises dans ma vie jusqu'à présent. En un sens, devenir adulte, c'était ça, et en un autre sens, ce n'était qu'un changement de masque chaque fois. Quoi qu'il en soit, en tentant de devenir un être nouveau, je tentais de me libérer des éléments qui me constituaient jusqu'alors. Je voulais vraiment, sérieusement devenir un autre, et je croyais qu'en faisant assez d'efforts j'y parviendrais. Mais pour finir, je ne suis arrivé nulle part. Je suis demeuré moi-même. Mes défauts restaient irrémédiablement les mêmes. Les paysages avaient beau changer, les échos, les voix différer autour de moi, je n'étais toujours rien d'autre qu'un être humain imparfait. J'avais les mêmes manques en moi, qui suscitaient une violente avidité d'autre chose. Une soif et une faim insatiables me torturaient, comme, certainement, elles continueront de le faire. Parce que, en un sens, ces manques font partie de moi-même. Je le sais maintenant. Si c'était possible, je voudrais devenir un autre pour toi, un nouveau moi-même. Et peut-être que c'est possible. Ce ne sera pas facile, mais avec des efforts je pourrai le faire. Mais, en toute franchise, s'il se produit les mêmes événements dans ma vie, je referai sans doute la même chose. Je te ferai sûrement du mal à nouveau. Je ne peux rien te promettre. C'est tout ce que j'ai le droit de te dire. Je n'ai pas assez confiance en moi pour croire que je peux gagner le combat contre cette force.

— Jusqu'ici, tu as toujours essayé de lutter contre cette force, d'y échapper ?

— Je crois, oui.

Yukiko gardait la main sur ma poitrine.

— Mon pauvre chéri, déclara-t-elle, du même ton que si elle lisait un message inscrit en majuscules sur le mur. (C'était peut-être véritablement écrit sur le mur.)

— Je ne sais plus, dis-je. Je ne veux pas te quitter, j'en suis sûr, mais je ne sais pas si cette réponse est juste ou pas. Je ne sais même pas si j'ai le choix ou non… Écoute, Yukiko, tu es là, tu souffres. Je le vois bien. Je sens ta main sur moi. Mais en dehors de ça, il y a des choses qu'on ne peut ni voir ni sentir. Des pensées, des potentialités, appelle-les comme tu veux. J'ignore d'où elles émanent, mais elles surgissent et elles vivent, se mélangent à l'intérieur de moi. Je ne peux pas les choisir de ma propre volonté, ni y répondre clairement.

Yukiko resta longtemps silencieuse. De temps en temps, un camion passait sur la route au-dessous de nos fenêtres, transportant des marchandises dans la nuit. Je regardai par la fenêtre, mais ne vis rien. Il n'y avait là rien d'autre qu'une étendue de temps et d'espace sans nom, qui reliait la nuit à l'aube.

— Tant que ça a duré, j'ai eu plusieurs fois envie de mourir, déclara Yukiko. Je ne dis pas ça pour te faire peur mais parce que c'est vrai, tu sais. Oui, j'étais seule et triste au point de souhaiter mourir. Mourir n'est pas en soi une chose bien difficile, à mon avis. Tu comprends ? La volonté de vivre diminuait peu à peu en moi, comme l'air diminue peu à peu dans une pièce fermée. Dans des moments pareils, mourir n'a rien de bien difficile. Je ne pensais même pas aux petites, tu sais. Je ne me demandais même pas ce qu'elles deviendraient si je mourais. Oui, j'étais seule et triste à ce point-là. Tu l'ignorais, n'est-ce pas ? Tu n'as sans doute jamais réfléchi sérieusement à ce que je pensais, à ce que je ressentais, à ce que je m'apprêtais à faire.

Je ne répondis rien. Elle ôta sa main de ma poitrine, la posa sur ses genoux.

— En tout cas, si tu veux savoir pourquoi je ne suis pas morte, pourquoi j'ai continué à vivre ainsi, c'est parce que je me disais que si tu revenais vers moi je t'accueillerais à nouveau. Voilà pourquoi je ne me suis pas suicidée. Ce n'est pas une question d'avoir le droit ou non, d'avoir raison ou non, le problème n'est pas là. Peut-être que tu n'es qu'un bon à rien, tu n'as peut-être aucune qualité. Peut-être que tu me feras du mal à nouveau, mais la question n'est pas là. Je suis sûre que tu ne comprends pas, n'est-ce pas ?

— Je crois bien que je ne comprends rien à rien, dis-je.

— Et tu ne demandes jamais rien non plus, répliqua Yukiko.

J'ouvris la bouche pour répondre, mais aucun son n'en sortit. C'était vrai, je ne lui demandais jamais rien. Pourquoi ? Pourquoi est-ce que je ne lui posais jamais la moindre question ?

— Le droit dont tu disposes, c'est ce que tu vas construire à partir de maintenant, ajouta-t-elle. Ou plutôt, ce que *nous* allons construire. Peut-être que cela ne suffisait pas jusqu'à présent. Peut-être que nous donnions l'impression de construire beaucoup de choses, mais en réalité nous ne construisions rien. Tout s'est trop bien déroulé jusqu'ici, nous étions sans doute trop heureux. Tu ne crois pas ?

Je hochai la tête.

Yukiko croisa ses bras sur sa poitrine, me regarda un moment.

— Autrefois, j'avais des sortes de rêves, d'illusions. Tout ça a disparu je ne sais quand, je ne sais où, avant même de te rencontrer. Je l'ai tué en moi, je l'ai jeté, détruit, de ma propre volonté sans doute. Comme un organe physique devenu inutile. J'ignore si j'ai bien agi ou pas, mais en tout cas, à ce moment-là, je n'avais pas le choix… Je fais ce rêve, de temps à autre : quelqu'un vient me rapporter tout ce que j'ai jeté. Toujours le même rêve : quelqu'un vient vers moi les bras chargés et me dit : « Madame, vous avez perdu ça ! » J'ai toujours été heureuse de vivre avec toi. Je n'ai aucun motif de plainte, jamais je n'ai désiré davantage que ce que je vivais avec toi. Pourtant, quelque chose continuait à me poursuivre. Parfois, je me réveillais la nuit, trempée de sueur. Moi aussi, j'étais hantée par tout ce à quoi j'avais renoncé. Tu n'es pas le seul à être poursuivi par tes idéaux d'autrefois, tu sais. Tu comprends ce que je veux dire ?

— Oui, je crois, répondis-je.

— Peut-être que tu me feras à nouveau du mal. Je ne sais pas comment je réagirai à ce moment-là. Ou bien, c'est peut-être moi qui te ferai du mal la prochaine fois. Personne ne peut rien promettre, c'est sûr. Ni toi ni moi. Mais, quoi qu'il en soit, je t'aime, c'est tout.

Je la pris dans mes bras, lui caressai les cheveux.

— Dis, Yukiko, recommençons tout dès demain. Je suis sûr qu'on peut tout recommencer ensemble depuis le début. Cette nuit, il est trop tard. Moi, je veux tout recommencer à partir d'un jour nouveau.

Yukiko me regarda longuement.

— Tu sais, remarqua-t-elle, tu ne m'as toujours rien demandé.

— Je voudrais commencer une vie nouvelle à partir de demain, qu'en penses-tu ? lançai-je.

— Je pense que c'est une bonne idée, répondit-elle en souriant.

Une fois que Yukiko fut retournée se coucher, je restai un long moment allongé sur le dos, à regarder le plafond. C'était un plafond tout à fait ordinaire, un plafond d'appartement sans particularité aucune. Il n'avait vraiment rien d'intéressant. Pourtant, je ne cessais de le contempler. Parfois, les phares d'un camion passant en contrebas se reflétaient dans un de ses coins. Mes fantasmes avaient disparu. Le contact des seins de Shimamoto-san, l'écho de sa voix, l'odeur de sa peau, je ne me rappelais plus tout cela aussi précisément qu'avant. De temps en temps, les traits inexpressifs d'Izumi revenaient me hanter. Je me souvenais du contact de la vitre du taxi qui séparait son visage du mien. Je fermai les yeux et pensai à Yukiko. Je me répétai plusieurs fois ses paroles. Les paupières closes, je tendis l'oreille à tout ce qui s'agitait à l'intérieur de moi. J'étais en train de me métamorphoser, sans aucun doute. Mais cette transformation était nécessaire.

Je n'étais pas encore sûr d'avoir en moi la force suffisante pour protéger Yukiko et les enfants. Mes illusions ne m'étaient plus d'aucune aide. Elles ne tissaient plus de rêves pour moi. Le néant restait le néant. J'étais demeuré plongé longtemps dans ce vide. J'avais tenté de m'y adapter. « Et finalement, voilà où j'ai abouti », me dis-je. Je devais m'y habituer. Désormais, il me faudrait tisser des rêves pour quelqu'un d'autre, pas pour moi. C'est ce qui m'était demandé. Je ne savais pas quelle ampleur auraient ces rêves, ces visions. Mais si je devais découvrir un sens quelconque à mon existence, il fallait que je me consacre de toutes mes forces à cette tâche. *Peut-être…*

À l'approche de l'aube, je renonçai à dormir. J'enfilai un cardigan sur mon pyjama, allai me préparer du café, en bus une tasse. Attablé dans la cuisine, je regardai le ciel blanchir peu à peu. Cela faisait longtemps que je n'avais pas vu le jour se lever. Une ligne bleue apparut dans un coin du ciel, puis s'étendit comme de l'encre absorbée par un buvard. Si on avait rassemblé toutes les nuances de bleu existant dans le monde pour en trouver un qui fasse l'unanimité, qui soit le bleu par excellence, je crois que c'est ce bleu-là qu'on aurait choisi. Les coudes sur la table, je contemplais cette lueur sans penser à rien. Mais, lorsque le soleil fit son apparition au-dessus de la ligne d'horizon, le bleu fut absorbé par la lumière ordinaire du jour. Un unique nuage planait au-dessus du cimetière. Un nuage tout blanc, aux contours bien nets. Un nuage si blanc et si bien découpé qu'on aurait pu écrire un message dessus. Un nouveau jour commençait. Mais je n'avais pas la moindre idée de ce qu'il allait m'apporter.

D'abord, j'emmènerais les filles à la maternelle, ensuite j'irais à la piscine. Comme toujours. Je me rappelai la piscine que je fréquentais quand j'étais collégien. L'odeur du chlore, le bruit des voix se répercutant jusqu'au plafond. À cette époque-là, je m'efforçais de devenir un être nouveau. Debout devant la glace, je constatais les métamorphoses de mon corps d'adolescent. Il me semblait même percevoir dans le silence de la nuit le son de mon corps en train de grandir. Enveloppé dans ce nouveau moi comme dans un costume neuf, je m'apprêtais à faire mes premiers pas dans un monde inconnu.

Toujours assis dans la cuisine, je contemplais ce nuage suspendu au-dessus du cimetière d'Aoyama. Il ne bougeait pas d'un centimètre, il était comme cloué dans le ciel. « Il est temps que je réveille les filles », me dis-je. Il faisait jour, il fallait qu'elles se lèvent. Elles avaient besoin de ce jour nouveau bien plus fortement, bien plus profondément que moi. Je devais aller dans leur chambre, soulever leurs couettes, poser la main sur leurs corps tièdes et ensommeillés.

Il fallait que je leur dise qu'un jour nouveau avait commencé. C'était cela que je devais faire maintenant. Pourtant, je n'arrivais pas à quitter cette table. Toutes mes forces s'étaient écoulées hors de moi, comme si quelqu'un était passé derrière mon dos sans que je le voie et avait enlevé un bouchon quelque part en moi, tout doucement. Les deux coudes sur la table, j'enfouis mon visage dans mes paumes.

Au fond de ces ténèbres, je pensai à la mer sous la pluie. Il pleuvait sans bruit sur le vaste océan, à l'insu du monde entier. Les gouttes frappaient la surface des eaux en silence, et même les poissons n'en avaient pas conscience.

Longtemps, longtemps, jusqu'à ce que quelqu'un arrive derrière moi et pose doucement sa main sur mon dos, je pensai à la mer.

Haruki Murakami
La ballade de l'impossible

Une chanson entendue dans un avion suffit à rappeler à
Watanabe son adolescence dans les années 60 au Japon.
Ses premiers émois, ses amis, et le suicide de Kizuki. Un an
après la mort de leur ami, Watanabe et Naoko se retrouvent.
Commence alors pour le narrateur une longue quête d'amour
et de sens, autour de personnages tendus entre la vie et la
mort. Voyage initiatique poétique et sensuel, *La Ballade de
l'impossible* a révélé Haruki Murakami au Japon.

n° 4214 – 8,20 €

Impression réalisée par

La Flèche (Sarthe), 65485
N° d'édition : 3448
Dépôt légal : février 2003
Nouvelle édition : août 2011
X05617/01

Imprimé en France